中华传世小品

独抒性灵

明清性灵小品

宋致新 主编

长江出版传媒 崇文书局

图书在版编目（ＣＩＰ）数据

独抒性灵：明清性灵小品 / 宋致新主编. -- 武汉：
崇文书局，2016.1（2023.1重印）
（中华传世小品）
ISBN 978-7-5403-4046-9

Ⅰ. ①独… Ⅱ. ①宋… Ⅲ. ①小品文－作品集－中国
－明清时代 Ⅳ. ① I264.8

中国版本图书馆 CIP 数据核字（2015）第 232700 号

独抒性灵：明清性灵小品

责任编辑	程 欣 刘 丹
出版发行	长江出版传媒 崇文书局
地 址	武汉市雄楚大街 268 号 C 座 11 层
电 话	（027）87677133 邮政编码 430070
印 刷	湖北画中画印刷有限公司
开 本	680mm×960mm 1/16
印 张	15.75
字 数	175 千字
版 次	2016 年 1 月第 1 版
印 次	2023 年 1 月第 3 次印刷
定 价	46.80 元

（如发现印装质量问题，影响阅读，由本社负责调换）

总　序

　　1993 年，湖北辞书出版社出版了"小品精华系列"，一共十册：《历代尺牍小品》《历代幽默小品》《历代妙语小品》《历代寓言小品》《历代山水小品》《历代诗话小品》《历代笔记小品》《历代禅语小品》《明清清言小品》《明清性灵小品》。这套"小品精华"，风格亲切幽默，平易近人，深受欢迎。二十多年过去了，许多想得到这套书的读者，早已无处可购。考虑到读者的需要，崇文书局拟在"小品精华系列"的基础上，精益求精，隆重推出"中华传世小品"，第一辑为十册。主持这套书的朋友嘱我写几句话，我也乐于应命，有些关于小品的想法，正好借这个机会跟读者交流交流。

　　"中国历史上写作小品文的作家，多半是所谓名士。"现代作家伯韩的这一说法，流传颇广。那么，什么是名士呢？伯韩以为，也就是一种绅士罢了，不过与普通绅士有所不同而已。他们"多读了几句书，晓得布置一间美妙的书斋，邀集三朋四友，吟风弄月，或者卖弄聪明，说几句俏皮话，或者还搭上什么姑娘们，弄出种种的风流韵事来。这都算是他们的风雅"。

　　这样来看中国历史上的小品，如果不是误解的话，真要算得上不怀好意了。

据《论语·先进》记载：一天，孔子和子路（仲由）、曾皙（曾点）、冉有（冉求）、公西华（公西赤）在一起，他要几个弟子谈谈自己的志愿。子路第一个发言说："一千辆兵车的国家，处在几个大国之间，外有军队侵犯，内有连年灾荒。让我去治理，只消三年光景，便可使人人勇敢，而且懂得同列强抗争的办法。"孔子听了，淡淡一笑。冉有的志愿是："一个纵横六七十里，或者五六十里的小国，让我去治理，三年时间，可使人人丰衣足食。至于修明礼乐，那就有待于贤人君子了。"第三个回答孔子的是公西华，他说："不是我自以为有什么了不得的才能，只是说我愿意来学习一番。国家有了祭祀的典礼，或者随着国君去办外交，我愿穿着礼服，戴着礼帽，做个好傧相！"公西华说话时，曾点正在弹瑟，听孔子问他："点，你怎么样？"曾点放下手中的瑟，站起来道："我的志愿跟他们三位都不相同。暮春三月，穿一身轻暖的衣服，陪着年长的、年轻的同学，到沂水沙滩上去洗洗澡，到舞雩台上去吹吹风，一路唱着歌回来！"孔子感叹道："我赞同曾点的想法！"孔子以为，子路等三人拘于礼、仁，气象不够开阔、爽朗。只有精神发展到能够怡情于山水自然的境地，人格才算完善。

孔子这种陶醉于山水之美的情怀，由魏晋时代的名士做了淋漓尽致的发挥。有一部书，专记当时名士的言行，名叫《世说新语》。其中有个人物谢鲲，他本人引以自豪的即是对山水之美别有会心。晋明帝问谢鲲："你自己以为和庾亮相比怎么样？"谢鲲回答说："身穿礼服，庄严地站在朝廷之上，作百官表率，我不如庾亮；但是，一丘一壑（指在山水间自得其乐），臣自以为超过他。"以"一丘一壑"与朝廷政务并提，可见其自豪感。因此，当著名画家顾恺之为谢鲲画像时，便别出心裁地将他画在岩石中。问顾为什么这样，顾答道："谢自己说过：'一丘一壑，臣自以为超过他。'所以应该把这位先生安置在丘壑中。"足见魏晋名士的趣味相当一致。

也许是由于魏晋以降的儒生多拘束迂腐，也许是由于全身心陶醉于山水之美的魏晋名士对老庄更偏爱些，后世人往往将名士风流与儒家截然分为二事，似乎它们水火不容。晚明袁宏道在《寿存斋张公七十序》中批评这种误解说：

> 山有色，岚是也。水有文，波是也。学道有致，韵是也。山无岚则枯，水无波则腐，学道无韵，则老学究而已。昔夫子之贤回也以乐，而其与曾点也以童冠咏歌，固学道人之波澜色泽也。江左之士，喜为任达，而至今谈名理者必宗之。俗儒不知，叱为放诞，而一一绳之以理，于是高明玄旷清虚澹远者，一切皆归之二氏。而所谓腐滥纤啬卑滞局局者，尽取为吾儒之受用，吾不知诸儒何所师承，而冒焉以为孔氏之学脉也。

袁宏道的结论是："颜之乐,点之歌,圣门之所谓真儒也。"这话是有几分道理的。

上面说了那么多,其实是要说明一点:孔子是中国古代第一位小品文作家,《论语》是中国古代第一部小品文著作。以小品的眼光来读《论语》,不难发现一个亲切而又伟大的孔子。

比如,从《论语》中不仅能看出孔子陶醉于山水之美的情怀,还能感受到他那无坚不摧的幽默感。孔子曾领着一群学生周游列国,再三受到冷遇,途经陈、蔡时,被两国大夫率众围困,"不得行",粮食没有了,随行的人也病了,而孔子依然"讲诵弦歌不衰"。他开玩笑地问:"'我们不是野兽,怎么会来到旷野上?'莫非我的学说错了吗?"颜渊回答说:"夫子的学说极其宏大,所以天下不能容纳。不能容纳有什么不好呢?这才见出你是真正的君子。"孔子听了,油然而笑,说:"你要是有很多财产的话,我愿给你当管家。"置身于天下不容的困境中,孔子师徒仍其乐陶陶,在于他们互为知己,确信所追求的目标是伟大的。北宋的苏轼由此归纳出一个命题:"师友以道相乐,乃人间之至乐也。"

在人们的感觉中,身居显位的周公是快乐的、幸福的。其实未必然。召公负一代盛名,管叔、蔡叔是周公的弟弟,连他们都怀疑周公有篡夺君位的野心,何况别人呢?这样看来,周公虽坐拥富贵,却无亲朋与之共乐。苏轼由此体会到:周公之富贵,不如孔子之贫贱;富贵不值得看重。他的

《上梅直讲书》说的就是这个意思。

据《论语》记载,孔子还曾有过一件韵事。跟孔子同时,有个名叫南子的美女,身为卫灵公夫人,却极度风流淫荡。一次,她特地召见孔子。孔子拜见了她,还坐着她的马车,在城内兜了一圈。性情爽直的子路很不高兴,对孔子提出非议,孔子急得发誓说:"假如我孔某有什么邪念的话,老天爷打雷劈死我!"

对孔子的这件浪漫故事,历史上有两种不同的解释。一种说法认为:孔子是迷恋南子的漂亮。另一种意见则较为规矩,其代表人物是南宋的罗大经。罗大经在《鹤林玉露》中说:南子虽然淫荡,却极有识见,"有后世老师宿儒之所不能道者"。孔子之所以去见南子,即因看重她的识见,希望她改掉淫行,成为卫灵公的好内助。"子路不悦,是未知夫子之心也。"

前一种说法似乎亵渎了孔子,但未必没有可取之处。孔子讲过:"吾未见好德如好色者也。"在他看来,好色是人的不可抗拒的天性,任何人都没有资格假定自己从不好色。所以,当孔子向子路发誓,说他行端影直的时候,我们真羡慕子路,有这样一位可以跟学生赌咒发誓的老师。孔子让我们相信:圣人确有不同凡俗的自制力,但并不认为他人的猜疑是对他的不敬。相反,他理解这种猜疑,甚至觉得这种猜疑是理所当然的。

孔子是一个伟大而又亲切的小品作家,《论语》是一部伟大而又亲切的小品文著作。亲切而又伟大,这就是小品的魅力。关于中国历代小品的定位,理应以《论语》作为坐标。我想与读者交流的,主要的也就是这个看法。

回到"中华传世小品",这里要强调的是,这套书所秉承的正是《论语》的传统。它们的作者,不是伯韩所说的那种"名士",而是孔子、颜渊、曾点这类既活出了情怀、又活出了情调的哲人。不需要故作庄严,也绝无油滑浅薄,那份温暖,那份睿智,那份幽默,那份倜傥,那份自在,那份超然,足以把生活提升到一个令人陶然的境界。读这样的书,才当得起"开卷有益"的说法。

愿读者诸君与"中华传世小品"成为朋友!

武汉大学文学院教授、博士生导师　陈文新

前　言

　　文学是人学，"抒性灵"本是文学的题中应有之义。可以说，文学从它产生的那一天起，就与"性灵"不可分割地联系在一起。那反映男女恋情的《诗经》的"十五国风"，慨叹人生无常的《古诗十九首》，那讴歌"当年年少春衫薄"的唐诗，抒发"酒入愁肠化作相思泪"的宋词，都无不是性灵之作。任何一个人性未泯的文人都不能没有自己的性灵之作，这就是虽然中国历史上封建的载道文学占统治地位而性灵之作依然绵绵不绝的原因之一。

　　中国封建社会是压抑人性、排斥个性的，它也必然压抑与排斥真实抒发个人思想情感的性灵之作。正因为如此，性灵文学从萌芽到壮大的过程也总是与人们反封建礼教、争取个性解放的斗争相伴随。明代中叶商业资本主义的萌芽，商人—市民阶层的出现，洋溢着人文主义精神的思想狂飚运动的兴起，都猛烈地冲击着封建社会的思想文化统制，新的时代精神给性灵文学注入了勃勃生机。隆庆、万历年间，性灵文学发展到了鼎盛时期：首先，袁宏道提出了"性灵说"的主张，高举起"性灵文学"的旗帜；其次，性灵文学扩展到过去几乎为"载道"文学所独占的散文领域，而且一大批富有才华的文人作家积极投入"性灵小品"的创作，一时形成了占有压倒优势的性灵文学思潮，使文坛上出现了"芽甲一新,精彩八面"、"丽典新声,络绎奔会"的空前创作盛况。及至清代,虽然复古主义势力抬头,封建正统文学重新取得统治地位,但性灵小品的创作仍绵绵不绝。袁枚继袁宏道之后再倡"性灵说",袁枚、郑燮等人以清新隽永的小品创作实绩,进一步推动了性灵文学潮流的发展。这股创作潮流一直延续到与"五四"新文化运动接轨,而不少"五四"学者也自觉地把明代以来的"性灵小品"看作"新文学的文章"和自己的直接先驱。

对人的自然生命的歌唱,对尘世感性生活的赞美,对和谐人际关系的向往,对人与大自然融合一体的追求,在明清性灵小品中,都得到了极为生动的表现。在性灵派作家所创造的这片艺术天地中,人类天性获得了尊严,沉思、幻想、梦幻、回忆被赋予了价值,人间的爱情、亲情与友情被看作最值得珍视的东西,宁静淡泊而富于浪漫情调的生活被看作最理想的生活,大自然的山山水水对人们发出微笑,花鸟虫鱼的动植物世界也变得和人息息相通,……这是一片温馨的天地,足以慰藉人的心灵。

这本《独抒性灵》就其内容分为八个部分,但总的主题无外乎两个方面,一是人的自我意识的觉醒;二是对合乎"人类天性"的生活的热烈追求。

明清性灵小品是追求自由而在现实中又无法实现的知识分子们精神上的一片乐土,它所表现的,主要是人的思想情感上的自由、想象与幻想的自由,而不是人在现实关系中的自由。毕竟,像黄山人那样藐视功名,潇洒、超脱的人物,像汤显祖所说的那种使人可以死可以生的爱情,像袁枚所具有的那种建筑随园的经济实力,在现实中是少而又少的,而脱离人的社会性去谈人的个性、人类的天性,也不免流于虚幻,正因为如此,在 20 世纪 30 年代,"性灵小品"的闲适隐逸倾向曾受到过进步文人的批评,鲁迅先生与林语堂、周作人等关于"性灵小品"的论争,焦点也即在此。然而鲁迅先生并没有因此否定"性灵小品"反抗封建专制的"叛徒"精神,他说:"明末的小品虽然比较的颓放,却并非全是吟风弄月,其中有不平,有讽刺,有攻击,有破坏。"(《小品文的危机》)也在一定程度上肯定了"性灵小品"积极的现实意义。

况且,"性灵小品"的意义并不全在于现实之中。作为人类的一种审美理想,它的意义是超前的。它是处于必然王国的人们对于自由王国所作的一种展望。这种展望,即使是虚幻,也有其独特的真理性价值。

人类的梦幻,在人类不断地由必然王国向着自由王国前进的途程中,正一个个地化为现实,而那些指示着人性发展方向的梦幻,在不同时代的人们那里,都会产生强烈的共鸣。正如马克思所说,一个理想的社会,乃是一个"可以自由地表露自己固有天性"的社会(《神圣家族》)。今天广大的年轻读者,较之前辈人来说,对于"性灵小品"所描绘的闲情逸致,所展现的生活艺术,会有更多的亲切感和认同感,——这恰好说明了时代生活在前进。

目　录

至　情

幽　梦

菊隐记　唐寅（明）

　　君子之处世，不显则隐，隐显则异，而其存心济物，则未有不同者。苟无济物之心，而泛然杂处于隐显之间，其不足为世之轻重也必然矣。君子处世而不足为世之轻重，是与草木等耳。草木有可以济物者，世犹见重，称为君子，而无济物之心，则又草木之不若也。为君子者，何忍自处于不若草木之地哉？吾于此，重为君子之羞。草木与人，相去万万，而又不若之，则虽显者亦不足贵，况隐于山林邱壑之中者耶？吾友朱君大泾，世精疡医[①]，存心济物，而自号曰菊隐。菊之为物，草木中之最微者，隐又君子，没世无称之名。朱君，君子也，存心济物，其功甚大，其名甚著，固非所谓泛然杂处于隐显之中者，而乃以草木之微，与君子没世无称之名以自名，其心何耶？盖菊乃寿人之草，南阳甘谷之事验之矣，其生必于荒岭郊野之中，惟隐者得与之近，显贵者或时月一见之而已矣。而医亦寿人之道，必资草木以行其术，然非高蹈之士，不能精而明之也。是朱君因菊以隐者，若称曰：“吾因菊而显。”又曰：“吾足以显夫菊，适以为菊之累，又何隐显之可较？”云。余又窃自谓曰：“朱君于余，友也。君隐于菊，而余也隐于酒。对菊令酒，世必有知陶渊明、刘伯伦[②]者矣。”因绘为图，而并记之。

【注释】

①疡医：周代医官名，相当于后世的外科医生。

②刘伯伦：刘伶，字伯伦，西晋人，嗜酒。

【品读】

自古以来，人们常以"显"、"隐"论人，评价人格高低；唐寅却认为，隐也好，显也好，都不是衡量人格价值的标准，只有"存心济物"——做一个对社会对他人有用的人——才是衡量人格价值的真正标准。这其中，又以"隐而有用"更为难能可贵。

唐寅的好友朱大泾是一个德才兼备的良医，自号菊隐。唐寅认为，"隐而有用"的品格在他身上得到最生动的体现。医生并非显贵之人，当人们不生病的时候，谁也不会想到他，从这一点上说，医生是默默无闻的"隐者"，可是人们一旦生病，唯有他能急人所难，治病救人，是人们最需要、对人们最有用的人。刚好，"菊隐"的意象也与之相通，菊"生必于荒岭郊野之中，惟隐者得与之近"，同时，它又是"寿人之草"，可以治病救人。在这里，唐寅借助于"良医"—"菊隐"所共同构造的生动意象，传达出自己心目中理想的人格。

即使在今天，"菊隐"仍是人们心目中最高的理想人格标准。

（致新）

伤 逝① 李贽（明）

生之必有死也，犹昼之必有夜也。死之不可复生，犹逝之不可复返也。人莫不欲生，然卒不能使之久生；人莫不伤逝，然卒不能止之使勿逝。既不能使之久生，则生②可以不欲矣。既不能使之勿逝，则逝可以无伤矣。故吾直谓死不必伤，唯有生乃可伤耳。勿伤逝，愿伤生③也！

【注释】

①伤逝：伤，哀念，担忧；伤逝，哀念死者，担忧死亡。

②此处"生"指"久生"。

③伤生:伤,怜惜;伤生,怜惜生命,珍惜生命。

【品读】

死亡意识也就是一种生命意识。有生必有死,这是不以人的意志为转移的客观规律,无论人们怎样害怕死亡,阻挡死亡的到来,最终都是无济于事的。既然人终不免一死,那么,与其害怕死亡,还不如反过头来珍惜生命,发挥生命的潜能。李贽在此表达了一个朴素的唯物主义的生死观。他既不相信长生不老,也不相信生死轮回、天堂地狱的说法,不主张把生命精力投放到对"伤逝"的关注上。相反,他认为人只应当"伤生","伤生"既包含着对现实人生的执着,也包含着对人生艰难的感喟。

(致新)

在京与友人书　屠隆(明)

燕市①带面衣②,骑黄马,风起飞尘满衢陌。归来下马,两鼻孔黑如烟突。人、马屎和沙土,雨过淖泞没鞍膝。百姓竞策蹇驴③,与官人肩相摩。大官传呼来,则疾窜避委巷不及,狂奔尽气,流汗至踵。此中况味如此。遥想江村夕阳,渔舟投浦,返照入林,沙明如雪;花下晒网罟④,酒家白板青帘,掩映垂柳,老翁挈鱼提瓮出柴门。此时偕三五良朋,散步沙上,绝胜长安骑马冲泥也。

【注释】

①燕市:即北京,旧时称燕京。

②面衣:面罩。

③蹇(jiǎn)驴:蹇,跛足;蹇驴,指行走不健的驴子。

④网罟(gǔ):罟,网的总称。

【品读】

这篇小品在写作技巧上运用了类似电影"蒙太奇"的手法,通过两幅色彩迥然不同的生活画面的鲜明对比,寄寓了作者的思想情感。

紧张、拥挤、喧嚣、肮脏,人际关系的尖锐对立,构成了京都街市生活的画面氛围。

闲适、开阔、明洁、宁静,人际关系的和谐亲密,构成了乡村户外景色的画面氛围。

第一幅画是作者所处的现实中的图画,第二幅画是作者心头自然浮起的图画。

作者的归隐思想跃然纸上。

（致新）

生老病死四字关① 陈继儒（明）

人不得道,生老病死,四字关,谁能透过? 独美人名将,老病之状,尤为可怜。夫红颜化为白发,虎头健儿化为鸡皮老翁,亦复何乐? 西子入五湖,姚平仲入青城山,他年未必不死,直是不见末后一段丑境耳。故曰:神龙使人见首而不见尾。

【注释】

①原题《跋姚平仲小传》。

【品读】

人得不了道——此道非道德之道,道理之道,而是超自然的道术、方术中的道——所以不能长生不老,所以谁也过不了生老病死这一关。

最令人同情,也最易产生感伤自怜的,一是美人,二是名将。想想,当年何其飘逸美貌,惊艳的目光、奉承的言辞和成连成排的追求者,如今都到哪里去了? 想想,当年何其威风雄壮,堂前举鼎,战场杀敌,谁不敬畏? 如今却手无缚鸡之力,腰间长剑换了根桃木手杖,颤颤然一片孤寂。

说真的，谁都可以老，唯红颜美人不应有衰容白发，虎头健儿不应成鸡皮老翁，这变化实在也太苛刻了点儿吧？但话又说回来，凡事看开一点如何？既然那"四字关"谁都逃不过，又何必强求？何况曾经有过那么美妙的历史，历史又抹不掉，比起常人已不是"常人"，怕什么今不如昔？绝美一世的西施，就算红颜老去而不入五湖，三五靓妹难道竟敢在她面前大言招摇？斩杀寇贼的西陲大将姚平仲，就算老迈力不胜五岁孩童，难道会有人公然示强？

人不仅仅是自然的人，何况"丑境"毕竟只是自然的一面，所以，既然是神龙，那么就算使人见首又见尾了，又怎么样呢？

（志刚）

花史题词　　陈继儒（明）

吾家田舍，在十字水中。数重花外，设土剉①、竹床及三教书。除见道人外，皆无益也。独生负花癖，每当二分前后，日遣平头长须移花种之。犯风露，废栉沐。客笑曰："眉道人命带桃花。"余笑曰："乃花带驷马星耳。"幽居无事，欲辑花史传示子孙，而不意吾友王仲遵先之。其所撰《花史》二十四卷，皆古人韵事，当与农书、种树书并传。读此史者，老于花中，可以长世；披荆畚砾，灌溉培植，皆有法度，可以经世；谢卿相灌园，又可以避世，可以玩世也。但飞而食肉者，不略谙此味耳。

【注释】

①土剉：似为土锉，即瓦锅。《宋史·苏云卿传》："土锉竹几，地无纤尘。"

【品读】

要了解陈继儒《花史题词》的真意，无过于读唐伯虎的《桃花庵歌》。二者并读，可以互释，相映成趣。且录《桃花庵歌》如下：

> 桃花坞里桃花庵，桃花庵里桃花仙；
>
> 桃花仙人种桃树，又摘桃花换酒钱。
>
> 酒醒只在花前坐，酒醉还来花下眠；
>
> 半醒半醉日复日，花落花开年复年。
>
> 但愿老死花酒间，不愿鞠躬车马前；
>
> 车尘马足贵者趣，酒盏花枝贫者缘。
>
> 若将富贵比贫者，一在平地一在天；
>
> 若将贫贱比车马，他得驱驰我得闲。
>
> 别人笑我忒疯颠，我笑他人看不穿；
>
> 不见五陵豪杰墓，无花无酒锄作田。

这位明代中叶的苏州才子与晚明山人陈继儒一样，都对于花有特殊嗜好，且都是以种花、赏花以避世、玩世。所不同的是，唐伯虎诗末点出了自己之所以将人生看穿的理由，终带有一点悲凉的气氛；而陈继儒《花史题词》则全是一种乐天知命的情调，笔触轻灵而又略带调侃：以种花赏花为长寿要诀，并以种花有道比拟治理天下国家的“经世”，认为当一个灌园叟何等自在，既避开了世间的烦扰，又能过一种无拘无束的生活，拿一个卿相的职位来换也不干！官场中的“肉食者”领略不到花中之趣，那是他们没福！

《桃花庵歌》与《花史题词》，同是花癖的作品，前者基于宇宙人生的悲剧意识，后者则超越了此种悲剧意识，明代文人避世心态之演变于此可见一斑。

（苏民）

颜子身讽　陈继儒（明）

颜子①居陋巷，一箪食，一瓢饮。孔子贤之，非贤其安贫乐道也。安贫乐道，独行苦节之士皆能之，何足以难颜子。

颜子,王佐②才也,箪瓢陋巷中,却深藏一个王佐。当是时,不特仲由子贡诸侪辈拉他不去,即其师孔子栖栖皇皇,何等急于救世,而颜子只是端居不动,而且有以身讽孔子之意。其后孔子倦于辙环,亦觉得陋巷的无此劳攘;厄于绝粮,亦觉得箪瓢的无此困顿;又其后,居夷浮海,毕竟无聊,原归宿到蔬水曲肱地位,而后知颜子之早年道眼清澈耳,所以有感而三叹其贤也。古人云:智与师齐,减师半德,智过于师,乃堪传授。其颜氏之谓耶! 故终日不违,不见他如愚,惟于箪瓢陋巷时味之,绝不露王佐伎俩,亦绝不露三十岁少年圭角,至此方见得颜子如愚气象。

【注释】

　　①颜子:即颜回,孔子的弟子。

　　②王佐:帝王的辅佐。

【品读】

　　这是一篇别出新意的借重新解释历史来表达自己人生态度的小品文。

　　颜回是一个为孔子和历代儒家称颂的安贫乐道的典型,所谓"颜子居陋巷,一箪食,一瓢饮,曲肱而卧,回也不改其乐"。而陈继儒认为,安贫乐道乃是独行苦节之士皆能之事,不足以见出颜子的苦心。颜子乃是一个有王佐之才的人物,他尽可以去显露自己的才干,但他却能将帝王之佐的才干和英杰豪举之士的锋芒一概收拾深藏,以看破红尘的清澈的道眼旁观旧贵新贵争权夺利的扰攘人世。这是颜子主动选择的一种生活方式,绝非安贫乐道的被动因应环境的态度所能概括。

　　陈继儒更认为,颜子在"道眼清澈"、先知先觉方面,是远胜过他的老师孔子的。孔子一生栖栖皇皇地去游说列国的国君,以求得任用,然而时运不济,困于陈,厄于匡,再逐于卫,"惶惶然如丧家之犬"。与此相比,看破了一切的颜子却是只端坐不动,别人拉他不去,"有以身讽孔子之意"。而孔老夫子在吃尽了苦头之后,也觉得如此劳攘困顿和"居夷浮海"之想，实在无聊，深感颜子"智过于师"，愿意回到颜子那样的"蔬水曲肱"的生活中来。在孔子面前，颜子确实是不违如愚，然而，颜子心中实在是清楚明白得很呢。

陈继儒的上述看法，充满了新鲜的意趣，也是他自己和晚明相当多的读书人的人生态度的写照。晚明政治黑暗，迫使许多士人远离政治，以求免祸自安。这些人并非无用世之才，只是黑暗的政治迫使他们宁舍用世之志而取闲居悠游之乐。作者虽然赋予了这种人生态度以自我的主观选择和"道眼清澈"的美誉，但总的看来，依然是消极的。

（苏民）

世人所难得者唯趣^①　袁宏道（明）

世人所难得者唯趣。趣如山上之色、水中之味、花中之光、女中之态，虽善说者不能下一语，唯会心者知之。今之人慕趣之名，求趣之似，于是有辨说书画、涉猎古董以为清^②，寄意玄虚、脱迹尘纷以为远^③，又其下则有如苏州之烧香煮茶者。此等皆趣之皮毛，何关神情？夫趣得之自然者深，得之学问者浅。当其为童子也，不知有趣，然无往而非趣也。面无端容，目无定睛，口喃喃而欲语，足跳跃而不定，人生之至乐，真无逾于此时者。孟子所谓不失赤子^④，老子所谓能婴儿^⑤，盖指此也，趣之正等正觉^⑥最上乘也。山林之人，无拘无缚，得自在度日，故虽不求趣而趣近之。愚不肖之近趣也，以无品^⑦也，品愈卑，故所求愈下。或为酒肉，或为声伎^⑧，率心而行，无所忌惮，自以为绝望于世，故举世非笑之不顾也，此又一趣也。追夫年渐长，官渐高，品渐大，有身如梏^⑨，有心如棘，毛孔骨节俱为闻见知识所缚，入理愈深,然其去趣愈远矣。余友陈正甫,深于趣者也,故所述《会心集》若干人,趣居其多,不然,虽介若伯夷⑩、高若严光⑪,不录也。噫,孰谓有品如君、官如君、年之壮如君、而趣如此者哉!

【注释】

①本文原题为《叙陈正甫会心集》。

②清:清高。

③远:超脱。

④不失赤子:《孟子·离娄下》:"孟子曰:'大人者,不失其赤子之心者也。'"

⑤能婴儿:《老子·十章》:"专气致柔,能婴儿乎?"

⑥正等正觉:正等,即上等。正觉,佛教以达到大彻大悟的境界为正觉。

⑦无品:品,品级,品第。

⑧声伎:歌女。

⑨梏:古代木制的手铐。

⑩介若伯夷:介,耿介;伯夷,殷朝王亲,周武王灭殷后,他和兄弟叔齐逃到首阳山,不食周粟而饿死。

⑪严光:东汉初隐士。刘秀称帝后召他入京做官,被他拒绝。

【品读】

封建社会的思想文化是压抑人性的,在明代前期,"存天理,灭人欲"的程朱理学是封建统治的精神支柱,及至明代中后期,随着资本主义的萌芽、市民阶层的兴起,人们对传统的思想文化观念发生了怀疑。他们开始肯定"人欲"的合理性,呼唤被封建思想文化、道德规范压抑殆尽的人的自然本性。袁中郎在本文中所提出的"趣",正是对人的自然本性的发掘与肯定。

何谓"趣"?不同的人有不同的理解。有人以文化为趣,辨字画、识古董、谈玄虚、烧香煮茶,袁宏道以为他们只得着了"趣"的皮毛,没有得着"趣"的真精神,至于那些"年渐长、官渐高、品渐大",官运亨通、飞黄腾达的人们,袁宏道认为他们是最没趣味的人,因为他们已经把自己陶铸成了封建伦理道德的化身,失去了人的自然天性,"有身如桎,有心如棘",身心被囚在牢笼之中,有什么"趣"味可言?袁宏道在这里提出了三种有趣之人:童子、山林之人、愚不肖,而这三种人恰好是受社会思想文化浸染最少,身上更多保存着人的自然本性的人。他认为有趣之人首推儿童,因为儿童在没有长大成人受到教育之前完全是自然之物,他的一举一动,一颦一笑都发乎自然,"面无端容,目无定睛,口喃喃而欲语,足跳跃而不定",这是何等生机盎然的自然之趣!及至长大成人,受到封建思想文化、道德规范的浸染,这种童真之趣便令人遗憾地消失了。袁中郎提出的第二种有趣之人是"山林之人",也就是那些远离尘世的喧嚣、名利场上的争斗,生活在大自然怀抱中的人,这些人不是隐士,就是渔翁樵夫猎人,他们向大自然索取给养,生活虽清贫却自由自在,无须受封建礼义规范的束缚,人与人之间无须明争暗斗,尔虞我诈,因而能较多保留人的淳厚朴素的自然天性。袁中郎提出的第三种有趣之人是"愚不肖",所谓"愚不肖",实际上是那些生活在社会化环境之中却置社会道德规范于不顾,被社会人群视为不堪教育,不可救药的人们。他们率性而行,无所顾忌,沉湎酒色,放浪形骸,不怕世人的耻笑、鄙视,袁宏道认为在这些人身上,也保留着一些人的自然本性,也不失为一种"趣"。"食色性也",袁中郎把"愚不肖"对食色的追求看作一种"趣",实际上是更大胆、更直露地肯定人的自然欲望,包括好色、好享乐的合理性,而这一切,对于"存天理、灭人欲"的宋明理学,无疑是一种最大胆、最猛烈的挑战。

(致新)

座右铭　　袁宏道(明)

怒是尔猛虎,欲是尔深渊,功名是尔沸汤,勤思是尔砺锻①。尔一不避,焉能尔免?

【注释】

①砺锻:砺,磨刀石;锻,打铁。砺锻,磨砺锻炼。

【品读】

　　人的生命活动总是遵循着释放—贮存、外化—内守这样一个动静相生的自然规律而进行的,东方生命哲学基于对生命有限性的认识,从养生的角度出发,着重强调虚静、贮存、内守对生命的意义。它看到人对外物的过分追求,七情六欲的过分放纵,心智活动的过于激烈,往往使人失去内心平衡和身体健康,要求人做到清心寡欲,恬淡自适,心平气和,顺应自然。袁宏道在此"座右铭"中,将怒、欲、功名、勤思看作戕害生命的因素,提醒自己时时加以警惕,正是以东方生命哲学思想为根基的。类似的"座右铭"还有"酒是穿肠毒药,色是刮骨钢刀,财是下山猛虎,气是惹祸根苗",等等。这些箴言,对于那些自恃轻用、耗神竭劳、追名逐利、纵欲无度的人们,无疑是一剂清醒剂。

(致新)

苦乐说① 　袁宏道(明)

　　世上未有一人不居苦境者,其境年变而月不同,苦亦因之。故作官则有官之苦,作神仙则有神仙之苦,作佛则有佛之苦,作乐则有乐之苦,作达则有达之苦。世安得有彻底甜者?唯孔方兄庶几近之。而此物偏与世之劳薪为侣,有稍知自逸者,便掉臂不顾,去之惟恐不远。然则人无如苦何邪?亦有说焉。人至苦莫令若矣,当其奔走尘沙,不异牛马,何苦如之。少焉入衙斋,脱冠解带,又不知痛快将何如者。何也?眼不暇求色即此色,耳不暇求音即此音,口不暇求味即此味,鼻不暇求香即此香,身不暇求佚即此佚,心不暇求云搜天想即此想。当此之时，百骸俱适，万念尽销，焉知其他。始知人有真苦，虽至乐不能使之不苦；人有真乐，虽至苦不能使之不乐。故人有苦必有乐，有极苦必有极乐。知苦之必有乐，故不求乐；知乐之生于苦，故不畏苦。故知苦乐之说者，可以常贫，可以常贱，可以长不死矣。中郎近日受用如此，敢以闻之有道。

【注释】

①此文为作者给王以明的信，标题为编者所加。

【品读】

人生总是苦乐相生的。无论地位高低，无论从事何种职业，都逃不出这个法则，世上没有只苦不乐的人，也没有只乐不苦的人。

袁宏道以自己的亲身体验悟出这个道理。当官，在某些人看来是天下最惬意的事了，旧时的官吏在物质生活上享有极大的特权，袁宏道对这种物质享受很感兴趣，但他与此同时也深切感到"官身不由己"、公务缠身、劳碌奔波之苦；有钱，在他看来是件最舒服的事，但与此同时他又看到赚钱的辛劳，要贪图安逸便不能赚钱。由此得出"知苦之必有乐，故不求乐；知乐之生于苦，故不畏苦"的结论。

显然，袁宏道是以个人享乐主义为标准去衡量苦乐的，他以劳为苦，以逸为乐，以奉献为苦，索取为乐，这种出发点导致了他认识上的局限。他只看到有钱舒服，却没有看到有钱也可能给人带来的祸患；他只看到劳动艰苦，却没有看到艰苦劳动的锻炼对人的身心健康的积极作用；他只看到当官奔波的苦，享受的乐，却没有看到一个好官的真正价值恰恰在于他能奔波公干，为民作主，为民办事，而不是看他索取多少，有多少特权。

袁宏道对苦乐的认识是肤浅的，不彻底的，但他能看到苦与乐的相互转化，对生活中的苦与乐能够处之泰然，获得心理平衡，"不畏苦，不求乐"，达到一种比较超然的精神境界，这比起那些一

心只知道追求升官发财,只知其乐不知其苦的人,无疑是一种
进步。

(致新)

兰亭记 　袁宏道(明)

　　古今文士爱念光景,未尝不感叹于死生之际。故或登
高临水,悲陵谷①之不长;花晨月夕,嗟露电②之易逝。虽当
快心适志之时,常若有一段隐忧埋伏胸中,世间功名富贵举
不足以消其牢骚不平之气。于是卑者或纵情曲蘗③,极意声
伎④;高者或托为文章声歌,以求不朽;或究心仙佛与夫飞升
坐化⑤之术。其事不同,其贪生畏死之心一也。独庸夫俗
子,耽心势利,不信眼前有死。而一种腐儒,为道理所锢,亦
云:"死即死耳,何畏之有!"此其人皆庸下之极,无足言者。
夫蒙庄⑥达士,寄喻于藏山;尼父圣人,兴叹于逝水。死如不
可畏,圣贤亦何贵于闻道哉?

　　羲之《兰亭记》⑦,于生死之际,感叹尤深。晋人文字,如
此者不可多得。《昭明文选》⑧独遗此篇,而后世学语之流,
遂致疑于"丝竹管弦""天朗气清"之语,此等俱无关文理,不
知于文何病?昭明,文人之腐者,观其以《闲情赋》⑨为白璧
微瑕,其陋可知。夫世果有不好色之人哉?若果有不好色
之人,尼父亦不必借之以明不欺⑩矣。

　　兰亭在乱山中,涧水弯环诘曲,意古人流觞⑪之地即在
于此。今择平地砌小渠为之,与人家园亭中物何异哉!

【注释】

　　①陵谷:《诗·小雅·十月之交》:"高岸为谷,深谷为陵。"比喻
世事变迁,高下易位。

　　②露电:朝露易干,闪电一瞬即无,比喻事物存在时间的短暂。

语出《金刚经》:"一切有为法,如梦幻泡影;如露亦如电。"

③曲糵:皆指酒曲,这里指饮酒。

④声伎:古代以歌舞为业的女子。

⑤坐化:佛教名词,传说中有些高僧临终时,常常端坐而逝,称为坐化。

⑥蒙庄:即庄周,因他是宋国蒙人,又做过蒙漆园吏,故有此称。

⑦《兰亭记》:又称《兰亭集序》。晋王羲之撰。王羲之是东晋著名书法家、文学家。永和九年春,王羲之与当时名流、文士四十多人在兰亭修禊宴聚,《兰亭集序》即是作者为与会者所作诗篇集子撰写的序文,文章描写兰亭美丽的春景及聚会盛况,转而兴叹世事,感叹生死,表现出作者对短暂人生的执着热爱与深切感伤。

⑧《昭明文选》:总集名。南朝梁昭明太子萧统编。又称《文选》。

⑨《闲情赋》:晋陶渊明撰。陶渊明在此赋序言中说写作目的在于讽谏人们防闲流宕的情思。赋中描述了强烈爱慕的情思。十愿十悲,想象奇瑰,辞采华丽,情致淋漓。

⑩"尼父"句:《论语·子罕》:"子曰:'吾未见好德如好色者也。'"

⑪流觞:古人每逢三月三日,集会于环曲的水渠旁,在上流放置酒杯,任其顺流而下,停在谁的面前,谁即取饮,叫作"流觞"。王羲之《兰亭集序》:"又有清流激湍,映带左右,引以为流觞曲水。"

【品读】

当人的自我意识觉醒之后,对生命的苦恼便开始折磨着他。

个体的生命是短暂的,生命的终点是死亡。人越是热爱自己的生命,越是体验到自己独一无二的生命价值,越是难以接受"人终有一死"这一严酷的命运安排。魏晋时代是人的自我意识觉醒的时代,晋代大书法家、文学家王羲之的《兰亭集序》之所以流传千古,脍炙人口,在于它强烈表达了"生死亦大矣"这一个体生命的悲剧意识,表达了对生命的珍爱,对生命易逝的无奈以及在死亡面前不能超然的感伤情怀。明代有着类似魏晋的时代背景,《兰亭集序》与袁宏道的思想发生了强烈的共鸣,他指出:"羲之《兰亭记》,于死生之际,感叹尤深。晋人文字,如此者不可多得。"

给个体生命意识的觉醒以极高的评价。他甚至以是否具有生命意识为标准将社会人群分为两类：对生命敏感的人和对生命麻木的人。

在袁宏道看来，对生命敏感的人或纵情声色，寄情山水，尽情享受人生的欢乐，或著书立说，求神拜佛，追求思想灵魂的不朽，这些人虽然精神境界有高下之分，但他们热爱生命、畏惧死亡的心却是共同的；而对生命麻木的人或终身追求功名利禄，"不信眼前有死"，或者"为道理所锢"，把死亡看得无足轻重，认为"死即死耳，何畏之有"。袁宏道认为这种人"庸下之极，无是言者"，没有领会生命的真谛。

以自然人性去对抗被扭曲了的人的社会性，以个体生命的价值去对抗社会对人性的扼杀与异化，是袁宏道的一贯思想。这一思想在他的生死观上表现得尤为明显。对生命的珍爱，对死亡的抗争，对自然人性的肯定，这一切，无疑促进了人的个体生命意识的觉醒。然而就每个个体而言，与死亡的抗争终是徒劳的，人类渴望永生的希望只能寄托于生命的繁衍，社会的延续，个体生命也只有融化于群体、社会，才能形成"无始无终的大生命"（李大钊语）。将个体生命与群体、社会割裂开来寻求生命的意义，恰恰是袁宏道思想的误区。

（致新）

人情必有所寄① 袁宏道（明）

髯公近日作诗否？若不作诗，何以遣此寂寞日子？人情必有所寄，然后能乐。故有以弈为寄，有以色为寄，有以技为寄，有以文为寄。古之达人，高人一层，只是他情有所寄，不肯浮泛虚度光景。每见无寄之人，终日忙忙，如有所失、无事而忧，对景不乐，即自家亦不知是何缘故，这便是一座活地狱,更说甚么铁床铜柱刀山剑树②也！大抵世上无难为的事,只胡乱做将去,自有水到渠成日子。如子髯之才,天下事何不可为？只怕慎重太过,不肯拼着便做。勉之哉！毋负知己相成之意可也。

【注释】

①本文是作者给李子髯的一封信。标题为编者所加。李子髯,袁宏道的妻舅和密友。

②"铁床"句:传说中阳间有罪的人,在阴间要受的种种残酷折磨。

【品读】

人生是一个过程。生命在不断流逝,正如孔夫子所感叹的,"逝者如斯,不舍昼夜"。

倘若人生没有寄托,没有追求,人生将会变得何等空虚、乏味！袁中郎提出的"人情必有所寄,然后能乐",确是至理名言。"寄"便是赋予生命一个目标,使之获得意义,成为实实在在可以把握的东西。人的生命需要对象化、客观化,只有将自己的生命投射到外物上,在某一点上持之以恒,孜孜以求,使其体现出自我的价值,生活才会有滋有味,有棱有角,丰富多彩。当一个人看到自己在某一方面的成功时,哪怕仅仅是很小的成功,他所感受到的那种自我实现的快乐,是任何其他快乐所不能比拟的。相形之下,那些生命无所寄托,虚度年华的人,像无根的浮萍一样漂泊不定,终日忙碌又无所事事,在空虚无聊中打发时光,袁中郎认为这样的生活就像活地狱一样可怕,这样生活的人,当然没有快乐可言。

人只能干好自己愿意干的事。人生所"寄"的目标,不应是外力强加的,也不应去追随时尚,效仿他人,而只能是个人的情感所在,兴趣所在,才能所在。唯其如此,才能真正最大限度地发挥人自身的内在潜能。

袁中郎在此还提出一个"做"的问题。要干成任何事,都不能停留在空想中,不能慎重太过,追求完美,也不能一味等待条件成熟。"胡乱做去",便是干起来再说,边干边学,在干中解决困难,有了这种实干精神,人生的寄托才不至于落空。

值得一提的是,袁中郎对"寄"的本身有精彩的论述,但对"寄"的内容却未加区分。清人石成金指出,"寄"有清浊之分,寄的目标应该高远健康,而不是卑微低下,"能领清寄者,日日做快乐神仙,甘蹈浊寄者,日日为苦恼囚犯",这应是对袁中郎"寄"的论述的有益补充。

(致新)

与兰泽、云泽①叔 袁宏道(明)

长安沙尘中,无日不念荷叶山②乔松古木也。因叹人生想念,未有了期。当其在荷叶山,唯以一见京师为快;寂寞之时,既想热闹;喧嚣之场,亦思闲静,人情大抵皆然。如猴子在树下,则思量树头果;及在树头,则又思量树下饭;往往复复,略无停刻,良亦苦矣。尊叔虽居深山,实享天宫之乐,不可不知。双桂树下,酒瓮如人,树皮如蟒,黄山青色,万片飞来,更不知有寒暑之易,及人间爱别离之苦。由此观之,虽得一官,亦当掉臂不顾,明矣。

【注释】

①兰泽、云泽:是袁宏道少年时代曾与之同窗共读过的两位堂叔。

②荷叶山:位于湖北省公安县长安里桂花台,袁宏道的出生地。

【品读】

这是在京城作官的袁宏道给他家乡荷叶山的两位堂叔的信。

袁宏道早年在家乡读书时很想到京城作官,及至真的作了京官,又叫苦不迭,怀念起家乡闲静的生活。由此袁宏道发现,人生的欲望常常是矛盾的,静极思动,动极思静,拥有一种生活方式又会羡慕另一种生活方式。这种永不安分,永不满足,不断追新,渴望变化的心态,大概是人性所固有的吧。"如猴子在树下,则思量树头果;及在树头,则又思量树下饭","人情大抵皆然",——在这里,袁宏道已由对外在客观环境的追求转向对人自身欲望的多面性、矛盾性的探索。

人生是选择,是一次性的投入。既然生活不可能十全十美,面面俱到,有所得就必有所失,有所取就必有所弃,那么,人就应该毅然选择好自己的目标,以"掉臂不顾"的精神走自己的路,在某些方面不懈追求,在其他方面知足常乐,否则,"往往复复,略无停刻,良亦苦矣",——如果总是这山望着那山高,犹豫不决,患得患失,左顾右盼,只能使自己陷于永远摆脱不掉的苦恼之中。

(致新)

与顾绍芾秀才 袁宏道(明)

人生愿欲,决无了时。作童生①者,以得青衿②为了,然一入学宫③,而不了犹故也。作孝廉④者,以得乌纱⑤为了,然一登甲第⑥,而不了犹故也。未得则前涂⑦为究竟,涂之前又有涂焉,可终究欤?已得则即景⑧为寄寓,寓之中无非寓焉,故终身驰逐而已矣。且夫生之急于贵,死之甚于贱,审⑨矣,一童子辨之,岂必贤知⑩而后决哉!

然而,今之作推知中行⑪者,恨不一日即三载也。何也?以促三载,有京官之利也。官台省⑫者,恨不一日即八九载;官翰苑⑬者,恨不即时发白齿落也。何也?以老科道有堂卿⑭之利,老翰林有入阁⑮之利也。爱富贵之心,甚于爱生;恶贫贱之心,狠于恶死,茫茫不返,滔滔皆是。即贤智或不免焉,愚哉,贪哉!病中勘得此机甚透,故果于拂衣⑯。

小刻二种寄上。

【注释】

①童生：明清时期，凡应考生员（秀才）的士子，不论年龄大小，通称"童生"。

②青衿：明清时代指秀才。

③学官：学舍。

④孝廉：明清对举人的别称。

⑤乌纱：代指官职。

⑥甲第：这里泛指考中进士。

⑦前涂：前途。

⑧即景：眼前景物，此处借指已得到的利益。

⑨审：明白。

⑩贤知：同贤智。

⑪推知中行：推知，指推官、知事；中行，古代刑、户二部为中行。此处借指各部官署的僚属。

⑫台省：此处泛指中央官署。

⑬翰苑：即翰林院。

⑭科道：明代吏、户、礼、兵、刑、工六科给事中及各道监察御史，统称科道。堂卿：古代中书、门下省长官理事处叫理事堂，明代大理寺、太仆寺等中央官署设卿，故称堂卿。

⑮阁：明代设文渊阁、东阁等，大学士为皇帝顾问，中叶以后，多以尚书、侍郎入阁，参与中央机务。

⑯拂衣：代指辞官。

【品读】

人的欲望和追求，有时固然也能成为促进人走向成功的动力，但过度的欲望追求，对生活无止境的功利主义态度，却是相当愚蠢的。在这篇文章中，袁宏道生动描画了那些终身奔驰在名利场上、马不停蹄、如痴如狂、铤而走险、欲壑难填的人们，他们对自己已经得到的东西永不满足，眼睛永远盯住前面更诱人的目标，为了升官发财不惜损害自己的身体，缩短自己的寿命。这种人在社会上比比皆是,这种人生态度在许多人看来也很正常,而袁宏道却对此表示根本的怀疑。在这里,他提出了"死"的概念,"生之急于贵,死之甚于贱",既然人最终都难免一死,那么,又何苦要使自己生前心为形役,劳碌不息,无休止地追求那些身外之物呢?法国哲学家卢梭曾说,学哲学即是学死。没有死亡意识,就不能参透人生。袁中郎正是基于对人生有限性的理解,看透了人们野心和贪欲的虚妄,重新思考生命的意义和价值。在他看来,一个聪明的人是珍惜生命、热爱生命、能在有限的客观条件下充分享受人生欢乐的人。愚蠢的人把生命途程的每一阶段仅仅当作客栈,不知享受,匆匆奔向下一个虚妄的功利目标,而聪明人却认为生命的每一时,每一刻,都值得珍视和品味。袁宏道的这种观点,既表达了他崇尚自然生命的人生态度,同时与他对现实社会普遍流行的价值观念的怀疑和批判是分不开的。

（致新）

说 "笑"① 王思任（明）

古之笑出于一,后之笑出于二,二生三,三生四,自此以后,齿不胜冷也。王子曰:笑亦多术矣,然真于孩,乐于壮,而苦于老。海上憨先生者老矣,历尽寒暑,勘破玄黄②,举人间世一切虾蟆傀儡马牛魑魅抢攘忙迫之态,用醉眼一缝,尽行囊括。日居月储,堆堆积积,不觉胸中五岳坟起,欲叹则气短,欲骂则恶声有限,欲哭则为其近于妇人,于是破涕为笑。极笑之变,各赋一词,而以之囊天下之苦事,上穷碧落,下索黄泉,旁通八极,由佛圣至优旃③,从唇吻至肠胃,三雅四俗,两真一假,回回④演戏,绦龙打狗;张公吃酒,夹糟带清,顿令虾蟆肚瘪,傀儡线断,马牛筋解,魑魅影逃,而憨老胸次,亦复云去天空,但有欢喜种子,不知更有苦矣。此之谓可以怨,可以群,此之谓真诗。若曰打起黄莺儿,摔开皱眉事,憨老笑了一生矣,近又得聋耳长进笑矣,奚其词也!

【注释】

①原题《屠田叔〈笑词〉序》。屠田叔:即屠本峻,字田叔,明末浙江鄞县人,官至湖南辰州知府,诗文家,晚年自号憨先生。

②玄黄:即天地。

③优倛:古代的优人,即以乐舞戏谑为业的曲艺演员。

④回回:旧时称回民。

【品读】

晚明笑话寓言集之多,超迈前古,屠田叔《笑词》是为数众多的此类集子之一。王思任为其作序言,对这一现象作了解释。

作者认为,上古时代人性淳朴,所以他们的笑是真笑,而后世人之笑就有许多缘由了,以致造成了如今"笑亦多术"的局面。在人的一生中,只有在童年时代,笑才是童心、真心的自然展现;青壮年时代的笑,亦多是对于人生充满信心和希望的表现;可是随着年岁增长,阅世渐深,看尽人世丑恶之事,种种不满、愤恨、悲哀之情郁积于胸,无论是叹息、怒骂还是痛哭,都不能使郁积尽消,且年事已高,无力改变现实,于是乃破涕为笑,以笑谈包涵平生所见令人欲叹欲骂欲哭之事,以抒胸中郁愤,此时之笑已是苦于老了。《笑词》乃是"苦于老"之笑化为文字,使笑谈暗含讽喻,借以揭露和讽刺社会的丑恶现象。

一个人到了晚年无力改变社会现实,所以作笑话以抒愤;一个社会到了日薄西山的时候,也正是政治笑话在民间层出不穷的时候。晚明时期大量笑话集的产生,正是朱明统治集团已走上穷途末路而正直健康的社会力量又无力改变现实这一社会状况的反映。

(苏民)

梦忆序　张岱（明）

　　陶庵国破家亡，无所归止，披发入山，骇骇①为野人。故旧见之，如毒药猛兽，愕窒不敢与接。作自挽诗，每欲引决，因《石匮书》未成，尚视息人世。然瓶粟屡罄，不能举火。始知首阳二老②，直头③饿死，不食周粟，还是后人妆点语也。

　　饥饿之余，好弄笔墨。因思昔人生长王谢④，颇事豪华，今日罹此果报。以笠报颅，以黄⑤报踵，仇⑥簪履也；以衲报裘，以苎报绨⑦，仇轻暖也；以藿⑧报肉，以粝报粻⑨，仇甘旨也；以荐⑩报床，以石报枕，仇温柔也；以绳报枢，以瓮报牖，仇爽垲⑪也；以烟报目，以粪报鼻，仇香艳也；以途报足，以囊报肩，仇舆从也。种种罪案，从种种果报中见之。鸡鸣枕上，夜气方回，因想余生平：繁华靡丽，过眼皆空，五十年来，总成一梦。今当黍熟黄粱⑫，车旋蚁穴⑬，当作如何消受？遥思往事，忆即书之，持向佛前，一一忏悔。不次⑭岁月，异年谱也；不分门类，别志林也。偶拈一则，如游旧径，如见故人，城郭人民⑮，翻用自喜，真所谓痴人前不得说梦矣。

　　昔有西陵脚夫，为人担酒，失足破其瓮，念无以偿，痴华伫想曰："得是梦便好。"一寒士乡试中式，方赴鹿鸣宴⑯，恍然犹忆非真，自啮其臂曰："莫是梦否？"一梦耳，惟恐其非梦，又惟恐其是梦，其为痴人则一也。余今大梦将寤，犹事雕虫，又是一番梦呓。因叹慧业文人，名心难化，政如邯郸梦断，漏尽钟鸣，卢生遗表，犹思摹榻二王，以流传后世⑰。则其名根⑱一点，坚固如佛家舍利⑲，劫火猛烈，犹烧之不失也。

【注释】

　　①骇（xiè）骇：惊骇。

②首阳二老:指殷周之际逃往首阳山的伯夷、叔齐。

③直头:实际上。

④王谢:指六朝时代的望族王、谢二姓,后为高门世族的代称。

⑤屩(kuì):麻鞋。

⑥仇:复仇,此处指报应。

⑦苎、绤:苎,粗布;绤,细葛布。

⑧藿:豆叶。

⑨以粝(lì)报粱:粝,粗米;粱,细粮。

⑩荐:草垫。

⑪爽垲:通风干燥。

⑫黍熟黄粱:见唐人沈既济传奇小说《枕中记》,用卢生黄粱一梦的典故。

⑬车旋蚁穴:见唐人李公佐《南柯太守传》,用淳于棼梦游大槐安国,任南柯太守,醒后乃知大槐安国为一蚁穴之典。

⑭次:依次。

⑮城郭人民:《搜神后记》载:汉丁令威学道成仙后,化鹤归辽,徘徊空中曰"城郭如故人民非"。

⑯鹿鸣宴:明清时乡试揭晓,例宴主考以下各官及新进举人,称之为鹿鸣宴。

⑰"邯郸梦断……以流传后世":指卢生希望将其摹榻的王羲之、王献之父子书法流传后世一事。亦见沈既济《枕中记》。

⑱名根:佛家以能派生者为根,"名"能使人产生种种情感、行为,故称"名根"。

⑲舍利:指死者火葬后的残余骨烬。

【品读】

"人生如梦",是一种普遍的人生感触,然而这种感触往往产生于生活的突变之际。现实生存环境的巨大变化,前后两种生活的巨大反差,使生活对于人来说变得荒谬起来,不可理解,不可接受,一种恍若隔世的梦幻之感便会油然而生。

　　张岱经历了国破家亡之痛，由一位贵族公子遽然沦为山间野人，过去的繁华靡丽，成为过眼烟云，他怎能不对人生产生梦幻之感呢？他试图用佛教的因果报应去解释这一切，用万事皆空的虚无主义去安慰自己，可是他的心情仍然不能真正平静。昔日的美好生活情景，历历在目，使他刻骨铭心，永志难忘，只有当他将自己的精神情感沉浸在那已经灰飞烟灭的旧梦中时，他才感到找到了精神寄托。于是乎，他唯一想做而能做的事就是"痴人说梦"，深情追忆自己过去所亲身经历过的生活情景，用他那支充满了才情的笔，有声有色地把它们描画出来。

　　张岱虽自嘲"大梦将寤，犹事雕虫"是"名心难化"，但他这种"名心"，与得意文人们追名逐利的"名心"是不可同日而语的。此时他执着的写作态度，是他生命意志的顽强表现，也是他确证自我存在的唯一理由。而这些追忆往昔美好生活一去不复返的感伤的文学，在文学史上，从来就是最能打动人心的部分。

（致新）

《西湖梦寻》序　　张岱（明）

　　余生不辰，阔别西湖二十八载，然西湖无日不入吾梦中，而梦中之西湖，实未尝一日别余也。前甲午丁酉，两至西湖，如涌金门商氏之楼外楼、祁氏之偶居、钱氏余氏之别墅及余家之寄园，一带湖庄，仅存瓦砾，则是余梦中所有者，反为西湖所无。及至断桥一望，凡昔日之弱柳夭桃、歌楼舞榭，如洪水湮没，百不存一矣。余乃急急走避，谓余为西湖而来，今所见若此，反不若保吾梦中之西湖，尚得完全无恙也。因想余梦与李供奉①异：供奉之梦天姥也，如神女名姝，梦所未见，其梦也幻；余之梦西湖也，如家园眷属，梦所故有，其梦也真。今余傃②居他氏已二十三载，梦中犹在故居；

旧役小傒,今已白头,梦中仍是总角。夙习未除,故态难脱,而今而后,余但向蝶庵岑寂,蘧③榻于徐,惟吾旧梦是保,一派西湖景色犹端然未动也。儿曹诘问,偶为言之,总是梦中说梦,非魇即呓也,因作《梦寻》七十二则,留之后世,以作西湖之影。余犹山中人归自海上,盛称海错之类,乡人竟来共舐其眼。嗟嗟!金蕑瑶柱,过舌即空,则舐眼亦何救其馋哉!岁辛亥七月既望,古剑蝶庵老人张岱题。

【注释】

①李供奉:即李白,唐天宝年间曾任翰林院供奉,故称。

②傒(jiù):租赁。

③蘧(qú):草名。

【品读】

梦,大致有两种类型吧。一类是"梦所未见,其梦也幻",像大诗人李白的《梦游天姥吟留别》,其中的神女诸人诸事,实为幻造;一类是"梦所故有,其梦也真",如张岱老先生此文所言梦中西湖故景旧物,却是复现。

老做噩梦,固然是件可怕的事;但若根本无梦,则也庶几近之,一般的不好受。多少有点科学根据的说法称:做梦才是你真正睡了的证明,进而可以推论出"我梦故我在"了。

张老先生是性情中人。他倒不是个迷恋美梦的人,他是不忍面对美好事物的被毁灭,不忍承认一带湖庄已换了断壁残垣。目睹了明王朝覆灭悲剧的张老先生,满怀国破家亡之感,复见旧梦再被摧残,其哀其痛可知也。

这是一次梦(其实是记忆吧)与现实的冲突,也是一次美与丑的冲突。

只有一个问题:如果这二十八年过后,张老先生在此看到的并不是仅存瓦砾的废墟,而是更为富丽堂皇的楼台景致,那么他还会不会"急急走避"而"惟吾旧梦是保"呢?

窃以为,他恐怕仍然是要"梦寻"的。因为新的一切即便是辉煌胜过往昔并不再属于他,而只有旧梦才是别人无法侵犯的"我"的领地。

如此,这又是一次"我"与"他"的冲突了。因为,"我不能停止怀念"(歌词),而"他"已是异物,毕竟不是"我"要怀念和寻找的。

(志刚)

《水浒传》序① 金圣叹(清)

人生三十而未娶,不应更娶;四十而未仕,不应更仕;五十不应为家,六十不应出游。何以言之?用违其时,事易尽也。

朝日初出,苍苍凉凉,澡头面,裹巾帻,进盘飧②,嚼杨木③,诸事甫毕,起问可中?中已久矣!中前如此,中后可知,一日如此,三万六千日何有?以此思忧,竟何所得乐矣?

每怪人言:某甲于今若干岁。夫若干者,积而有之之谓,今其岁积在何许,可取而数之否?可见已往之吾,悉已变灭。不宁如是,吾书至此句,此句以前已疾变灭,是以可痛也。

快意之事莫若友,快友之快莫若谈,其谁曰不然?然亦何曾多得。有时风寒,有时泥雨,有时卧病,有时不值,如是等时,真住牢狱矣。舍下薄田不多,多种秫米,身不能饮,吾友来需饮也。舍下门临大河,嘉树有荫,为吾友行立蹲坐处也。舍下执炊爨④、理盘槅⑤者,仅老婢四人;其余凡畜童子大小十有余人,便于驰走迎送、传接简帖也。舍下童婢稍闲,便课其缚帚织席:缚帚所以扫地,织席供吾友坐也。吾友毕来,当得十有六人。然而毕来之日为少,非甚风雨而尽不来之日亦少。大率日以六七人来为尝矣。吾友来,亦不便饮酒,欲饮则饮,欲止先止,各随其心,不以酒为乐,以谈为乐也。

吾友谈不及朝廷,非但安分,亦以路遥传闻为多;传闻之言无实,无实即唐⑥丧唾津矣。亦不及人过失者,天下之人本无过失,不应吾诋诬之也。所发之言,不求惊人,人亦不惊。未尝不欲人解,而人卒亦不能解者,事在性情之际,世人多忙,未曾尝闻也。

吾友既皆绣淡通阔⑦之士,其所发明⑧,四方可遇。然而每日言毕即休,无人记录。有时亦思集成一书,用赠后人,而至今阙如者:名心既尽,其心多懒,一;微言求乐,著书心苦,二;身死之后,无能读人,三;今年所作,明年必悔,四也。

是《水浒传》七十一卷,则吾友散后,灯下戏墨为多;风雨甚,无人来之时半之⑨,然而经营于心,久而成习,不必伸纸执笔,然后发挥。盖薄莫⑩篱落之下,五更卧被之中,垂首捻带、睨目⑪观物之际,皆有所遇矣。或若问,言既已未尝集为一书,云何独有此传?则岂非此传成之无名,不成无损,一;心闲试弄,舒卷自恣,二;无贤无愚,无不能读,三;文章得失,小不足悔,四也。

呜呼哀哉!吾生有涯,吾呜乎知后人之读吾书者谓何,但取今日,以示吾友,吾友读之而乐,斯亦足耳。且未知吾之后身读之谓何,亦未知吾之后身得读此书者乎?吾又安所用其眷念哉!东都施耐庵序。

【注释】

①这篇序言经学者论证,是金圣叹托施耐庵之名所作,是他批的"贯华堂所藏古本《水浒传》"的序言。

②盘飧(sūn):简单的饭食。

③嚼杨木：用杨木清洁牙齿。

④炊爨（cuàn）：烧火做饭。

⑤盘楅：菜肴和果品。

⑥唐：徒然。

⑦绣淡通阔：指才华横溢、宁静淡泊、学贯古今、豁达大度的人。

⑧发明：发现阐明。

⑨半之：完成一半。

⑩薄莫：薄暮。

⑪睇（dì）目：斜目。

【品读】

金圣叹托名施耐庵所作的这篇《〈水浒传〉序》，表达了作者对人生有限性的深刻理解和深深的叹喟。

人生是一个过程，过去了的永远不可能重复，故而作者开篇便提出人生在各个不同年龄阶段上"不应"如何的告诫，他认为人应该顺其自然地度过自己的一生，否则，"用违其时，事易尽也"。

曹操曾用"朝露"来比喻人生的短暂，而金圣叹却用人的一天去比喻人的一生。人清晨起床，太阳还刚刚升起，洗漱进食，整顿衣衫，似乎还没干些什么，晃眼之间太阳已到正午了。"中前如此，中后可知，一日如此，三万六千日何有？"人的一生，从童年到青年，从中年到老年，不也就是这样转瞬即逝的吗？

时光不仅匆匆而过，而且虚无缥缈，看不见摸不着留不住攒不下。作者叩问：当人们说某人活了多少岁时，这岁数积在哪里？可不可以拿来数一数？当我写文章中的这一句话时，写前一句话的时间又在哪里？——一切都烟消云散，无影无踪！作者由此发出了"已往之吾，悉已变灭"的沉重叹息。

人生既然如此短暂而不可捉摸，有何乐趣可言呢？曹操说："何以解忧，唯有杜康"，金圣叹却说："快意之事莫若友，快友之快莫若谈。"在他看来，与知心朋友作无拘无束、推心置腹的谈话是世界上最快乐的事情。金圣叹真算得上世上少有的一个酷爱朋友的人，他对朋友的那份真挚热情实在令人感动，他的朋友们——那些"绣淡通阔之士"——也确实值得他引以为自豪。朋友来到主人家毫无拘束，饮酒"欲饮则饮，欲止则止，各随其心"，谈话则是海阔天空，兴之所至，不拘一格。他们谈话的内容一"不及朝廷"，二"不及人过失"，"未曾不欲人解而人率亦不能解"，"事在性情之际，世人多忙，未尝闻也"。不难想象，这里有思想的闪光、情感的显露、性灵的抒发，……它能使人超越现实生活的琐屑平庸，愁苦烦恼，进入精神自由翱翔的境界，获得精神上的莫大享受。谈话在这里，已经成为一种艺术。

朋友们的谈话固然精彩，作者却没有把它们记录下来集成一书，这和他的人生态度有关："名心既尽，其心多懒"，"微言求乐，著书心苦"，既然人生空虚，眼前暂快于心就够了，又何必管它能否流传后世呢？他不相信文章是"经国之大业，不朽之盛事"（曹丕语），不想通过著书立说以求不朽，他也偶有著述，但那仅仅是日常生活中偶有所感的闲适文字，聊以自娱娱友而已。

或许，这正是金圣叹为何要假施耐庵之名作序，又为何要用随意轻松的小品式文字评点《水浒传》的原因吧？但文章结尾处他仍不免惦记后世读者会不会读到他的文章，读后会有什么感想——他又何尝不想追求不朽呢？

（致新）

行　乐　李渔（清）

伤哉！造物生人一场，为时不满百岁。彼夭折之辈无论矣，姑就永年者[1]道之，即使三万六千日，尽是追欢取乐时，亦非无限光阴，终有报罢之日。况此百年以内，有无数忧愁困苦、疾病颠连、名缰利锁、惊风骇浪阻人燕游，使徒有百岁之虚名，并无一岁二岁享生人应有之福之实际乎？又况此百年以内，日日死亡相告，谓先我而生者死矣，后我而生者亦死矣，与我同庚比算、互称弟兄者又死矣。噫！死是何物？而可知凶不讳，日令不能无死者惊见于目，而怛闻于耳乎！是千古不仁，未有甚于造物者矣。虽然，殆有说焉。不仁者，仁之至也。知我不能无死，而日以死亡相告，是恐我也。恐我者，欲使及时为乐，当视此辈为前车也。（王左车云：造物不仁，全赖广长舌匡其不逮。）康对山构一园亭，其地在北邙山麓，所见无非丘陇。客讯之曰："日对此景，令人何以为乐？"对山曰："日对此景，乃令人不敢不乐。"达哉斯言！予尝以铭座右。兹论养生之法，而以行乐先之；劝人行乐，而以死亡怵之，即祖是意。欲体天地至仁之心，不能不蹈造物不仁之迹。

养生家授受之方，外藉药石，内凭导引，其借口颐生而流为放辟邪侈者，则曰"比家"。三者无论邪正，皆术士之言也。予系儒生，并非术士。术士所言者术，儒家所凭者理。《鲁论·乡党》一篇，半属养生之法。予虽不敏，窃附于圣人之徒，不敢为诞妄不经之言以误世。有怪此卷以颐养命名，而觅一丹方不得者，予以空疏谢之。又有怪予著《饮馔》一篇，而未及烹饪之法，不知酱用几何，醋用几何，醯椒香辣用几何者。予曰："苟若是，是一庖人而已矣，乌足重哉！"人曰："若是则《食物志》《遵生笺》《卫生录》等书，何以备列此等？"予曰："是诚庖人之书也。士各明志，人有弗为。"

【注释】

①永年者：长寿的人。

【品读】

李渔无拘无束，全凭本性说话，而且说的也是实话，并非盲目的恶意的别有用心的诱导和宣扬。

"人生不满百"，生命对于每个人都只有一次，当然不该也不能虚度,至于怎样才算没有虚度,自然允许各有各的看法,有以苦为乐的,也有以他人之乐为乐的,只要真实真诚别自欺欺人就行。

李渔所言,不过要人们认识自我,正视现实,把握今天。行乐,一种休息而已,仔细读读李渔有关行乐的文章,所教者皆因事就时行乐之法,绝无强人所难之意愿,却有培养"革命乐观主义"精神之效果,看似无为,实则有为得很哩!

(志刚)

与致虚妹丈 高尔俨(清)

昨宵乐甚!碧天一色,澄澈如昼,又松竹影交加,翠影被面,月光落酒杯中,波动影摇。吹洞箫数阕,清和婉妙,听之怡然;响绝余音,犹绕耳间不退。出户一望,空旷无际。大醉后笔墨撩乱,已不复记忆。

今晨于袖中得纸幅,出而视之,则所谓"笔墨撩乱"者也。然亦殊可爱,以为有骀荡①之趣。把笔效之,不能及已。因即以昨日所就者请正。

【注释】

①骀(dài)荡:使人心情舒畅。

【品读】

读这篇小品,立刻在脑海中浮现出一幅"春江花月夜"式的美好图景,仿佛置身于作者所处的情境之中,看到了皎洁的月色,听到了箫声的余音萦回;又仿佛与作者一起对月举杯,一起饮,一起醉,一起醉后泼墨挥毫,一起醉眠于花前月下。

有人算过一笔账:"人生七十古来少,前除幼年后除老;中间光阴不多时,又有炎霜与烦恼。"(唐伯虎《一世歌》)又云:"一年三百六十日,春夏秋冬各九十;冬寒夏热最难当,寒则如刀热如炙。春三秋九号温和,天气温和风雨多;一年细算良辰少,况又难逢美景何?"(同上《一年歌》)因此,对人生的悲欢有着特殊敏感的文人们也就格外珍视大自然赐予的这一切。李白春夜饮宴于桃园,又每于月夜在花间置酒独酌;苏东坡于月夜泛舟赤壁,在月夜与他那位颇具诗情的爱妻赏花,甚至深夜外出寻友人一起漫步于月色之下。花好月圆的良辰美景,似乎与文人特别有缘,它是中国古代文人创作的一个重要的灵感源泉。

古人云:"诗中有画,画中有诗。"其实,小品文中亦有画。试看此篇小品,不正是一幅绝佳的月夜怡情图吗?

(苏民)

声色移人说　汪价(清)

声色移人,余性亦有殊焉者。喜泉声,喜丝竹声,喜小儿朗朗诵书声,喜夜半舟人欸乃①声;恶群鸦声,恶驺人喝道声,恶贾客筹算声,恶妇人骂声,恶男子咿嗄②声,恶盲妇弹词声,恶刮锅底声。喜残夜月色,喜晓天雪色,喜正午花色,喜女人淡妆真色,喜三白③酒色;恶花柳败残色,恶热熟媚人色,恶贵人假面乔妆色。至余平日,有喜色,无愁苦色;有笑声,无嗟叹声。窃谓屈原之《九叹》,梁鸿之《五噫》,卢照邻之《四愁》《六恨》,贾谊之《长叹息》,扬雄之《畔牢愁》,殷深源之《咄咄怪事》,皆其方寸逼仄,动与世忤④。惜不与介人同时,为作旷荡无涯之语以广之。

【注释】

①欸乃:船行时的摇橹声。

②咿嗄:叹息声。

③三白:一种名叫三白的酒。

④忤:怨恨。

【品读】

这是一篇具有鲜明个性，表达了一种过于超脱的人生态度的小品文。

作者认为，声色固然能够移人性情，但自己在移人性情的声色面前却能保持个人的主体性，有自己的好恶。作者所喜之声，所好之色，皆有诗情画意，有天然真趣；有作者所恶之声，所憎之色，皆无诗意而有算计，无真趣而有做作。至于驺人喝道、妇人叫骂、男子呻嗄，更无不令人生厌；而热熟媚人色、假面乔装色，则极其令人作呕。作者所说的这一切，说明他并没有遗世而独立，并没有感却人世；相反，作者对于世态炎凉、人情冷暖是有爱憎之情的。

然而，作者又告诉人们，他是极其超脱的，超脱得只有喜色而无愁苦色，只有笑声而无嗟叹声；并且说像屈原、贾谊等人那样愤世嫉俗，都是由于他们胸怀过于狭窄的缘故，可惜不能与这些人同时，倘能如此，作者就将以旷荡无涯的庄子哲学来宽慰他们，劝他们放超脱一些。这种人生态度，也就不免流于消极了。

作者既有鲜明的爱憎和个性，却又宣称自己遗世独立而自得其乐，这其中不正隐藏着无力改变现实的不得已的苦衷吗？从作者的笑声和喜色中，不正可以看出作者内心深沉的痛苦吗？

（苏民）

琼花观看月序　孔尚任（清）

游广陵①者，莫不搜访名胜，以侈归口。然雅俗不同致矣。雅人必登平山堂，而俗客必问琼花观。琼花既已不存，又无江山之可眺，久之，俗客亦不至。寂寂亭台，将成废土！丁卯冬，余偶一游之，叹其处闹境而不喧，近市尘而常洁，乃招集名士七十余人，探琼花之遗址，流连久立，明月浮空，恍见淡妆素影,绰约冰壶之内。于是列坐广庭,饮酒赋诗,间以笙歌。夜深景阒②,感慨及之。夫前人之兴会,积而成今日之感慨;今日之感慨,又积而开后贤之兴会:一兴一感,若循环然,虽千百世可知也。而况花之荣枯不常,月之阴晴未定,旦暮之间,兴感每殊。计生平之可兴、可感者,盖已不能纪极矣。今日之集,幸而传也,不过在不能纪极中,多一兴感之迹;其不传也,并兴与感亦无之,而所谓琼花与明月,固千古处兴感以外耳。

【注释】

①广陵:今之扬州。

②阒:寂静,没有声音。

【品读】

在这篇小品中,作者借在扬州琼花观看月,抒发了极其深沉的对于宇宙人生的悲剧意识,与晋朝王羲之的《兰亭集序》前后辉映,是中国文学史上不可多得的表达此种意绪的小品佳作。

人类按其本性来说,总是天然乐生;然而,每一个体生命,无论智、愚、贤、不肖、富贵、贫贱,都必然要面对一个共同的结局——死亡,这是一个不可抗拒的自然规律。人生之短促,甚至不如草木,“人生一世,草木一秋”,草木年年能再发,人生凋零不复生;宇宙无穷,人生有限,念天地之悠悠,孰能不怆然而涕下?王羲之的《兰亭集序》将此种意绪写得十分哀惋动人。

与《兰亭集序》相比,孔尚任的《琼花观看月序》更增添了几分悲凉。明代扬州琼花观本是名胜,而改朝易代以后,琼花既已不存,亭台亦将成废土。作者招名士于月夜前往探访前朝名胜遗址,不胜今昔之感。明月浮空,恍见淡妆素影,绰约广寒宫内,依稀故国景象。感前人之兴会,积而为今日之感慨;而今日之感慨,又积而为后贤之兴会,后贤又将为之感慨也!花之荣枯不常,如人生之无常;月之阴晴未定,如人生之兴感每殊。然而,千古以来的人生兴感纵然再多,亦不过是无尽宇宙之中的一连串的瞬间,一切终将化为陈迹，其不传者甚至连陈迹也没有留下；唯有自然是永恒的：地上之琼花，岁岁年年开不败；天上之明月，依旧照耀古今后世人。

作者将明清易代的兴亡之感与宇宙人生的悲剧意识相交织，谱写了一阕凄切的千古兴亡、人生难再的悲歌。这悲歌至今令人回肠荡气，感慨无穷。

（苏民）

游万柳堂记　刘大櫆（清）

昔之人贵极富溢，则往往为别馆以自娱，穷极土木之工而无爱惜。既成则不得久居其中，偶一至焉而已，有终身不得至者焉。而人之得久居其中者，力又不足以为之。夫贤公卿勤劳王事，固将不暇于此；而卑庸者类欲以此震耀其乡里之愚①。临朐相国冯公②，其在廷时无可訾③，亦无可称。而有园在都城之东南隅。其广三十亩，无杂树，随地势之高下，尽植以柳，而榜其堂曰："万柳之堂。"短墙之外，骑行者可望而见其中。径曲而深，因其洼以为池，而累其土以成山；池旁皆蒹葭，云水萧疏可爱。

雍正之初，予始至京师，则好游者咸为余言此地之胜。一至犹稍有亭榭；再至则向之飞梁架于水上者，今欹④卧于水中矣。三至则凡其所植柳斩焉无一株之存。人世富贵之光荣，其与时升降，盖略与此园等。然则士苟有以自得，宜其不外慕乎富贵。彼身在富贵之中者，方殷忧之不暇，又何必朘民之膏以为苑囿也哉！

【注释】

①愚：愚民，对百姓的蔑称。

②临朐：古县名，位于今江苏连云港市西南锦屏山侧。冯公：康

熙年间刑部尚书冯溥。

　　③訾(zǐ)：指责。

　　④攲：倾斜。

【品读】

　　杜甫诗云："朱门酒肉臭，路有冻死骨"，《游万柳堂记》又为我们提供了一个类似的范例。在普通老百姓住茅屋瓦舍不可得的社会条件下，临朐相国冯公却建造了占地三十亩的别馆"万柳堂"，并且终生只偶然去过几次。这不能不使人感叹社会的不公。

　　冯相国无疑是一个贵极富溢的人，但他并非真正懂得如何行乐。试想，如此破费去建造一所别馆而终生又无暇居住，让它闲置乃至荒废，这件事有何乐趣可言？一个人活在世上，所能够享受到的物质财富终是有限的，常言道"耕良田千顷不过一日三餐，有广厦万间只睡卧榻三尺"，太多的钱财往往成为人生的累赘。李渔在《闲情偶记》中曾提出"富人行乐之法"是散财，冯谖在薛地为孟尝君"市义"，他们都是聪明的人，都比冯相国更会使用钱财。

　　万柳堂建造之初曾是那么美丽可爱，令人神往，可是长年无人居住管理，便渐渐衰败。万柳堂的兴衰折射出临朐相国冯公家族的兴衰。作者指出，人生的富贵与时升降，并非万世长存，富贵也好，声名也好，终是身外之物。一个人苟有富贵，便以富贵骄人，穷奢极欲，暴殄天物，只能令人鄙视，唯有"富贵不能淫"的人，才能为世人所称道。

　　如何对待人生的富贵，是检验一个人文化道德、品格修养的试金石。

（致新）

所好轩记　　袁枚（清）

　　所好轩者，袁子①藏书处也。袁子之好众矣，而胡以书名？盖与群好敌而书胜也。其胜群好奈何？曰：袁子好味，好色,好葺屋,好游,好友,好花竹泉石,好圭璋彝尊、名人字画,又好书。书之好无以异于群好也,而又何以书独名？曰:色宜少年,食宜饥,友宜同志,游宜晴明,宫室花石古玩宜初购,过是欲少味矣。书之为物,少壮、老病、饥寒、风雨,无勿宜也。而其事又无尽,故胜也。

虽然,谢众好而昵焉,此如辞狎友而就严师也,好之伪者也。毕众好而从焉,如宾客散而故人尚存也,好之独者也。昔曾皙嗜羊枣,非不嗜脍炙也,然谓之嗜脍炙,曾皙所不受也。何也？从人所同也。余之他好从同,而好书从独,则以所好归书也固宜。

余幼爱书,得之苦无力。今老矣,以俸易书,凡清秘之本,约十得六七。患得之,又患失之。苟患失之,则以"所好"名轩也更宜。

【注释】

①袁子:作者的自称。

【品读】

在这篇小品中,袁枚表达了与西方文艺复兴时代的思想家类似的思想:人所具有的,我无不具有。在表述这种思想的同时,袁枚又显示了自己鲜明的个性。

人孰无欲？但在教人做假人、说假话的传统社会中,人欲被看作是一种罪恶,所以几乎无人敢披露自己真实的心灵欲求。袁枚的真诚和坦率在于,他老老实实地说出了自己的种种生理和心理的追求:袁子好味,好色,好游,好友,好宫室花石古玩等等。他并且敢于说出自己在这些方面的人生体验:当血气旺盛的时候,美丽的女色格外迷人,当腹中饥饿的时候,吃东西格外香,交朋友要找志同道合的人,出游宜在风和日暖的时节,"宫室花石古玩宜初购",否则很难充分领略个中滋味。

除上述欲望之外,袁枚又明确表示自己好读书,并认为这是更高层次的爱好和追求。如果说声色饮食交游等等的爱好都受到生理、心理和外在环境的种种限制的话,对书的爱好则是在人生旅程的任何时候都是适宜的。书海无涯,求知欲永难满足,因此袁枚认为自己对书的爱好实在超胜于其他的欲求。

然而,袁枚又强调,对于高层次的精神追求并不排斥其他的各种欲望,并明确指出,那种标榜自己只追求精神价值而没有物质欲望的人是虚伪的。物质的追求与精神的追求可以统一起来,可以在人生的旅程中并行而不悖。物质的欲望有尽,而精神的欲望无涯,到最后血气既衰、交游散尽,也就只剩下爱书这一种爱好了。所以袁枚说:"余之他好从同,而好书从独,则以所好归书也固宜。"他担忧这一最后的爱好也将随生命的消亡而失去,所以格外珍视,以"所好轩"来作为他藏书楼的名字。

从这篇小品中,我们看到的是一个真率无邪的活生生的人对生命的自我表白,感受到的是在封建禁欲主义统治的古老社会中吹过的一阵清新的风。

（苏民）

坐观垂钓赋　袁枚（清）

子才子息志尘鞅①,栖神玄妙②,迥谢轩冕③,日事渔钓。过其友庄先生而傲之曰:"子亦知夫钓之乐乎? 当子之猇膏棘轴④而遨荡于康衢也;吾则琅玕⑤三尺,冰蚕⑥一丝,驰波跳沫,与水为嬉。当子之仆邀相从⑦、噪庄鞠跽⑧、参衙府而不得舒也;吾乃投亚九饭,祝⑨一鲋鱼,伸眉肆肘,天不能拘。思子之乐,乐不我如。胡不易子之所事,而娱吾之所娱?"

庄先生曰:"不然。吾闻好洇者溺,好猎者惊;当局者误,旁观者清。故五采之藻衮⑩,服之者不见,而见之者耀焉。五音之笙箫,吹之者不闻,而闻之者妙焉。当夫霜竹浮阴,风梧散叶,夕照千里,碧云一色。水荡影以鳞鳞,鱼浮空而戢戢⑪。乃命童子,坐危石,俯深流,投丑扇⑫以为饵,削焦铜⑬以为钩。或沉或浮,载泳载游。余不持一线,但瞪双眸。试操纵之有道,任贪廉之自求。彼得吾不喜,彼失吾不忧。抒淡观于物外,何筌蹄⑭之足谋?于是神如东王公⑮之鲤,大如任公子⑯之鳌,年如姜尚父⑰之老,台如严子陵⑱之高,入吾目兮,不过一瞬,当吾坐兮,不过终朝,钓鲤⑲鱼而无羡乎尼父,会大都而奚夸夫鱼刀⑳!子但知垂钓之乐,而乌知吾坐观垂钓之逍遥?"

【注释】

①息志尘鞅(yāng):指熄灭了忙碌于尘世的志向。

②栖神玄妙:让精神寄托在玄妙之中。

③迥谢轩冕:远远地避开官位爵禄。轩冕,古时卿大夫的车服,也指官位爵禄或贵显的人。

④狶(xì)膏棘轴:肥肉瘦车,借指当官优裕的生活。狶,猪;棘,同"瘠",瘦;轴,车轴,指代车。

⑤琅玕:指竹竿。

⑥冰蚕:古代传说中的一种蚕。在此代指渔线。

⑦仆邃(sù)相从:众多的仆从跟随。邃,密。

⑧噢庄鞠跽(jì):蜷伏严肃鞠躬长跪。噢,蜷伏;跽,长跪。

⑨祝:祝祷。

⑩藻衮:色彩华丽的官服。衮,古代皇帝及上公的礼服。

⑪"鱼浮空"句:鱼在水的表层聚集。浮空,浮在表层;戢(jí)戢,聚集貌。

⑫丑扇:戏曲中的小丑使用的扇子。

⑬焦铜:黄黑色的铜,代指金钱。

⑭筌蹄:筌,捕鱼竹器;蹄,捕兔器。《庄子·外物篇》:"筌者所以在鱼,得鱼而忘筌;蹄者所以在兔,得兔而忘蹄。"后以筌蹄比喻达到目的的手段。

⑮东王公:神话中的仙人。

⑯任公子:古代传说中善捕鱼的人。

⑰姜尚父:即姜子牙,名尚。相传姜子牙八十岁时在渭水边钓鱼,钓竿直钩不设饵。有"姜太公钓鱼,愿者上钩"之说。

⑱严子陵:东汉人严光,字子陵,刘秀的同学。刘秀称帝后,他退隐于富春山。此处有严陵钓台。

⑲鲤:孔子之子名鲤。

⑳"会大都"句:在大都会合又何必夸耀鱼刀?鱼刀,古代传说中一种锋利的刀子,为鳝鱼所化,此刀为古林邑王嗣范文所得,文后嗣为林邑王。

【品读】

名利场上,熙来攘往,万头攒动。厌弃了争名夺利的袁子才,从名利场上退隐下来,整日悠闲,以钓鱼为乐。当他看到自己身居高官、依然忙碌不休的朋友庄先生(疑为作者虚拟之人物)时,不禁向他夸耀起闲适生活的乐趣。

然而庄先生却不以为然,他认为自己比垂钓者更加逍遥。为什么这样说呢?原来他采取了一种身在官场、心在物外的人生态度,看上去是在"作官",实际上是在"坐观"。他把他的官场生活看作是一场有趣的钓鱼游戏,不仅"不持一线,但瞪双眸",饶有兴致地看着各种人物表演,而且"试操纵之有道,任贪廉之自求",用金钱和利诱来引人上钩。庄先生对自己这种"坐观垂钓"的心态颇为自得,他夸耀道:"子但知垂钓之乐,而乌知吾坐观垂钓之逍遥?"

庄先生的"逍遥",是看透了人生、看破了人性的逍遥,是一种老于世故的"官隐"式逍遥。"作官垂钓"的典型心态,固然是对官场黑暗的一种批判和抗议,但与此同时所表现出的游戏人生的态度,则是不足取的。

立 言

叶子肃诗序　　徐渭（明）

　　人之学为鸟言者，其音则鸟也，而性则人也；鸟有学为人言者，其音则人也，而性则鸟也：此可以定人与鸟之衡哉？今之为诗者，何以异于是？不出于己之所自得，而徒窃于人之所尝言，曰：某篇是某体，某篇则否；某句似某人，某句则否。此虽极工，逼肖①而已，不免于鸟之为人言矣。

　　若吾友子肃之诗则不然：其情坦以直，故言无晦；其情散以博，故语无拘；其情多喜而少忧，故语虽苦而能遣；其情好高而耻下，故语虽俭而实丰，盖出于己之所自得，而不窃于人之所尝言者也。就其所自得以论其所自鸣，规其微疵，而约于至纯②。此则渭之所献于子肃者也。若云某篇不似某体，某句不似某人，是乌知子肃者哉！

【注释】

　　①逼肖：指模仿得很相像。

　　②约于至纯：概括归纳出其内在的精神实质。

【品读】

　　这篇小品看似谈文学创作，其实包含着非常深刻的人生道理。该文譬喻形象而生动，论述言简而意赅，更有出人意表而别具深意的精彩之处。

　　首段言人之学为鸟言者，其音则鸟而性则人；鸟有学为人言者，其音则人而性则鸟。按照通常的逻辑，人之善模仿者可以说是"人之学为鸟言者"。然而，作者却反过来说，称之为"鸟之为人言"。这样一颠倒，实在非常深刻。人与鸟兽的根本区别之一，就在于人具有创造性,而鸟兽至多只能机械地、勉强地模仿人的语言和动作;人如果只模仿而无创造,岂不是使人性变成了鸟兽之性了吗?所以说,那种只知道拾他人之余唾的人,是"鸟之学为人言者",这样说虽然十分尖刻,却一针见血地点出了问题的实质!

第二段论叶子肃的诗,认为"其情坦以直,故言无晦;其情散以博,故语无拘",此外还有其他一些优点,但归根结底就是一句话:"盖出于己之所自得,而不窃于人之所尝言者也。"这一归纳,其实也正是作者自己独到的见解和感受。人之所以为人,也正在于此啊!

(苏民)

书《草玄堂稿》后　　徐渭(明)

始女子之来嫁于婿家也,朱之粉之,倩之颦之①,步不敢越裙,语不敢见齿,不如是则目之为非女子之态也。迨数十年,长子孙而近妪姥,于是黜朱粉,罢倩颦,横步之所加,莫非问耕织于奴婢;横口之所语,莫非呼鸡豕于圈槽,甚至龋齿而笑,蓬首而搔,盖回视向之所谓态者,真赧然②以为装缀取怜、矫真饰伪之物。而娣姒者③犹望其婉婉娈娈④也,可叹也哉!

渭之学为诗也,矜于昔而颓且放于今也,颇有类于是;其为娣姒哂⑤也多矣。今校郦君之诗而悦然契,肃然敛容焉,盖真得先我而老之娣姒矣。

【注释】

①倩之颦之:倩,口角含笑;颦,皱眉;在此形容装腔作态以显妖美。

②赧然:因羞涩而脸红。

③娣姒者:指亲近的女友。

④婉婉娈娈：和顺温柔、美好漂亮。

⑤哂：嘲笑。

【品读】

这篇小品，以生动的譬喻来批评矫揉造作的文风，倡导自然率真的文风，发晚明公安派创作思想的先声。

"女为悦己者容"，容者，修饰容貌也，这本是自然之理。因而，朱之粉之，亦无可厚非；倩之鬐之，人倍生怜香惜玉之心。然而，"步不敢越裙，语不敢见齿"，处处受封建礼教束缚，又用涂脂抹粉、无病皱眉等等去要求一切女子，其结果必然是李白所说的"丑女来效颦，笑杀四家邻"，亦如作者所说，这种所谓"态"不过是"装缀取怜，矫真饰伪之物"，天然意态尽失矣。写文章的道理也是如此，如果一味矫情伪饰，刻意雕琢，也就无风趣可言了。

作者提倡为文要自然率真，不事雕饰，以充分表现自己的创作个性，抒发真实的思想感情，这种创作主张是正确的。当然，亦不可一概而论，具备天然丽质的创作天才的人当然无须修饰，但多数丽质才情不足者略事修饰亦无不可。美人之态，或"巧笑倩兮，美目盼兮"，或"薄面含嗔，桃腮带怒"，亦无非真情之流露，何必一概看作做作？作者骂倒一切，似乎有点走极端。至于以"龆齿而笑，蓬首而搔"此种泼婆娘的姿态来比拟自己文章的风格，难道作者竟然不觉得自我贬抑太甚了吗？

（苏民）

童心说（节录）　李贽（明）

夫童心者，绝假纯真，最初一念之本心也。若失却童心，便失却真心；失却真心，便失却真人。人而非真，全不复有初①矣。

童子者，人之初也；童心者，心之初也。夫心之初曷可失也！然童心胡然而遽失也？盖方其始也，有闻见从耳目而入，而以为主于其内②，而童心失；其长也，有道理从闻见而入，而以为主于其内，而童心失；其久也，道理闻见日以益多，则所知所觉日以益广，于是焉又知美名之可好也，而务欲以扬之，而童心失；知不美之名之可丑也，而务欲以掩之，而童心失。

夫既以闻见道理为心矣，则所言者皆闻见道理之言，非童心自出之言也。言虽工③，于我何与，岂非以假人言假言，而事假事文假文乎？盖其人既假，则无所不假矣。由是而以假言与假人言，则假人喜；以假事与假人道，则假人喜；以假文与假人谈，则假人喜。无所不假，则无所不喜。满场是假，矮人何辨也？然则虽有天下之至文，其湮没于假人而不尽见于后世者，又岂少哉！何也？天下之至文，未有不出于童心焉者也。

夫《六经》、《语》、《孟》，非其史官过为褒崇之词，则其臣子极为赞美之语。又不然，则其迂阔门徒，懵懂弟子，记忆师说，有头无尾，得前遗后，随其所见，笔之于书。后学不察，便谓出自圣人之口也，决定目之为经矣，孰知其大半非圣人之言乎？纵出自圣人，要④亦有为而发，不过因病发药，随时处方，以救此一等懵懂弟子、迂阔门徒云耳。药医假⑤病，方难定执，是岂可遽以为万世之至论乎？然则《六经》、《语》、《孟》，乃道学之口实，假人之渊薮也，断断乎其不可以语于童心之言明矣。呜呼！吾又安得真正大圣人童心未曾失者而与之一言文哉！

【注释】

①全不复有初：完全丧失人的本性。

②主于其内：在心中成为主宰，主宰其心。

③工：巧妙。

④要：总是，总之。

⑤假：凭借，根据。

【品读】

　　《童心说》是明代中叶伴随中国近代商品经济萌芽而产生的一篇个性解放的宣言，是中国早期启蒙思潮兴起的标志。

　　作者李贽（1527－1602），号卓吾，福建泉州人，是我国16世纪杰出的早期启蒙思想家。在他生活的明朝嘉靖、万历年间，古老的中国社会发生了深刻的经济变动，长江中下游和东南沿海的广大地区已开始出现了带有资本主义性质的新的生产关系的萌芽，产生了作为新的社会力量的早期市民阶层。李贽以思想家特有的敏感意识到中国社会关系的新变动，并且自觉地充当了新的时代要求和早期市民阶层的思想代言人。

　　在《童心说》中，李贽把"童心"规定为"真心"，而真心即是人性。他认为，封建主义的政治道德说教的所谓"义理"是蒙蔽童心的，义理灌输得越多，童心也就丧失得越多，最后导致人性的沦丧，而成为说假话、做假事、"无所不假"的伪君子、假道学。因此，李贽愤怒地批判封建的道德说教乃是"道学之口实，假人之渊薮"，要求破除封建道德义理对童心的蒙蔽和对人性的扭曲，复"真心"，做"真人"，来实现人的个性的发展。

　　在现实社会中，有"童心"的人常常被人看作是幼稚、不成熟的表现，仿佛一个人随着年龄的增长就一定要变得深通世故、"人情练达"才好。这种看法既不利于人的个性的发展，恐怕也不利于形成和谐的人际关系。倘若人们随着年龄的增长，却还能保持一些童心，人与人之间的相处岂不更多一点真情和生活的乐趣吗？

（苏民）

别刘肖甫① 　李贽（明）

　　"大"字，公要药②也。不大则自身不能庇，安能庇人乎？

且未有丈夫汉不能庇人而终身庇于人者也。大人者,庇人者也;小人者,庇于人者也。凡大人见识力量与众人不同者,皆从庇人而生;若徒庇于人,则终其身无有见识力量之日矣。

今之人,皆庇于人者也,初不知有庇人事也。居家则庇于父母,居官则庇于官长,立朝则求庇于宰臣,为边帅则求庇于中官③,为圣贤则求庇于孔孟,为文章则求庇于班马④:种种自视,莫不皆自以为男儿,而其实则皆孩子而不知也。

豪杰凡民之分,只从庇人与庇于人处识取⑤。

【注释】

①刘肖甫:李贽的友人。
②要药:治病的最主要的药。
③中官:太监。
④班马:班固和司马迁,都是汉代的作家和史学家。
⑤识取:判别、区分。

【品读】

这是一篇揭露和批判传统社会中的人的奴性的小品文。

居家则受庇于父母,当官则托庇于上司,在朝廷则取庇于权臣,这是传统社会中奴性的一般表现。在边关当将帅还要巴结在朝的太监和监军的太监,这又是奴性在明代社会中的特殊表现。传统社会中人的自尊心不发达,以至于处处依附于人,而没有独立自主的人格。

至于"为圣贤则求庇于孔孟,为文章则求庇于班马",突出地表现了传统社会中知识分子的奴性。传统社会中的读书人绝大多数是根本不懂得学术独立的道理的,如"五四"学者陈独秀所指出:"中国学术不发达的最大原因,莫如学者自身不知学术独立之神圣,……必欲攀附六经,妄称'文以载道'、'代圣贤立言',以自贬抑。……学者不自尊其所学,欲其发达,可乎?"(《独秀文存·学术独立》)

"种种自视,莫不皆自以为男儿,而其实则皆孩子而不知也。"这一观点亦十分深刻。19世纪的德国哲学家黑格尔在其《历史哲学》中就曾指出,中国的封建伦理使人们像儿童一样地服从父母,而没有自己的意志和主见。须知李贽提出这一观点比黑格尔更早两百年啊!

(苏民)

点校《虞初志》^①序　汤显祖(明)

昔李太白不读非圣之书,国朝李献吉②亦劝人弗该唐以后书。语非不高,然未足以绳旷览之士也。何者?盖神丘火穴③,无害山川岳渎④之大观;飞墓秀萼⑤,无害予章竹箭之美殖;飞鹰立鹊,无害祥麟威凤之游栖,然则稗官小说,奚害于经传子史?游戏墨花,又奚害于涵养性情耶?东方曼倩以岁星入汉⑥,当其极谏,时杂滑稽;马季长⑦不拘人者之节,鼓琴吹笛,设绛纱帐,前授生徒,后列女乐;石曼卿⑧野饮狂呼,巫医皂隶徒之游。之三子,曷尝以调笑损气节、奢乐堕需行、任诞妨贤达哉?读书可譬已。太白故颓然自放,有而不取⑨,此天授,无假人力;若献吉者,诚陋矣!《虞初志》一书,罗唐人传记百十家,中略引梁沈约⑩十数则,以奇僻荒诞、若灭若没,可喜可愕之事,读之使人心开神释,骨飞眉舞。虽雄高不如《史》《汉》,简澹不如《世说》,而婉逶流丽,洵小说家之珍珠船也。其述飞仙盗贼,则曼倩之滑稽;志佳冶窈窕,则季长之绛纱;一切花妖木魅,牛鬼蛇神,则曼卿之野饮。意有所荡激,语有所托归,律之"风流之罪人",彼固歉然不辞矣。使咄咄读古而不知此味,即日垂衣执笏⑪,陈宝列俎⑫,终是三馆画手⑬、一堂木偶耳,何所讨真趣哉!余暇日特为点校之,以借世之奇隽沈丽者⑭。

【注释】

①《虞初志》：我国古代的一部神话故事集。

②李献吉：即李梦阳，明代文坛"前七子"的首领，倡"文必秦汉，诗必盛唐"说。

③神丘火穴：神奇的小山和有火的洞穴。

④岳渎：高山大泽。

⑤飞蔓秀萼：小山岗上秀丽的野花。

⑥"东方"句：东方朔以太岁星的化身到汉朝做官。

⑦马季长：马融，东汉经学家。

⑧石曼卿：石延年，宋代诗人。

⑨有而不取：（才华）丰富而不亏减。

⑩沈约：南朝梁代文学家。

⑪垂衣执笏：指在朝廷做官。笏，大臣朝见皇帝时手中拿的玉板。

⑫俎：祭祀时放置祭品的器具。

⑬三馆画手：馆阁中的只会摹仿别人作品的人。

⑭"以借"句：以献给世上酷好奇妙、隽永、深沉、绮丽文风的人。

【品读】

从来的道德之儒们都认为，文人学者的风流是一种罪过，文人学者们应该恪守封建的道德规范，使文学服从封建伦理道德教化的要求。汤显祖则针锋相对地认为，文人的风流不仅不妨碍其道德人格，反而有助于文学艺术的发展。他以东方朔的幽默滑稽、马季长的风流倜傥、石曼卿的野饮狂呼为证，认为他们并没有以调笑损气节、奢乐堕儒行、任诞妨贤达。相反，文人如不风流，则形同木偶，没有真情真趣，怎么写得出好的文学作品呢？

李梦阳不是教人不读唐以后的书吗？汤显祖以其人之道还治其人之身，说他所点校的《虞初志》一书就是唐代人的作品以及在此之前的南朝梁沈约作品的结集，其述飞仙盗贼，即是东方朔之滑稽；述美女之佳冶窈窕，就是马季长的放达；述花妖木魅等等，即是石曼卿之任诞；其婉姝流丽，乃是中国古代短篇小说的瑰

宝。如果因为喜好这样的作品而被看作是"风流之罪人",那是在
所不辞的。

这篇小品,反映了文人们要个性解放,中国文学要突破封建
伦理道德至上主义束缚而发展的内在要求。当然,必须指出,作
者所说的"风流"是一种高雅的"风流",而不是粗俗鄙陋的"下
流"。如果陷于下流,那就只能造成文学艺术的堕落了。

(苏民)

萧伯玉制义题词 　汤显祖(明)

唐人有言,不颠不狂,其名不彰。世奉其言,以视士人
文字。苟有委弃绳墨①,纵心横意,力成一致之言者,举诧②
曰,此其沸名③已耳。下者非其固有,高者非其诚然。予少
病④此语。必若所云,张旭⑤之颠,李白之狂,亦谓不如此名
不可猝成耶。第曰怪怪奇奇,不可时施,是则然耳。

予所友吉州人士最笃。长者义理淳深,少者亦复风气
雄远,缓急可为世有。故予每见吉州人士辄喜,实不同余州
人也。九月,听榜南州,累累然诵其名,至泰和萧君士玮,则
哑然。群叹曰,此名士也。予益为之喜。已乃知为予邑南
海叶侯所录。伯玉来谒谢,而同陈大士夕予。燕语冲然⑥,
流茬今昔⑦。目中久不见如许客也。明日,得其文字十数
首。大致奇发颖竖,离众独绝,绳墨之外,粲然能有所言。
非苟为名而已。大士曰:"方岳李公、观察葛公且为伯玉刻
此行之。"夫二公者,士所证响闻人⑧也,而已尔,则向所云不
可时施者,又不然矣。夫不苟为名而又可以时施,此亦天下
之至文也。

【注释】
　①绳墨:此处指写诗作文的格套。

②举：全。诧：惊诧。

③沸名：博取名声。

④少病：稍稍不满意。

⑤张旭：唐代著名书法家，善狂草。

⑥燕语：宴会上的谈话。冲然：激昂慷慨。

⑦流莅今昔：指萧伯玉的谈吐博古通今。莅，到。

⑧士所证响闻人：读书人所公认和向往的有名望的人。

【品读】

在这篇小品中，汤显祖提出了"天下之至文"的两个标准：一是为文须发自真性灵，二是可以有补于世。

唐朝人说："不颠不狂，其名不彰。"此话并非没有道理，近人章太炎说过，世上能做大事业的人，大抵是有点"神经病"的人。意思是说，没有不同寻常的激情和气魄就干不成大事。但在庸人们的心目中，那些敢于冲破陈旧戒律的束缚而纵心恣意、成一家之言的人，都是假癫狂，不过是为了求名而已。汤显祖不同意这种看法，认为如张旭之癫，李白之狂，都是真性情的表现，并不是装出来求名。古人如此，今人亦然。汤显祖以江西泰和人士萧士玮为例，称其所作文字"大致奇发颖竖，离众独绝，绳墨之外，粲然能有所言。非苟为名而已"。

世人皆云"怪怪奇奇，不可时施"，汤显祖原也以为这话是对的。然而读了萧士玮的文章以后，汤显祖意识到自己错了："向所云不可时施者，又不然矣。"

最后，汤显祖总结说："夫不苟为名而又可以时施，此亦天下之至文也。"他所说的天下之至文，是指能够冲破旧的束缚而表达真思想真性情、并且能够用以匡时济世的文字，此种文字是不可多得的；那种装癫作狂、故意炫奇立异、欺世盗名者，当不在此列。

（苏民）

南柯梦记题词　　汤显祖（明）

　　天下忽然而有唐，有淮南郡。槐之中忽然而有国，有南柯。此何异天下之中有魏，魏之中有王也。李肇赞云："贵极禄位，权倾国都。达人视此，蚁聚何殊！"嗟夫，人之视蚁，细碎营营，去不知所为，行不知所往，意之皆为居食事耳。见其怒而酣斗，岂不哎①然而笑曰："何为者耶！"天上有人焉，其视下而笑也，亦若是而已矣。白舍人之诗曰："蚁王乞食为臣妾，螺母偷虫作子孙。彼此假名非本物，其间何怨复何恩。"世人妄以眷属富贵影像执为吾想，不知虚空中一大穴也。倏来而去，有何家之可到哉。

　　吾所微恨者，田子华处士能文，周弁能武，一旦无病而死，其骨肉必下为蝼蚁食无疑矣。又从而役属其魂气以为臣，蝼蚁之威，乃甚于虎狼。此犹死者耳。淳于固俨然人也，靡然而就其征，假以肺腑之亲，藉其枝干之任。昔人云："梦未有乘车入鼠穴者，"此岂不然耶。一往之情，则为所摄。人处六道中，嘲笑不可失也。

　　客曰："人则情耳，玄象何得为彼示微②。"此殆不然。凡所书祲象③不应人国者，世儒即疑之。不知其亦为诸虫等国也。盖知因天立地，非偶然者。客曰："所云情摄，微见本传语中。不得有生天成佛之事。"予曰："谓蚁不当上天耶，经④云，天中有两足多足等虫。世传活万蚁可得及第⑤，何得度多蚁生天而不作佛。梦了为觉，情了为佛。境有广狭，力有强劣而已。"

【注释】

　　①哎（xuè）：小声。

②玄象：天象。微：同"警"。

③祲(jìn)象：古代迷信称不祥之气或妖气为"祲"，祲象指预示人间行将发生灾异的自然现象。

④经：此处指佛经。

⑤及第：参加科举考试被录取，特指考取进士，明清时期只用于殿试前三名。

【品读】

这是汤显祖为自己在《南柯梦记》中所设计的理想世界辩护的一篇文字。

《南柯梦记》是依据唐代李公佐的《南柯太守传》推演而成的剧本（或云本陈翰《大槐宫记》）。剧中主人公叫淳于棼，此人性格是"不拘一节，累散千金，养江湖豪浪之徒，为吴楚游侠之士"。后来他落魄到只是借酒浇愁，往来于江湖。他有一天睡在大槐树下，梦中到了一个众蚁聚居的树国，叫作"大槐安国"，其中亦有国王、王后、公主、官吏和人民，这是一个不需要孔子之道也能把国家治理得很好的一片乐土。在这里，淳于棼被选为金枝公主瑶芳的驸马，不久被任命为南柯郡太守。在当太守的二十年中，他把南柯郡治理成了一个平等的理想世界。

汤显祖在《南柯梦记题词》中首先告诉人们：像南柯郡那样的理想世界在茫茫宇宙中应该是有的。与这一理想世界相比，人世间的钻营和争斗，将为蝼蚁所笑："天上有人焉，其视下而笑也，亦若是而已矣。"其次，汤显祖又向人们表明：对于平等的理想世界的向往，乃是自己的感情之所寄托："一往之情，则为所摄。人处六道中，嗤笑不可失也。"人应该有理想，有爱憎。最后，汤显祖又再次强调，他所追寻的理想世界并非虚妄，儒者们对此表示怀疑是心胸卑狭的表现；又云"梦了为觉，情了为佛"，哪怕能在一小片土地上实现自己的理想，也就是修成正果了。这一切，表现了汤显祖对于理想世界的执着追求。

（苏民）

笑　赞　　赵南星（明）

　　一和尚犯罪，一人解之，夜宿旅店，和尚酤酒劝其人烂醉，乃削其发而逃。其人酒醒，绕屋寻和尚不得，摩其头则无发矣，乃大叫曰："和尚倒在，我却何处去了？"

　　赞曰[①]：世间人大率悠悠忽忽，忘却自己是谁。这解和尚的就是一个，其饮酒时更不必言矣，及至头上无发，刚才知是自己却又成了和尚。行尸走肉，绝无本性，当人深可怜悯。

【注释】

　　① 赞曰：这是《笑赞》一书对每段笑话所加的评语。

【品读】

　　一个押送和尚的公差，因为被和尚在逃跑时灌醉剃光了头发，醒来后就误以为自己是和尚，反不知"我却何处去了"。这段笑话看似荒谬，寓意却十分深长。

　　公差之所以会"忘记自己"，在于他的"自我"本身就是肤浅微弱的。他对"自我"的确认，仅仅靠的是社会身份（押送犯人）、外貌（头发），而内在素质却极为贫乏。作者通过他的"醉""睡"，暗示出他的浑浑噩噩，"绝无本性"，于是，当他的押送对象逃跑，头发被剃，使他失去确认"自我"的外在特征时，他的"自我"便成为一片虚无。

　　当一个人"自我"的规定性仅仅依赖于外物而决定，如身份地位、名誉头衔、金钱外貌等，他的"自我"十分容易迷失，因为外在规定性是不稳定的、易逝的、多变的。而当人的"自我"更多地依赖于自身的内质，如清醒的自我意识，独到的思想见解、价值观念、道德情操、独具的创造才能等，他才能做到"保持自我"，因为这些内在的规定性是相对稳定的，具有连续性和一致性。

　　"我是谁?"这个问题的提出,标志着明代"个性"思潮的兴起,它表现了启蒙思想家对人的自我意识的呼唤。这个问题如今已成为西方现代哲学的一个重要课题。

(致新)

人生五乐① 　袁宏道(明)

　　数年闲适,惹一场忙在后。如此人置如此地,作如此事,奈之何?嗟夫,电光泡影,后岁知几何时?而奔走尘土,无复生人半刻之乐,名虽作官,实当官耳。先生家道隆崇,百无一阙,岁月如花,乐何可言。然真乐有五,不可不知。目极世间之色,耳极世间之声,身极世间之安,口极世间之谭,一快活也。堂前列鼎,堂后度曲,宾客满席,觥斝②若飞,烛气熏天,巾簪委地,皓魄入帷,花影流衣,二快活也。箧中藏万卷书,书皆珍异。宅畔置一馆,馆中约真正同心友十余人,就中择一识见极高如司马迁、罗贯中、关汉卿者为主,分曹部署,各成一书,远文唐、宋酸儒之陋,近完一代未竟之篇,三快活也。千金买一舟,舟中置鼓吹一部,知己数人,游闲数人,泛家浮宅,不知老之将至,四快活也。然人生受用至此,不及十年,家资田地荡尽矣。然后一身狼狈,朝不谋夕,托钵歌妓之院,分餐孤老之盘,往来乡亲,恬不为怪,五快活也。大抵世间只有两种人,若能屏绝尘虑,妻山侣石,此为最上;如其不然,放情极意,抑其次也。若只求田问舍,挨排度日,此最世间不紧要人,不可为训。古来圣贤,如嗣宗、安石、乐天、子瞻、顾阿瑛③辈,皆信得此一着及,所以他一生得力。不然,与东邻某子甲蒿目而死者何异哉!

【注释】

　　①此文系给林下先生的信,标题为编者所加。

②觥罍：皆酒器名。

③顾阿瑛：元末诗人顾瑛。

【品读】

范仲淹在《岳阳楼记》中曾写下"先天下之忧而忧，后天下之乐而乐"的名句，集中表达了儒家兼济天下的"忘我之乐"。相比之下，袁宏道提出的则是一种与之相反的"唯我之乐"，它着重于对自我生命的充分享受与发挥。

人是社会动物。人生之乐既有与群体同乐的一面，也有个人独乐的一面。个人欲望的满足，个人价值的实现，是构成人生欢乐的重要方面，但这些"人欲"在封建统治者眼中却是大逆不道的东西。袁宏道偏偏理直气壮地肯定它们的合理性，这对于封建正统观念无疑是极其大胆的挑战。

出于对生命易逝的感伤，袁宏道认为，只有放情极意，及时行乐，才不枉此一生。"目极世间之色，耳极世间之声，身极世间之安，口极世间之谭"，这是袁宏道所说的第一种快活，我们也可以把它看作"五乐"的总纲，这里所说的大多是人的感官享受，但"口极世间之谭（谈）"——而不是"口极世间之味"——却又属于人的精神享受了。以下四乐可以说是第一乐的具体化。袁宏道用随意自如、潇洒旷放并充满诗意的文字，绘声绘色地描绘出一幅幅令人陶醉的感性生活图景：花前月下，宾客杂坐的宴饮之乐；群贤毕至，激扬文字的著述之乐；泛家浮宅、漫游江上的遨游之乐，……这些描写，确实够令人心驰神往的了。然而袁宏道笔锋一转，所写的第五乐却似乎令人难以理解：少壮时代将家产挥霍净尽，到老来拿个破碗，唱着莲花落，挨门串户地去乞讨，这难道也算人生一乐吗？或许袁宏道有点故作惊人之笔，但这一笔却最为突出地反映了他"及时行乐"的人生态度。世间大多数人少壮时期劳碌奔波，追名逐利，把享乐的希望寄托在老年，殊不知，人到老年耳聋眼花，齿摇发落，感觉迟钝，欲望淡泊，纵有天大的荣华富贵，也无福消受，一旦命归黄泉，金山银山也带它不走。既然人生"赤条条来去无牵挂",不如青壮年时尽情享受,到老来一身轻松,逍遥自在,不为功名利禄所累,不为遗产问题操心,这岂不也是人生一乐吗?

袁宏道的这篇小品,并非对生活作理性概括,而是对人生至乐的瞬间作感性的呈现。它对于唤醒那些被封建道德观念压抑既久的个体生命意识,启迪他们解脱束缚,尽情发挥自身的生命力、创造力,是有一定意义的,但其中流露出的享乐主义、纵欲主义倾向,却不足为今人所效法。

(致新)

识张幼于箴铭后　袁宏道(明)

余观古今士君子,如相如窃卓①,方朔俳优②,中郎醉龙③,阮籍母丧酒肉不绝口,若此类者,皆世之所谓放达人也。又如御前数马④,省中秘树⑤,不冠入厕⑥,自以为罪,若此类者,皆世之所谓慎密人也。两种若冰炭不相入,吾辈宜何居?袁子曰:"两者不相肖也,亦不相笑也,各任其性耳。性之所安,殆不可强,率性而行,是谓真人。今若强放达者而为慎密,强慎密者而为放达,续凫项,断鹤颈⑦,不亦大可叹哉!"

夫幼于氏淳谦周密,恂恂规矩,亦其天性然耳。若以此矜持守墨,事栉物比⑧,目为极则,而叹古今高视阔步不矜细行之流,以为不必有,则是拘儒小夫,效颦学步之陋习耳。而以之美幼于,岂真知幼于者欤?

【注释】

①相如窃卓:指司马相如与卓文君私奔之事。

②方朔俳优:方朔,即东方朔,性格诙谐滑稽。俳优,古代以乐舞谐戏为职业的艺人。

③中郎醉龙:东汉文学家蔡邕,人称蔡中郎,好饮酒,醉后常卧于路上,人称"醉龙"。

④御前数马:指石庆在皇帝御车前举鞭数六四马的事。六四马还要举鞭去数,说明石庆性格的谨慎。(见《汉书·石奋传》)

⑤省中秘树:省中,宫禁之内。指孔光对朝省中事保守秘密,连宫中有几棵树也不对家人讲。(见《汉书·孔光传》)

⑥不冠入厕:指孟嘉不冠不入厕之事。说明孟嘉性格谨慎。

⑦续凫项,断鹤颈:凫,野鸭。把野鸭的脖子加长,把鹤的脖子砍一段。比喻违反事物规律。

⑧事栉物比:把事物有条有理地排列起来。

【品读】

袁宏道通过一系列的历史故事,举出了具有完全不同的生活态度、生活方式的两种人:放达人和慎密人。放达人洒脱豪爽,不拘小节,所作所为经常违反常理常规,置日常行为规范于不顾;而慎密人则绵密细致,谨小慎微,凡事三思而行,不越雷池一步。这两种人究竟谁是谁非,孰优孰劣?袁中郎认为,无所谓是非优劣,只是由于人的天性不同罢了。有人生性放达,有人生性慎密,就像野鸭的脖子天生就短,仙鹤的脖子天生就长一样,都无可指责,重要的是不能扭曲自己的天性,成为与自己天性不合的人。他指出:"性之所安,殆不可强,率性而行,是谓真人。"这一思想在宋明理学昌行的明代无疑是惊世骇俗的,它不仅提出了人性的问题,而且提出了个性的问题,呼唤社会对于个性的尊重。

世上没有完全相同的两片树叶,也没有完全相同的两个人。每一个人活在世上,都是前无古人、后无来者、独一无二、不可复制的"这一个",每一种个性都有其存在的合理性和独具的创造力,正是由于有了这些独特的丰富的个性,才构成了如此丰富多彩的世界。一个社会,倘若硬要制定一个什么一成不变的模式,将人们的思想行为方式纳入固定不变的模式,千人一腔,万人一面,这个社会必然失去活力。只有允许人们的个性充分发展,社会才能进步。对于每个人来说,了解自己的个性才能合理塑造自己，了解别人的个性，才能达到人与人之间的彼此尊重与宽容。

（致新）

与汤义仍^① 袁宏道（明）

作吴令，备诸苦趣。不知遂昌仙令^②，趣复云何？俗语云："鹄^③般白，鸦般黑。"由此推之，当不免矣！

人生几日耳！长林丰草^④，何所不适，而自苦若是。每看陶潜，非不欲官者，非不丑贫^⑤者；但欲官之心，不胜其好适之心；丑贫之心，不胜其厌劳之心。故竟"归去来兮"，宁乞食而不悔耳。

弟观古往今来，唯有讨便宜人^⑥，是第一种人。故漆园首以《逍遥》名篇^⑦，鹏^⑧唯大，故垂天之翼，人不得而笼致之。若其可笼，必鹅鸭鸡犬之类，与夫负重致远之牛马耳。何也？为人用也。然则，大人终无用哉？五石之瓢^⑨，浮游于江海。参天之树，逍遥乎广漠之野。大人之用，亦若此而已矣。且《易》不以龙配大人^⑩乎！龙何物也？飞则九天，潜则九地，而人岂得而用之？由此观之，大人之不为人用久矣。对大人言，则小人也。弟小人也，人之奔走驱逐我，固分^⑪，又何厌焉？下笔及此，近况可知。知己教我。

【注释】

①汤义仍：即汤显祖。袁宏道写此信时，任吴县县令，汤显祖任遂昌县令。

②仙令：对县令的美称。

③鹄：天鹅。

④长林丰草：山林草野，比喻隐居山林。

⑤丑贫：以贫穷为丑。

⑥讨便宜人：在此指闲逸好适、无拘无束、自由自在的人，也即

"大人"。

⑦漆园:即庄子,因他曾做过漆园吏,故称"漆园"。《逍遥》篇:
《庄子》第一篇为《逍遥游》。

⑧鹏:《逍遥游》中所描写的神奇的大鸟。

⑨五石之瓢:也称"五石瓠"。瓠:葫芦;石:古以一百二十斤为
一石。五石之瓢指容量很大的葫芦瓢。

⑩龙配大人:《易·乾》:"九五,飞龙在天,利见大人。"旧时以飞
龙喻帝王。

⑪固分:固然是我的本分。

【品读】

所谓"大人",是道家哲学中的理想人物。他超越世俗的功利
境界,进入自由境界,追求人格独立、个人尊严和心灵自由。

大人之所以"无用",是因为他们不愿受世俗名缰利锁的束
缚,不愿将自己的生命轻掷在名利场上,他背离了社会普遍流行
的价值观念,已经不是别人用来达到目的的工具、手段,相反,他
本身就是目的。他对生命的热爱,对人生的思索,他的发自内心
兴趣而不是由外力强加的自由的创造性的劳动,是无目的、非功
利的,看似无用,实质上是人的自我意识的提高、人的本质力量的
扩大,故而袁宏道把他们比作大鹏鸟、入云龙,认为他们和那些
"人不得而笼致之"的鹅鸭鸡犬牛马等,是不能相提并论的。

然而这种"大人",这种自由自在翱翔在天地之间的独立精神
和独立人格,在迄今为止的人类社会中还只能是一种幻想而已。
它属于人的高层次的精神追求,需要人们在满足基本生存需求的
条件下才能实现。陶渊明所描绘的桃花源中的人们,首先是没有
冻馁之虞,而他自己"归去来兮",落到"乞食不悔",也不能算得真
正的自由。在现实社会中,人们追求功利主义是无可厚非的,然
而"大人"对精神自由的追求,则代表着人性发展的必然方向。

(致新)

癖嗜录叙　袁宏道（明）

谈艺家所争重者，百千万亿不可穷。总之，不出兼情与法①以为的②。予独谓不如并情与法而化③之于趣也。非趣能化情与法，必情与法化而趣始生也。岂止此也，即神识玄旨亦必尽化而趣始生也。中庸曰："夫焉有所倚④，"惟作文亦然，予尝谓作文无他法，抽笔时精神肤发尽脱之笔端而不自知，则善矣。政⑤言乎无所倚也。长公曰："初无定质，姿态横生"，又曰："行乎不得不行，止乎不得不止"，亦俱言乎无所倚也。夫趣，生于无所倚，则圣人一生，亦不外乎趣。趣者，其天地间至妙至妙者与。子与氏有云："生则乌可已。"乌可已，则不知足之蹈之手之舞之，此非趣而何。颠生于世，无所嗜而独嗜乎文，于文无所不嗜而尤嗜乎文之趣。趣不足而取致⑥，致不足而取兴，均非颠生之得已也。益见颠生嗜趣之癖也，益见颠生嗜趣之癖也。

【注释】

①法：指艺术创作的技法。

②的：目的，旨归。

③化：融入自然，指艺术修养很高的自然境界。

④倚：依傍。"焉有所倚"：哪里有什么可以依傍。

⑤政：与"正"字相通。

⑥致：风致，韵致。

【品读】

这篇小品，以风趣为"天地间至妙至妙者"，很能激发现代人的心灵共鸣。

风趣应是自然而然的。"趣如女中之态"，不是可以做作出来的。趣又是发自人性的灵悟，它得之于自然，是人性与自然相契合的真实表现。而要表现天然的趣,就必须无所依傍,不受技法、形式和任何教条的束缚,犹如童心未受障蔽的儿童,不知有趣,然而却无往而非趣。在袁宏道看来,是否有"趣"乃是衡量文章品格高下的标准。倘风趣不足,就要看其是否具有某种独特的风致;倘风致亦不足,就要看其是否能助人佳兴。但退而求其次的所谓"致"和"兴",其实也还是属于风趣的范畴。

袁宏道的"风趣论",反映了明代社会新兴的市民阶层的审美趣味,是商品经济发展在审美领域中的表现,至今仍有其积极意义。

(苏民)

夏梅说 钟惺(明)

梅之冷,易知也,然亦有极热之候。冬春冰雪,繁花粲粲,雅俗争赴,此其极热①时也。三四五月,累累其实,和风甘雨之所加,而梅始冷②矣,花实俱往。时维朱夏,叶干相守,与烈日争,而梅之冷极矣。

故夫看梅与咏梅者,未有于无花之时者也。张谓《官舍早梅》诗,所咏者花之终,实之始也。咏梅而及于实,斯已难矣,况叶乎?梅至于叶,而过时久矣。廷尉董崇相③官南都在告,有《夏梅》诗,始及于叶。何者?舍叶无所谓夏梅也。予为梅感此,谊属同志者和焉,而为图卷以赠之。夫世固有处极冷之时之地,而名实之权在焉。巧者乘间赴之,有名实之得,而又无赴热之讥。此趋梅于冬春冰雪者之人也,乃真附热者也。苟真为热之所在,虽与地之极冷,而有所必辩焉。此咏夏梅意也。

【注释】

①热:此处指红极一时,炙手可热。

②冷：此处指冷落，冷清。

③董崇相：董应举，字崇相，明代万历年间诗人，曾作《夏梅》诗。

【品读】

严冬之际，万花纷谢，只有梅花灿然怒放，凌雪傲霜，故而在人们心中形成十分鲜明突出的意象。自古以来，人们往往把冬梅作为在严酷恶劣的环境中昂然奋进、不屈不挠的精神力量的象征，赞颂冬梅的诗文不胜枚举。

钟惺偏偏反其道而行之，不赞冬梅，却把他的目光投向不惹人注意的夏梅上。为了说明他的观点，他进行了一番"冷热之辩"，他认为，冬梅所处的环境虽冷，但它自身并不冷，正是红极一时，炙手可热的鼎盛时期，它的生命灿烂辉煌，而外界没有能与之媲美者又使它独占风流，它虽然好像处于极冷之地其实是最热的；而夏梅所处的环境气候虽热，但它自身并不热，花落了，果实也落了，只剩下不引人注意的叶子，它正如迟暮美人、末路英雄一样，进入了生命的低谷时期。夏日似锦的繁花更衬托出它的凄凉，赞颂者早已一哄而散。在夏梅那里，有的是"过时久矣"的失落感，对世态炎凉的叹喟，对趋炎附势的愤懑，以及"枝干相守，与烈日争"的不甘沉沦、昂然奋进的自强精神。同是梅花的意象，钟惺反其意而用之，表达了一种十分独特而深沉的人生体验，它带着悲剧色彩和人生苦味，似乎有些消极，但仍然是有价值的，因为这种人生感悟十分真切而且具有普遍意义。

（致新）

自题诗后　钟惺（明）

李长叔曰："汝曹胜流①，惜胸中书太多，诗文太好，若能不读书，不作诗文，便是全副名士。"余怃然②曰："快哉快哉！非子不能为此语，非我不能领子此语。惜忌③者不解，使忌者解此语，其欲杀子，当甚于杀我。然余能善子语，决不能

062

用子语。子持子语归,为子用。吾异日且用子语。"数日后,举此示友夏④,友夏报我曰:"长叔语快,子称长叔语尤快,仆称长叔与子语快者,语亦复快!"

夫以两人书淫诗癖,而能叹赏不读书,不作诗文之语。则彼能为不读书、不作诗文语者,决不以读书、作诗文为非也。袁石公有言:"我辈非诗文不能度日。"此语与余颇同。昔人有问长生诀者,曰:"只是断欲。"其人摇头曰:"如此,虽寿千岁何益?"余辈今日不作诗文,有何生趣?然则余虽善长叔言,而不能用,长叔决不以我为非。正使以我为非,余且听之矣。

【注释】

①汝曹胜流:你们这些不同凡俗的人们。

②怃然:形容失望的样子。

③忌:忌讳,怨恨。

④友夏:谭元春,字友夏,文学家,与本文作者钟惺同为晚明竟陵派的代表人物。

【品读】

古时所谓名士,是指书读得多、诗文作得好并因此而有名望的人。名士们风流潇洒,不同凡俗,故称"胜流"。可是,李长叔则认为,名士们还洒脱得不够,如果能够不读书,不作诗文,才堪称完完全全的名士。这对于"非诗文不能度日"的名士们无疑是当头泼了一瓢冷水。

然而,作为名士的钟惺尽管对李长叔的话感到失望,却能理解长叔此话的真正含义。这位李长叔是一位庄子的信徒,追求的是一种彻底摆脱世俗生活束缚的绝对自由的境界。与此境界相比,整日读书作文的人还不够潇洒。因此,钟惺仍称道长叔的话说得爽快,并表示,尽管自己不可能按长叔的话去做,但如果有忌刻之人因李长叔对名士有不同看法而要杀他,自己绝不能容忍。以上二人的话又都受到谭元春的称赞。这表明他们已初具多元开放的文化心态。

　　钟、谭二人都是"诗淫书癖"，对他们来说，如果不读书、不作诗而求洒脱，正如断情欲而求长生一样，会使生活没有一点乐趣。在钟惺看来，如果李长叔也有宽广的胸襟、容人的雅量，是绝不会以读书作诗文者为非的。纵然他以为非，也只能"听之"，而不必计较。古人尚且具有此种胸怀，现代人难道不更应具有此种胸怀吗？

（苏民）

自题小像　　张岱（明）

　　功名耶落空，富贵耶如梦。忠臣耶怕痛，锄头耶怕重，著书二十年耶而仅堪覆瓮^①。之人耶有用没用？

【注释】

　　①覆瓮：即覆瓿，酱缸盖。后以此作谦词，喻自己的著作价值不高，只能用作酱缸盖。

【品读】

　　自嘲是一种风度，也是一种境界。

　　口齿伶俐地嘲笑、讽刺、挖苦别人固然也是一种能耐，但总归是不够谦虚和有失风度的；而毫不留情的自嘲，则称得上是一种大无畏的境界。

　　自嘲是自我揭短。而这"短"中本来有许多都是天不知、地不知、您不知、他不知只有我自知的东西，所以一张口就要勇气。

　　人多喜欢为自己评功摆好，其实不过是为了迎合世俗的某些"短期"标准，获得一时的虚荣满足，根本没管到底值还是不值。

　　最简单的道理可就没人明白：丑是遮不住的，与其让人看了掩口而笑，何不自己亮相出来？那效果就完全不同了。

　　所以，伟人少，凡夫俗子却多。

（志刚）

自为墓志铭（节录） 张岱（明）

蜀人张岱，陶庵其号也。少为纨袴子弟，极爱繁华，好精舍、好美婢、好娈童、好鲜衣、好美食、好骏马、好华灯、好烟火、好梨园、好鼓吹、好古董、好花鸟、兼以茶淫桔虐、书蠹诗魔、劳碌半生，皆成梦幻。

年至五十，国破家亡，避迹山居，所存者，破床碎几，折鼎病琴，与残书数帙，缺砚一方而已。布衣蔬食，常至断炊。回首二十年前，真如隔世。

常自评之，有七不可解：向以韦布而上拟公侯，今以世家而下同乞丐，如此则贵贱紊矣，不可解一；产不及中人，而欲齐驱金谷，世颇多捷径，而独株守于陵，如此则贫富舛矣，不可解二；以书生而践戎马之场，以将军而翻文章之府，如此则文武错矣，不可解三；上陪玉皇大帝不谄，下陪悲田院乞儿而不骄，如此则尊卑溷①矣，不可解四；弱则唾面而肯自干，强则单骑而能赴敌，如此则宽猛背矣，不可解五；夺利争名，甘居人后，观场游戏，肯让人先，如此则缓急谬矣，不可解六；博弈摴蒲②则不知胜负，啜茶尝水则能辨渑淄，如此则智慧杂矣，不可解七。有此七不可解，自且不解，安望人解？

故称之以富贵人可，称之以贫贱人亦可；称之以智慧人可，称之以愚蠢人亦可；称之以强项人可，称之以柔弱人亦可；称之以卞急人可，称之以懒散人亦可。学书不成，学节义不成，学文章不成，学仙、学佛、学农、学圃俱不成。任世人呼之为败子，为废物，为顽民，为钝秀才，为渴睡汉，为死老魅也已矣！

【注释】

①溷（hùn）：混乱。

②摴蒲：古代的一种掷骰赌博游戏。

【品读】

墓志铭可说是典型的古董，一般是传主亡故后，由他人代撰，然后刻在其墓碑上，用以对死者盖棺定论，也用以谕示后人。

今人死后火化，一烧百了，骨灰盒在世间也只能占个二尺见方的位置，就算写了墓志铭，也是没地方刻的，所以它就只能是古董了。

张老先生满怀童心，也极富机智。

他历数一生中"七不可能"，言里言外颇多游戏和自嘲；用的是欲扬故抑之法，效果是画出一个极具个性又襟怀坦白的可爱老头儿。

如果他是"败子""废物"等，那么我们又是什么？所以务请张老先生不可如此自谦，也算笔下留情，因为您这一自谦不要紧，可让多少活人都无地自容了哟。

张老先生是否真的"纨绔子弟"，不深追究也罢，其文章写得好，仅此即足可立世；其性格情感特诚挚，仅此即足以动人。

有此二者，上天入地可也。

（志刚）

跋徐青藤①小品画　张岱（明）

唐太宗曰："人言魏征②倔强，朕视之更觉妩媚耳。"倔强之与妩媚，天壤不同，太宗合而言之，余蓄疑颇久。今见青藤诸画，离奇超脱，苍劲中姿媚跃出，与其书法奇崛略同。太宗之言，为不妄矣。故昔人谓摩诘③之诗，诗中有画；摩诘之画，画中有诗。余亦谓青藤之书，书中有画；青藤之画，画中有书。

【注释】

①徐青藤：即明代著名文学家、书画家徐渭，字文长，自号青藤山人。

②魏征：唐太宗时大臣，以能犯颜直谏、执拗倔强著称。

③摩诘：唐代诗人王维字摩诘，兼擅绘画。

【品读】

魏征是中国历史上的著名人物，魏征的倔强执拗性格也是中国历史上著名的。

世界上倔强的人不少。

但世界上的倔强却有真假之分。真倔强的人，对谁都倔强，事事都倔强，认准了的事，管您是天王老子，都要倔强到底。假倔强的人，虽然张口闭口自称倔强无双，但却"看人下菜碟"，只对下倔强，对上则不敢倔强。

真倔强，难免常常惹人生气，但却令人佩服；假倔强，则既让人可怜，又让人痛恨。

魏征是真倔强，他的倔强是只认真理不认人。所以唐太宗（开明的唐太宗！）在生气之余便赞其"妩媚"。

倔强是表现，妩媚则是评价。二者合言，不难理解，张岱称"蓄疑"，当系谦语，目的是为下文起兴，乃作文之巧。

至于说诗歌与绘画、绘画与书法，本即相通，彼此生发，亦属自然。

至于说苍劲画幅中有姿媚跃出，柔柔低语里有强韧存蓄，亦如豪迈大侠可有细腻深情，纤纤弱女可有刚烈之举。世事同焉。

如此，艺术是高境界，人亦是高境界。

（志刚）

与　客　黄虞龙（明）

古今能文章之士，皆胸中无物①，眼底无人②。无物，故河山大地，以至虫鱼花鸟，都足供给笔端。无人，故先秦两汉，百家诸子，只是我寻常交往。少则证羲画之爻③，多则衍天龙之义。酒籍肉帐，悉成佳编；怒骂嬉笑，无非至论。昔之坡仙④，今之卓老⑤，庶几近之乎！

【注释】

①胸中无物：指胸怀宽广，无物窒碍，故能包容天地万物。

②眼底无人：指不盲目崇拜古人，打破一切偶像崇拜。

③羲画之爻：指《易经》，相传远古伏羲氏画卦，每卦有六爻，为《易经》之创始。

④坡仙：指北宋文学家苏东坡。

⑤卓老：明代思想家李贽，号卓吾。

【品读】

这篇小品所反映的，是晚明文学界富于独创性的新文风。

传统的"载道"文学，是先在胸中横亘一个封建伦理之道，然后将此道诉诸文字，"远之事君，迩之事父"而已。而这篇小品则强调学者必须首先做到"胸中无物"，然后以此明净宽广的心胸去采撷容纳各种各样的创作题材，从而最大限度地拓宽创作的视野。

传统的文风是拟古文风，"文必秦汉，诗必盛唐"，文章成了假古董。而这篇小品则强调学者必须"眼中无人"，推倒一切偶像，将古代的大师只看作是与自己有寻常交往的人，而不再作为顶礼膜拜的对象。

作者认为，只有做到这两点，才能使个性从封建束缚下解放出来，使作品富于独创性，这反映了晚明迎合市民趣味、"宁今""宁俗"的创作倾向。作者除讲到"证羲画之爻""衍天龙之义"的玄解以外，颇注意使文学贴近社会生活，使"酒籍肉帐，悉成佳篇"；又主张对当时的社会现实作无情的批判，认为嬉笑怒骂皆"无非至论"，不必再讲所谓"温柔敦厚""怨而不怒"的诗教。

作者的这些主张，实际上超出了文学创作的范畴，具有普遍的思想解放、个性解放的意义。从这篇小品对李贽的评论亦可见，作者的思想与李贽是基本一致的。李贽的知名度当然远比作者高得多，但作者亦无崇拜权威的意识，只是说李贽的文风与自己的主张"庶几近之"而已，这也是作者独具个性的表现。

（苏民）

三十三个不亦快哉　金圣叹（清）

其一：夏七月，赤日停天，亦无风，亦无云；前后庭赫然如洪炉，无一鸟敢来飞。汗出遍身，纵横成渠。置饭于前，不可得吃。呼簟欲卧地上，则地湿如膏，苍蝇又来缘颈附鼻，驱之不去。正莫可如何，忽然大黑车轴，疾澍①澎湃之声，如数百万金鼓。檐溜浩于瀑布。身汗顿收，地燥如扫，苍蝇尽去，饭便得吃。不亦快哉！

其一：十年别友，抵暮忽至。开门一揖毕，不及问其船来陆来，并不及命其坐床坐榻，便自疾趋入内，卑辞叩内子："君岂有斗酒如东坡妇乎？"内子欣然拔金簪相付。计之可作三日供也。不亦快哉！

其一：空斋独坐，正思夜来床头鼠耗可恼，不知其戞戞者是损我何器，嗤嗤者是裂我何书。中心回惑，其理莫措，忽见一狻猫，注目摇尾，似有所睹。敛声屏息，少复待之，则疾趋如风，㪉然一声。而此物竟去矣。不亦快哉！

其一：于书斋前，拔去垂丝海棠紫荆等树，多种芭蕉一二十本。不亦快哉！

其一：春夜与诸豪士快饮，至半醉，住本难住，进则难进。旁一解意童子，忽送大纸炮可十余枚，便自起身出席，取火放之。硫磺之香，自鼻入脑，通身怡然。不亦快哉！

其一：街行见两措大②执争一理，既皆目裂颈赤，如不戴天，而又高拱手，低曲腰，满口仍用者也之乎等字。其语刺刺，势将连年不休。忽有壮夫掉臂行来，振威从中一喝而解。不亦快哉！

其一：子弟背诵书烂熟，如瓶中泻水。不亦快哉！

其一：饭后无事，入市闲行，见有小物，戏复买之，买亦已成矣，所差者甚少，而市儿苦争，必不相饶，便掏袖下一件，其轻重与前直相上下者，掷而与之。市儿忽改笑容，拱手连称不敢。不亦快哉！

其一：饭后无事，翻倒敝篋。则见新旧逋欠文契不下数十百通，其人或存或亡，总之无有还理。背人取火拉杂烧净，仰看高天，萧然无云。不亦快哉！

其一：夏月科头③赤足，自持凉伞遮日，看壮夫唱吴歌，踏桔槔④。水一时奔涌而上，譬如翻银滚雪。不亦快哉！

其一：朝眠初觉，似闻家人叹息之声，言某人夜来已死。急呼而讯之，正是一城中第一绝有心计人。不亦快哉！

其一：夏月早起，看人于松棚下，锯大竹作筒用。不亦快哉！

其一：重阴匝月，如醉如病，朝眠不起。忽闻众鸟毕作弄晴之声，急引手搴帷⑤，推窗视之，日光晶荧，林木如洗。不亦快哉！

其一：夜来似闻某人素心⑥，明日试往看之。入其门，窥其闺，见所谓某人，方据案面南看一文书。顾客入来，默然一揖，便拉袖命坐曰："君既来，可亦试看此书。"相与欢笑，日影尽去。既已自饥，徐问客曰："君亦饥耶？"不亦快哉！

　　其一：本不欲造屋，偶得闲钱，试造一屋。自此日为始，需木，需石，需瓦，需砖，需灰，需钉，无晨无夕，不来聒于两耳。乃至罗雀掘鼠，无非为屋校计，而又都不得屋住，既已安之如命矣。忽然一日屋竟落成，刷墙扫地，糊窗挂画。一切匠作出门毕去，同人乃来分榻列坐。不亦快哉！

　　其一：冬夜饮酒，转复寒甚，推窗试看，雪大如手，已积三四寸矣。不亦快哉！

　　其一：夏日于朱红盘中，自拔快刀，切绿沉西瓜。不亦快哉！

　　其一：久欲为比邱⑦，苦不得公然吃肉。若许为比邱，又得公然吃肉，则夏月以热汤快刀，净割头发。不亦快哉！

　　其一：存得三四癞疮于私处，时呼热汤开门澡之。不亦快哉！

　　其一：箧中无意忽检得故人手迹。不亦快哉！

　　其一：寒士来借银，谓不可启齿，于是唯唯亦说他事。我窥见其苦意，拉向无人处，问所需多少。急趋入内，如数给与，然而问其必当速归料理是事耶，为尚得少留共饮酒耶。不亦快哉！

　　其一：坐小船，遇利风，苦不得张帆，一快其心。忽逢艑舸，疾行如风。试伸挽钩，聊复挽之。不意挽之便着，因取缆缆向其尾，口中高吟老杜"青惜峰峦，共知桔柚"之句，极大笑乐。不亦快哉！

　　其一：久欲觅别居与友人共住，而苦无善地。忽一人传来云有屋不多，可十余间，而门临大河，嘉树葱然。便与此人共吃饭毕，试走看之，都未知屋如何。入门先见空地一片，大可六七亩许，异日瓜菜不足复虑。不亦快哉！

　　其一：久客得归，望见郭门，两岸童妇，皆作故乡之声。不亦快哉！

其一：佳磁既损,必无完理。反覆多看,徒乱人意。因宣付厨人作杂器充用,永不更令到眼。不亦快哉!

其一：身非圣人,安能无过。夜来不觉私作一事,早起怦怦,实不自安。忽然想到佛家有布萨之法,不自覆藏,便成忏悔,因明对生熟众客,快然自陈其失。不亦快哉!

其一：看人作擘窠⑧大书,不亦快哉!

其一：推纸窗放蜂出去,不亦快哉!

其一：作县官,每日打鼓退堂时,不亦快哉!

其一：看人风筝断,不亦快哉!

其一：看野烧,不亦快哉!

其一：还债毕,不亦快哉!

其一：读《虬髯客传》⑨,不亦快哉!

【注释】

①疾澍(shù)：疾,迅猛;澍,阵雨。

②措大：旧称贫寒的读书人,含有轻慢意。

③科头：谓不戴帽子。

④桔橰(jié gāo)：一种原始的汲水工具。

⑤搴(qiān)帷：搴,揭起;帷,帐幔。

⑥素心：心地纯朴。陶潜《移居》诗："闻多素心人,乐与数晨夕。"

⑦比邱：佛教名词,指和尚。

⑧擘(bò)窠：为书写整文而刻划的界线。

⑨《虬髯客传》：传奇小说,传为唐末杜光庭作。

【品读】

中国历代文人恐怕没有谁比金圣叹更珍视人生欢乐的时刻了。他以个人日常生活中所体验到的形形色色的"不亦快哉"的瞬间为中心话题,用一种似乎琐琐屑屑的笔致,斑驳迷离的色彩,充满感性的文字,传神地表现出自己丰富而独特的感觉世界和情感世界。从形式上说,这种写法完全打破了中国传统文章的作法,从内容上说,它表现了作者渴望冲破压抑人性的旧传统的藩篱、伸展个性、张扬自我、追求人生欢乐的强烈愿望。

　　人生的欢乐时刻是人的全身心感到舒展解放的时刻,它包含的内容十分丰富,既有生理上的,也有心理上的,我们很难将它们一一分开。人在生理上的快乐多有共性,而心理上的快乐却千差万别。金圣叹的三十三个"不亦快哉"既充分调动了人的视、听、触、嗅等生理感觉,表现了人所共有的生理上的快乐,同时又是充分个性化的,从中我们可以触摸到作者豪爽侠义、坦率真诚、不拘小节、任性由情等鲜明的性格特征。

　　你看,作者所欣赏的,总是那些雄壮豪迈的事物,无论是自然景观,还是世态百相。他欣赏夏日一扫暑热之气的雷阵雨,冬日漫天飞舞的大雪,欣赏干脆利落地将两个争吵不休的书呆子赶开的壮汉,欣赏自己在锱铢必较的讨价还价中突然"掷而与之"的洒脱。"看人于松棚下,锯大竹作筒用,不亦快哉","看野烧,不亦快哉","看人作擘窠大书,不亦快哉","读《虬髯客传》,不亦快哉",……没有一种欣赏宏大事物的豪情豪气,便不能从这些事物中感受到美感、快感。

　　坦率真诚,珍视人与人之间的情谊,是作者个性的另一特征。你看,朋友到来他乞求妻子拔金簪沽酒,寒士借银羞于开口他主动解囊相助,到"素心"人处去读书两人会意于心,为接待朋友寻找环境优美的住所他四下奔走。一把火烧掉那些"无有还理"的债券,不亦快哉,"篋中无意忽捡得友人手迹,不亦快哉";……没有博大广阔的仁爱之心,没有以诚待友的侠肝义胆,作者又怎能从这些事件中获得快感呢?

　　此外,劳动的快乐,读书的快乐,乃至坦率暴露自我的快乐,在这里也得到了表现。作者决不掩饰自己,甚至他所恨的人死了,他的快乐也并不讳言。

　　由此看来,这里"不亦快哉"的"快",与其理解为"快乐",不如理解为"痛快"。痛快人说痛快话,做痛快事,也欣赏世上痛痛快快的万事万物,这便是金圣叹的三十三个"不亦快哉"所表现的鲜明的个性内容。

（致新）

不脱依傍，不能登峰造极　顾炎武（清）

君诗之病在于有杜①，君文之病在于有韩、欧②。有此蹊径于胸中，便终身不脱"依傍"二字，断不能登峰造极。

【注释】

①杜：唐代诗人杜甫。

②韩、欧：韩，唐代文学家韩愈；欧，北宋文学家欧阳修。

【品读】

杜甫被人誉为"诗圣"，韩愈有"文起八代之衰"的美名，欧阳修也是一代文宗，而顾炎武在给友人的信中，却率直地指出他的诗的毛病在于"有杜"，文的毛病在于"有韩、欧"，这绝非贬杜甫韩欧，而是强调为诗为文，作者都必须有自己的独创精神。如果胸中只有一条别人走过的路，一辈子只能依傍它才能向前走，便不能超越前人，充分发挥个人的艺术创造力，达到登峰造极的境界。在这里，顾炎武把艺术的独创性提到了首要地位。

（致新）

山居杂谈　廖燕（清）

凡事做到慷慨淋漓激宕尽情处，便是天地间第一篇绝妙文字，若必欲向之乎者也中寻文字，又落第二义矣。

世人有题目始寻文章，余则先有文章偶借题目耳。犹有悲借泪以出，非有泪而始悲也。

题目是众人的，文章是自己的，故千古有同一题目，无同一文章。

【品读】

　　明中叶以后,以李贽的"童心说",袁宏道的"性灵说"为代表,在艺术上出现了一股强调情感,强调个性表现的巨大潮流。

　　"凡事做到慷慨淋漓激宕尽情处,便是天地间第一篇绝妙文字",这里所说的"情",不是"发乎情止乎礼义","怨而不怒"的"情",而是淋漓尽致一泻千里的"情",它要求冲破束缚情感表现的种种封建道德规范,让"绝假纯真"的情感得到自由地表现。

　　任何一份真情实感总是个人独具的。强调艺术情感也必然强调艺术个性。"千古有同一题目,无同一文章",表现了作者在艺术上要求张扬个性,提高个人主体地位的愿望。

(致新)

戏题小像寄罗两峰　袁枚(清)

　　两峰居士,为我画像,两峰以为是我也,家人以为非我也,两争不决。子才子笑曰:"圣人有二我:'毋固毋我'之我①,一我也;'我则异于是'之我,一我也。我亦有二我:家人目中之我,一我也;两峰画中之我,一我也。人苦不自知,我之不能自知其貌,犹两峰之不能自知其画也。毕竟视者误耶?画者误耶?或我貌本当如是,而当时天生之者之误耶?又或者今生之我,虽不如是;而前世之我,后世之我,焉知其不如是?故两峰且舍近图远,合先后天而画之耶?然则是我非我,俱可存而不论也。虽然,家之人既以为非我矣,若藏于家,势必误认为灶下执炊之叟,门前卖浆之翁,且拉杂摧烧之矣。两峰居士,既以为是我矣,若藏之两峰处,势必推爱友之心,自爱其画,将与鬼趣图、冬心、龙泓两先生像,共熏奉珍护于无穷,是我二我中一我之幸也。故于其成也,不取自存,转托两峰代存。使海内之识我者,识两峰者,共谛视之。"

【注释】

①"圣人"句：出于《论语·子罕》："子绝四：毋意，毋必，毋固，毋我。"

【品读】

每一个人都有一个"自我"。

"自我"一方面是客观存在的，它独一无二，不可更改，有其无可怀疑的确定性；但另一方面它又是不确定的，因为"自我"总是通过别人的眼光反映出来，带着他人的主观色彩，由于观察者的视角不同感受不同，不同人眼中的同一个人形象不尽相同，甚至大相径庭，正因为如此，才有"情人眼里出西施"，才有"说不尽的哈姆雷特"。

袁子才对"自我"的不确定性有透辟的理解，他的朋友，画家罗两峰为他画了一张像，画家自认为画得很像，但袁子才的家人却认为画得不像，如何对待这个问题？袁子才采取了宽容幽默的态度，他说："家人目中之我，一我也，两峰画中之我，一我也"，"毕竟视者误耶？画者误耶？"他认为，"是我非我，均可存而不论"，两种说法各有各的道理，不必深究。

如何处理这张画呢？如果留在家里，家人既然都说不像，必然会毫不爱惜，随意糟蹋毁弃，画家罗两峰既然认为这张画画得像，必然对这幅画如同对好朋友一样，爱护备至。于是袁子才决定将这幅画寄给画家保存，"使海内之识我者，识两峰者，共谛视之"，岂不是两全其美的好事？

承认"自我"的多面性，不固执于"自我"，对于人们认识自己，宽容别人是有好处的，当然，这并不等于说否定"自我"的统一性和确定性，把"自我"搞得支离破碎、捉摸不定。

（致新）

狐友幻形　纪昀（清）

　　济南朱子青与一狐友,但闻声而不见形。亦时预文酒之会,词辩纵横,莫能屈也①。一日,有请见其形者。狐曰:"欲见吾真形耶?真形安可使君见;欲见吾幻形耶?是形既幻,与不见同,又何必见?"众固请之,狐曰:"君等意中,觉吾形何似?"一人曰:"当庞眉皓首。"应声即现一老人形。又一人曰:"当仙风道骨。"应声即现一道士形。又一人曰:"当星冠羽衣。"应声即现一仙官形。又一人曰:"当貌如童颜。"应声即现一婴儿形。又一人戏曰:"庄子曰,姑射神人,绰约若处子,君亦当如是。"即应声现一美人形。又一人曰:"应声而变,是皆幻耳。究欲一睹真形。"狐曰:"天下之大,孰肯以真形示人者,而欲我独示真形乎?"大笑而去。

【注释】

　　①莫能屈也:没有谁能驳倒他。

【品读】

　　这是一篇揭露充满虚假和伪善的传统社会氛围的讽刺小品。所谓"天下之大,孰肯以真形示人者",正是对传统社会氛围的真切写照。

　　封建专制主义、蒙昧主义和禁欲主义,迫使人们说假话、做假人,用层层伪装把自己包裹起来,并且能随机应变地伪装自己,从不肯现出自己的真正面目,能够显露真实的个性和表达真实思想的人几乎不可见。作者笔下的狐友,能够变老人,亦能变婴儿;能够变仙官,亦能变美人;尽是"应声而变",当应声虫,人云亦云;作巧伪人,随人所好;就是不肯表现真实的自我。然而,其亦有辩:普天下人尽皆如此,"而欲我独示真形乎?"作者以大笑煞尾,而其中隐藏的,却是深沉的悲哀。

(苏民)

经旧苑吊马守真文(节录) 汪中(清)

　　岁在单阏^①，客居江宁^②城南，出入经回光寺，其左有废圃焉。寒流清泚^③，秋菘^④满田，室庐皆尽，唯古柏半生，风烟掩抑，怪石数峰，支离草际，明南苑妓马守真故居也。秦淮水逝，迹往名留，其色艺风情，故老遗闻，多能道者。余尝览其画迹，丛兰修竹，文弱不胜，秀气灵襟，纷披楮墨之外，未尝不爱赏其才，怅吾生之不及见也。夫托身乐籍^⑤，少长风尘，人生实难，岂可责之以死？婉娈倚门之笑，绸缪鼓瑟之娱，谅非得已。在昔婕妤^⑥悼伤，文姬^⑦悲愤，矧^⑧兹薄命，抑又下焉。嗟夫！天生此才，在于女子，百年千里，犹不可期，奈何钟美如斯，而摧辱之至于斯极哉！

　　余单家孤子，寸田尺宅，无以治生。老弱之命，悬于十指。一从操翰^⑨，数更府主。俯仰异趣，哀乐由人。如黄祖^⑩之腹中，在本初^⑪之弦上。静言身世，与斯人其何异？只以荣期二乐，幸而为男，差无床第之辱耳！

【注释】

　　①单阏：十二支中卯的别称，用以纪年。

　　②江宁：即南京，清代属江宁府。

　　③泚(cǐ)：清澈。

　　④菘(sōng)：白菜。

　　⑤乐籍：封建时代供统治阶级取乐的人户，被认为身份低贱，不属于良民。

　　⑥婕妤：即班婕妤，东汉时期的著名才女。

⑦文姬:即蔡文姬,汉末女诗人。

⑧矧(shěn):况且。

⑨翰:原指羽毛,后来借指毛笔、文字、书信等。

⑩黄祖:汉末人,曾任汉末北方军阀袁绍的幕僚。

⑪本初:即袁绍,字本初。

【品读】

　　这是一篇凭吊明末秦淮名妓马守真的小品文。在这篇文章中,汪中盛赞马守真是一位百年千里不可多得的才女,认为其才华超过了历史上的班婕妤和蔡文姬,其沦落风尘乃是为生活所迫而出于不得已。他痛斥道学家"责之以死",痛斥社会对于这位才女摧辱至极,对马守真的苦难生涯表示了深切的同情。

　　由马守真的苦难生涯,汪中想到了自己,抒发了自己与这位异代不同时的佳人的同病相怜之情。汪中出身贫寒,只能靠卖文为生,在达官贵人的幕中供驱使,几易其主,身不由己,哀乐由人,他深感这样的地位与妓女实在没有什么差别;唯一不同的是,自己是男人,不用受床箦之辱而已。"顾七尺其不自由兮,倏风荡而波沦;纷啼笑而感人兮,孰知其不出于余心?"他愤怒地问道:难道知识分子一定要依附权势、仰人鼻息才能生存吗?

　　作者把自己与妓女相提并论,抒发同病相怜之情,说明作者意识到了自己作为旧时代的知识分子所处的可耻的地位,体现了知识分子道德良知和独立人格的觉醒。

（苏民）

《老残游记》自叙　刘鹗(清)

　　婴儿堕地,其泣也呱呱①;及其老死,家人环绕,其哭也号啕。然则哭泣也者,固人之所以成始成终也。其间人品之高下,以其哭泣之多寡为衡。盖哭泣者,灵性之现象也,有一分灵性即有一分哭泣,而际遇之顺逆不与焉。

　　马与牛,终岁勤苦,食不过刍秣,与鞭策相终始,可谓辛苦矣,然不知哭泣,灵性缺也。猿猴之为物,跳掷于深林,厌饱乎梨栗,至逸乐也,而善啼;啼者,猿猴之哭泣也。故博物家云:猿猴,动物中性最近人者。以其有灵性也。古诗云:"巴东三峡巫峡长,猿啼三声断人肠。"其感情为何如矣!

　　灵性生感情,感情生哭泣。哭泣计有两类:一为有力类,一为无力类。痴儿骏②女,失果则啼,遗簪亦泣,此为无力类之哭泣。城崩杞妇之哭③,竹染湘妃之泪④,此有力类之哭泣也。有力类之哭泣又分两种:以哭泣为哭泣者,其力尚弱;不以哭泣为哭泣者,其力甚劲,其行乃弥远⑤也。

　　《离骚》为屈大夫⑥之哭泣,《庄子》为蒙叟⑦之哭泣,《史记》为太史公⑧之哭泣,《草堂诗集》为杜工部⑨之哭泣;李后主⑩以词哭,八大山人⑪以画哭,王实甫寄哭泣于《西厢记》,曹雪芹寄哭泣于《红楼梦》。王之言曰:"别恨离愁,满肺腑难陶泄⑫。除纸笔代喉舌,我千种想思向谁说?"曹之言曰:"满纸荒唐言,一把辛酸泪;都云作者痴,谁解其中意?"名其茶曰"千芳一窟",名其酒曰"万艳同杯"者:千芳一哭,万艳同悲也。

　　吾人生今之时,有身世之感情,有家国之感情,有社会之感情,有种教⑬之感情。其感情愈深者,其哭泣愈痛:此鸿都百炼生所以有《老残游记》之作也。

　　棋局⑭已残,吾人将老,欲不哭泣也得乎?吾知海内千芳,人间万艳,必有与吾同哭同悲者焉!

【注释】

　　①呱呱(gū gū):小儿哭声,与形容鹅、鸭叫声的"呱呱(guā guā)"读音不同。

　　②骏(ái):傻。

　　③城崩杞(qǐ)妇之哭:杞妇,指杞梁之妻。传说齐大夫杞梁随齐

侯伐莒,死于莒国城下,其妻前往寻夫,枕尸痛哭,十日城崩。

④竹染湘妃之泪:湘妃,即湘夫人,舜的妃子。相传舜死后,湘妃啼哭,泪洒竹枝,是为斑竹。

⑤弥远:更为深远。

⑥屈大夫:屈原,曾为楚国三闾大夫,《离骚》的作者。

⑦蒙叟:庄周,自号蒙叟,著《庄子》。

⑧太史公:司马迁,著有《史记》130卷。

⑨杜工部:杜甫,唐朝诗人,曾任工部员外郎。

⑩李后主:李煜(yù),南唐的最后一个皇帝,著名词人。

⑪八大山人:朱耷(dā),明末清初的著名画家,自号"八大山人"。

⑫陶泄:发抒、宣泄。

⑬种教:种族和宗教。

⑭棋局:原指下棋,此处比喻当时社会的局势。

【品读】

作者认为,人出生时以哭声来到世间,又在亲友的哭声中离开人世,可以说是以哭始、以哭终;然而,人岂只是生时哭和死时别人为之哭,"哭泣"简直是伴随着人的一生。人因为有灵性,所以有感情;因为有情感,所以有哭泣。——像作者这样以"哭泣"来概括人的一生,实在是古来无有。

作者又认为,哭有两类:有力类和无力类。有力类的哭泣又可再分为两种:以哭泣为哭泣和不以哭泣为哭泣。所谓不以哭泣为哭泣,是指文人学者通过写作来宣泄、发抒胸中的郁积,将哭声通过作品表达出来,如屈原作《离骚》、司马迁作《史记》、王实甫作《西厢记》、曹雪芹作《红楼梦》等。"千芳一哭,万艳同悲",惊天地而泣鬼神,何等气势!作者认为,这种"不以哭泣为哭泣"的方式,是比传说中的杞梁妇哭倒城墙、湘夫人泪洒竹枝更为强劲有力、寄意更为深远的。

作者生在中国遭受列强侵略、封建统治黑暗腐朽、民族社会如风雨飘摇的清朝末年,身世之感情、家国之感情、社会之感情、种教之感情交织于心中,因而不能不为之痛哭。然而,他不是"以哭泣为哭泣",而是将悲愤的情感诉诸笔端,留给我们一本著名的晚清谴责小说——《老残游记》,使我们至今仍能通过其作品体验其深挚的感情,领会他的哭声中所蕴涵的寄意深远的神解精识。

"有一分灵性即有一分哭泣";"人品之高下以其哭泣之多寡为衡";"不以哭泣为哭泣者,其力甚劲、其行乃弥远"。这三句话,极简明、生动而又深刻地表现了这篇小品的主题,亦表现了作者悲天悯人的情怀。

(苏民)

至 情

《牡丹亭记》题词　汤显祖（明）

　　天下女子有情，宁有如杜丽娘①者乎！梦其人即病，病即弥连，至手画形容传于世而后死。死三年矣，复能溟溟中求得其所梦者而生，如丽娘者，乃可谓之有情人耳。

　　情不知所起，一往而深，生者可以死，死者可以生。生而不可与死，死而不可复生者，皆非情之至也。梦中之情，何必非真，天下岂少梦中之人耶？必因荐枕而成亲，待挂冠而为密者，皆形骸之论也。

　　传杜太守事者，仿佛晋武都守李仲文、广州守冯孝将儿女事，予稍为更而演之。至于杜守收拷柳生，亦如汉睢阳王收拷谈生也。

　　嗟夫！人世之事，非人世所可尽。自非通人，恒以理相格耳。第云②理之所必无，安知情之所必有耶！

　　万历戊戌秋清远道人题。

【注释】

　　①杜丽娘：《牡丹亭》中的女主人公。

　　②第云：只是说。

【品读】

　　汤显祖是明代著名的戏剧家，江西临川人，《牡丹亭》是他最著名的一部剧作，自云"一生四梦，得意处唯在《牡丹亭》"。

　　《〈牡丹亭记〉题词》是一篇概述该剧内容和思想的文字。剧中主人公杜丽娘是一位执着地追求爱情和幸福的美丽少女，但在封建家庭的束缚下，她无法实现自己的理想，只有把满怀春情寄托于在梦中出现的书生,为他缠绵枕席、身埋黄泉。然而她的死并不是生命的结束,而是新的斗争的开始。在摆脱了现实世界封建礼教束缚后的魂游境界中,她勇敢地向阎王殿的判官诉说她的追求,从而被允许自由地寻找梦中的情人;与此同时,她自画的小影亦为她梦中的情人柳梦梅所得,柳日夜思慕,遂和丽娘魂灵相会,彼此诉说爱情,终于发冢还魂成亲。"情不知所起,一往而深,生者可以死,死者可以生。生而不可与死,死而不可复生者,皆非情之至也。"《牡丹亭》所表达的正是一种为了爱情幸福而不惜出生入死的至情观。

汤显祖对于爱情的讴歌,受到了道学家"以理相格"。对此,他的回答是"第云理之所必无,安知情之所必有耶!"在汤显祖看来,人的至性至情与封建伦理固然是不相容的,但是情有自己存在的权利,它应该从封建伦理道德的束缚下解放出来。确认人追求幸福的天赋权利,正是《〈牡丹亭记〉题词》的立论旨归。

可怜一曲《牡丹亭》,断尽华夏倩女肠。《牡丹亭》一出现,"几令《西厢》减色",其原因正在于它所表达的思想比以往任何爱情剧更为深刻,它有力地鼓舞了一代代年轻人为争取幸福的爱情和建立一个合乎人性的社会而斗争。

(苏民)

耳伯麻姑游诗序　汤显祖(明)

世总为情,情生诗歌,而行于神①。天下之声音笑貌大小生死,不出乎是。因以憺荡人意,欢乐舞蹈,悲壮哀感鬼神风雨鸟兽,摇动草木,洞裂金石。其诗之传者,神情合至,或一至焉;一无所至,而必曰传者,亦世所不许也。

予常以此定文章之变,无解者。卧痾②罢客,忽传绥安谢耳伯游麻姑诗数叶。讽③之。古汉魏久无属者,耳伯始属之。溶溶英英,旁魄阴烟,有骀荡游夷之思。可谓足音空谷。循后有诗导一章,亹亹④自言其致。亦神情之论也。嘻,耳伯其知之矣。中复有记盱江夫子升遐数语。若以死生为大事。嘻,吁,此亦神情所得用耶。水月疾枯,宗复何在? 唐人所云"万层山上一秋毫"也。偶为耳伯叙此。

【注释】

　　①行于神:通乎气化流行的宇宙自然规律。

　　②痾(ē):病。

　　③讽:诵谈。

　　④亹(wěi)亹:形容勤勉不倦。

【品读】

　　宋明道学家讲"天理"与"人欲"的对立,"天命之性"和"气质之性"的对立,用封建伦理纲常的所谓"天理"来排斥"人欲",而汤显祖在这篇小品文中则针锋相对地提出了"情"的范畴,阐明了他的唯情主义人生观和创作观。

　　在汤显祖看来,"世总为情",人生的一切都无不是出于"情";只有发自真情的作品,才能获得广泛的社会化的情感共鸣。在这里,不仅表现了汤显祖为人的至性至情而大声疾呼、敢于反对封建正统思想理论的勇气,也表现了他对审美的本质乃在于社会化的情感共鸣这一对艺术创作的普遍规律的深刻认识。

　　汤显祖的唯情主义思想更多地是通过创作表现出来的,其影响之大使封建道学家深感不安。据说,当时有一位道学先生看了汤显祖的《牡丹亭》以后,问汤显祖:"君有如此妙才,何不讲学?"汤显祖回答:"此正吾讲学,公所讲是性,吾所讲是情。"这件事被当时一位作家伟清来记录下来,而且又替汤显祖驳斥了道学先生两句:"吾所讲是真情,公所讲是伪性。"汤显祖对道学家的驳斥,为明清之际许多具有新思想的人们广泛传诵并加以发挥。

唯情主义是非理性主义的，但仍然是对客观真理某一方面的揭示。在反对封建主义扼杀人性的斗争中，它具有重大的历史进步意义。

（苏民）

芒山盗　　陈继儒（明）

宣和间，芒山有盗临刑，母来与之诀。盗对母云："愿如儿时一吮母乳，死且无憾。"母与之乳，盗啮断乳头，流血满地，母死。盗因告刑者曰："吾少也，盗一菜一薪，吾母见而喜之，以至不检，遂有今日。故恨杀之。"呜呼，异矣！夫语"教子婴孩"，不虚也。

【品读】

这样的故事，很小的时候就听母亲讲过。总以为不过是母亲为了严格要求才编出来的，口里没说，心里却万般肯定。

现在一看，原来几百年前的古人就知道这个故事，真的也好，编的也好，明白就好。

由小错而大错，有人纵容，无人阻止，自是应了"学好很难，学坏容易"的俗话；况且孩童，本无自律之能，长辈不加警戒，致有大罪无赦之日，其咎难辞。

教育也要"从儿童抓起"，确系明言。

不过"芒山盗"既已明白事理，原本该中途"金盆洗手"，改邪归正的。知母过亦知己过，却仍大盗不休，虽杀之难觅同情。

大人小孩都应该听听这个故事。

（志刚）

落花诗序　　王思任（明）

诗三百，皆性也，而后之儒增塑一字曰：诗以道性情。

不知情即性之所出也。性之初,于食色原近,告子①曰:"食色,性也。"其理甚直,而子舆氏②出而讼之,遂令覆盆千载,此人世间一大冤狱也。国风好色而不淫,若非魁三百篇者乎? 未得《关雎》,不胜其哀哀之旨。向使不必得之,又得之即不寿,参差其语,文王将默默已耶。"宁不知倾城与倾国,佳人难再得。"武帝雄风大略,开口称善。五脏俱见,至姗姗来迟,叹与烛荧惚恍,而读者先已心伤矣。此皆性之所呼也。若必建鼓而别之曰:文王德也,武帝色也。武帝诚已具服,而文王独非人性也哉。何以知窈窕之必训幽闲也,何以知佳侠之不为樛木也。是伯鸾必见赏而奉倩必见诛也。甚矣宋先生之拘也。

客从燕中来,出戴大圆《落花诗》六十首相示,乃其刻烛而和友生者,宛妙悲掣,杂之苏、杜,一时难问须眉。

门人喻安煌王巍测之曰:使君如蕃秀之向朱明,何以霜落水收乃尔。予笑而不应,徐开之,诗中云心澹荡,石火世尘,岂在一蜗角,使君自有妇,不胜其回风无处之盛也。故以吟代其涕耳。使君昔令我会稽,腹廉而骨傲,惟单弱者爱之。夫惟单弱者爱之,自不应得美官,是与予同病。予向者知其人与其官,而不知其能诗,彼必以我为非人也。

【注释】

①告子:战国时期的思想家,名不详。

②子舆氏:孟子,名轲,字子舆,战国时期的思想家。

【品读】

中国古代哲学家对于人性有不同的解释。告子认为"生之谓性""食色,性也";而孟子则认为人性是伦理道德,并且对告子痛加申斥。由于后来统治者独尊儒术,孟子被奉为"亚圣",告子的思想也就成了长期受贬斥的异端邪说。王思任的这篇文章,首先旗帜鲜明地为告子翻案,肯定告子学说"其理甚直",反映了晚明社会"人的重新发现"的新思潮。

人来自自然,当然具有自然的人性,所不同的只是人的食色要求比狭义动物界更高级而已。孔子说:"吾未见有好德如好色者也",可见好色是人的天性,说老实话的人是坦然承认这一点的。据说《诗经》是孔子整理手定的,其中的"十五国风"绝大部分是情歌,首篇《关雎》即说"窈窕淑女,君子好逑","求之不得,辗转反侧",相传这是大圣人周文王作的,可见圣人亦不讳言自己好色。汉武帝雄才大略,亦为李延年所唱"佳人难再得"所感动;夜深人静,烛光摇曳,武帝等候他所心爱的女子,叹其"姗姗来迟",急切之情溢于词表。可是,宋代的腐儒们却胡说《关雎》写的是王后想给周文王讨小老婆而急得夜不能寐,是"后妃之德";而汉武帝的寻花问柳则是"好色";前者是善,后者是恶。对此,王思任指出:周文王和汉武帝都是人,同是好色,又何必变着戏法为圣人辩护?

王思任的观点作为一种自然人性论当然有其时代局限性,但在当时却具有肯定人的感性生命追求、批判"吃人的礼教"的进步意义。对于诗人描写帝王的风流事,也是不能用情感冰结的道学家眼光去加以申斥的。

（苏民）

女子能识真豪杰①　　冯梦龙（明）

豪杰憔悴风尘之中②,须眉男子不能识,而女子能识之。其或窘迫急难之时,富贵有力者不能急,而女子能急之。至于名节关系之际,平昔圣贤自命者不能周全,而女子能周全之。岂谢希孟所云"光岳气分,磊落英伟,不钟于男子而钟于妇人"者耶?此等女子不容易遇。遇此寻女子,豪杰丈夫应为心死。若夫妖花艳月,歌莺舞柳,寻常之玩,讵③足为珍。而王公贵戚或与匹夫争一日之娱,何戋戋④也。越公而下,能曲体人情,推甘致美,全不在意。而袁、葛诸公,且借以结豪杰之心,而收其用,彼岂无情者耶!己若无情,何以能体人之情。其不拂人情者,真其人情至深者耳。虞候、押衙,为情犯难;虬须、昆仑,为情露巧;冯燕、荆娘⑤,为情发愤。情不至,义不激,事不奇。吁,此乃向者妇人女子所笑也。

【注释】

①本文选自冯梦龙《情史类略》一书,为该书"情侠类"评语,题目系编者所加。

②憔悴风尘之中:指沦落漂泊于江湖之上。

③讵(jù):岂,表示反问。

④戋(jiān)戋:渺小。

⑤越公、袁葛诸公、虞候、押衙、虬须、昆仑、冯燕、荆娘:皆为冯梦龙《情史类略·情侠类》中人物。

【品读】

天下男女,天赋资质本是平等,无大差异。然而,浅薄的教化、世俗的熏染、物欲的陷溺,却造就出了大群的见识低下的男男女女。在传统社会中,女性以其花容月貌献媚邀宠,正如男子以舞文弄墨猎取名利。可是,男子中会舞文弄墨者毕竟远比真豪杰要多得多,女性中的美貌者毕竟也远比聪慧有识见者要多得多。于是,男子中的真豪杰和女性中的能识真豪杰者也就显得十分难能可贵了。

豪杰之士,在排斥个性、庸人充斥的社会中,往往要历尽坎坷,备极艰难。当其孤苦寂寥、悲愤忧郁、穷愁潦倒或身处危难之际,能有杰出女性视之为知己,抚慰其心灵,解救其急难,长其豪杰之气,这是何等幸运!冯梦龙曰:"遇此寻女子,豪杰丈夫应为心死。"此一语道尽千古豪杰心声。至于那寻常的妖花艳月、歌莺舞柳,徒然生得一副好皮囊,人称"绣花枕头"者,又岂能动真豪杰之心乎？

　　冯梦龙的这篇文字，还包含了对"情"的热烈讴歌。情，能造就世间的奇人奇事，使人"为情犯难""为情露巧""为情发愤"，——"情不至，义不激，事不奇"。世上真豪杰，又怎能不珍视人间真情，又怎能不倾倒于能识真豪杰的非凡女子？

　　　　　　　　　　　　　　　　　　　　　　　（苏民）

《情史类略》序　　冯梦龙（明）

　　六经皆以情教也：《易》尊夫妇，《诗》有《关雎》，《书》序嫔虞之文，《礼》谨聘、奔之别，《春秋》于姬、姜之际详然言之。岂非以情始于男女，凡民之所必开者，圣人亦因而导之，俾勿作于凉①，于是流注于君臣、父子、兄弟、朋友之间而汪然有余乎！异端之学，欲人鳏旷以求清净，其究不至无君父不止。情之功效亦可知已。是编也，始乎"贞"，令人慕义；继乎"缘"，令人知命；"私""爱"以畅其悦，"仇""憾"以伸其气；"豪""侠"以大其胸，"灵""感"以神其事；"痴""幻"以开其悟，"秽""累"以窒其淫，"通""化"以达其类；"芽"非以诬圣贤，而"疑"亦不敢以诬鬼神。辟诸《诗》云兴、观、群、怨、多识，种种俱足，或亦有情者之朗鉴，而无情者之磁石乎？耳目不广，识见未超，姑就睹记凭臆成书，甚愧雅裁，仅当谐史。后有作者，吾为裨谌②，因题曰《类略》，以俟博雅者择焉。

【注释】

　　①勿作于凉：不要在人们心中淡薄下去。
　　②裨谌：春秋时郑国的大夫，凡郑国的外交应对之辞，皆由其先作草稿。冯梦龙自比裨谌，乃自谦之辞。

【品读】

宋明道学家言:"圣人千言万语,只是教人存天理,灭人欲。"而这篇小品劈头就言"六经皆以情教",与宋明道学家针锋相对,真是一惊世骇俗、震聋发聩之声。

宣传体现新的时代精神的新思想,是冯梦龙提出"六经皆以情教"这一命题的真正目的。而其之所以要借"六经"之名,则是为了防止道学家扣帽子、打棍子,这或许就是鲁迅所说的"壕堑战"吧。壕堑战不是消极防御,而是借助于掩体而主动进攻:"异端之学,欲人鳏旷以求清净,其究不至无君父不止。"道学家的棍子还没打过来,倒先被冯梦龙斥为无君无父的"异端"了。这是与封建文化专制主义作斗争的一种十分高明的方式。

冯梦龙编撰的《情史类略》,搜集了中国历史上几乎全部的有关男女关系的史料,加以爬梳分类,并参以己见,予以评说,其思想价值和史料价值都不可小视。在这部书中,冯梦龙讴歌真纯的男女之爱而批判封建的禁欲主义,同时又注意分辨爱情与淫荡纵欲的区别,使人慕义而畅其欢悦,使人伸其志气而又大其胸襟,使人开其悟而又窒其淫邪,正如作者所说,这部《情史》乃堪称是"有情者之朗鉴而无情者之磁石"。其丰富的史料,亦堪称是数千年中国社会男女生活的一面镜子。

冯梦龙的"情教"在晚明社会的出现不是偶然的,它是伴随中国近代商品经济萌芽而兴起的个性解放的时代思潮在思想文化领域的突出反映。

(苏民)

《新西厢》序　卓人月(明)

天下欢之日短而悲之日长,生之日短而死之日长,此定局也。且也欢必居悲前,死必在生后。今演剧者,必始于穷愁泣别,而终于团圆①宴笑,似乎悲极得欢,而欢后更无悲也；死中得生，而生后更无死也：岂不大谬耶！

夫剧以风世，风莫大乎使人超然于悲欢而泊然于生死。生与欢，天之所以鸩人②也；悲与死，天之所以玉人③也。第如世之所演，当悲而犹不忘欢，处死而犹不忘生，是悲与死亦不足以玉人矣，又何风焉？又何风焉？

崔莺莺之事以悲终，霍小玉之事以死终，小说中如此者不可胜计。乃何以王实甫、汤若士之慧业而犹不能脱传奇之窠臼耶？余读其传而慨然动世外之想，读其剧而靡焉兴俗内之怀，其为风与否，可知也。《紫钗记》犹与传合，其不合者止复苏一段耳，然犹存其意。《西厢》全不合传。若王实甫所作，犹存其意；至关汉卿续之，则本意全失矣。余所以更作《新西厢》也，段落悉本《会真》，而合之以崔、郑墓碣，又旁证之以微之年谱。不敢与董、王、陆、李④诸家争衡，亦不敢蹈袭诸家片字。言之者无饰，闻之者足以叹息。盖崔之自言曰："始乱之，终弃之，固其宜也"；而元之自言曰：天之尤物，"不妖其身，必妖于人"，合二语可以蔽斯传矣。因其意而不失，则余之所以为风也。

【注释】

①团圞(luán)：形容月圆，此指团圆。

②鸩(zhèn)人：毒人。

③玉人：助人成事，成全人。

④董、王、陆、李：指金代《西厢记诸宫调》作者董解元，元杂剧《西厢记》作者王实甫，明代《南西厢记》作者陆采和李日华。

【品读】

作者充满了深沉的人生悲剧意识：天下欢之日短而悲之日长，生之日短而死之日长；欢必居悲之前，死必在生之后；悲极得欢，欢后仍有悲；死中得生，生后仍有死，——这是每一个人所必须面对的真实的人生，与此相反，那种"大团圆"则给人以"欢后更无悲，生后更无死"的错觉。两者相比，如实反映人生悲剧的作品更有警醒人生的作用。从这一观点出发，作者认为王实甫《西厢记》杂剧不如元稹《莺莺传》和董解元《西厢记诸宫调》等作品，是有道理的。然而，作者所说的悲剧之警醒人生的作用又不脱老庄思想的巢臼："使人超然于悲欢而泊然于生死"，使人"慨然动世外之想"，而不是使人从悲与欢、生与死、入世与出世的悲剧矛盾冲突中振拔奋起，更加珍视人生的价值，去追求人在宇宙中的"永恒"和"不朽"。因而，作者虽然具有深沉的人生悲剧意识，但对于悲剧矛盾冲突的解决方式则是消极的。

至于作者以"始乱终弃固其宜"和所谓"天之尤物"云云来概括《西厢记》的思想内容，则表现了一种对待女性的不平等的观念，是不足为训的。

（苏民）

犁娃从石生序（节录）　傅山（清）

犁娃方倚晋水之门，而其母不察其为莲莲①也邂逅仇犹②石生，信宿而定盟，卒从石生以归。于时，诸老腐奴啧啧于石生之泥狎邪，而娃之何好饿死也。独丹崖翁③心肯之。惟恐其后为弱娟之从袁生矣④。而娃果能吞糠茹荠，宜于其室而孝于其姑。行于生共三年丧，劳瘁几大病。忆初许生时，微闻其语曰："不爱健儿，不爱衙豪，单爱穷板子秀才。"奇哉！穷板子有何可爱？而独能人弃我取乃尔。畴昔有之。刘婆惜曰："为你酸溜溜意儿难割舍。"严蕊曰："但得山花插满头，莫问奴归处。"此皆爱穷板子之前茅也。

吾又想及糜糟酸货，三年得一遭科名，而自娇为富贵人者，不仅斗量糠粃；而能受此物外"穷板"知遇者，三年中得几何人？石生独艰于彼而遇于此，天之报施穷板者，顾不奇且厚哉？石生之富，即富有四海，拥蛾眉皓齿千千万，不得同年而语矣。

穷板子三字，前此亦不闻，而始闻之娃。细绎之：穷，不铜臭；板，亦有廉隅，非顽滑无觚觫者可比亦奇号也。仍欲大书"穷板轩"三字，颜石生回沟之居，何如？

【注释】

①莲莲：恋恋。

②仇犹：山西盂县。

③丹崖翁：傅山自称。

④"惟恐"句：惟恐她像弱娟嫁与袁生那样，不得其终。弱娟：妓女名。

【品读】

犁娃与石生皆实有其人。犁娃是倚于晋水之门的妓女，石生是穷板子秀才。在婚姻必出于"父母之命、媒妁之言"的旧礼教统治下，穷秀才们往往只能在妓女中才能觅得意中人，不幸而沦落风尘的女子也只有自觅佳偶才能跳出火坑。石生到妓女中去觅偶，这是违背封建礼教的行为，因而为"诸老腐奴"所指责；妓女犁娃嫁给石生，"诸老腐奴"们出于"酸葡萄"的心理，又说犁娃不是过苦日子的人。作者以犁娃许嫁后与石生同甘共苦"爱穷板子直爱到底"的事实，驳斥了"诸老腐奴"们的指责。

犁娃许嫁石生时说："不爱健儿，不爱衔豪，单爱穷板子秀才。"作者由此寻问：穷板子有何可爱？为什么犁娃独能人弃我取？作者引前人的话来说明这一点："为你酸溜溜意儿难割舍"；"但得山花插满头，莫问奴归处。"确实，穷秀才表达爱情的方式不免"酸溜"，大不如风月场中的豪门阔少那么潇洒；跟随穷秀才也只能头上插山花，而不能头插金钗、珠光宝气。然而，爱情之所以为爱情，就在于它是不包含任何"实际"的考虑的，爱就是一切，高于一切；一包含任何利益的算计，就不能叫作爱情了。作者认为穷秀才能觅得一个风尘知己，远比中状元举人更值得宝贵；这种精神上的富有，也远远胜过了"富有四海，拥娥眉皓齿千千万"的物质上的富有。

最后，作者认为，犁娃许嫁石生，乃是一件"长穷板子志气"的了不起的事。"穷，不铜臭；板，亦有廉隅"，犁娃爱石生，真是好眼力。"穷板"二字，真值得写成匾额而高悬门楣。作者通过这篇小品说明，男女的结合，只有不仅具有冲破封建礼教的束缚的勇气，而且也具有冲破金钱和荣华富贵等世俗观念束缚的崇高品德，才称得上是至高贵至纯洁的爱情。

（苏民）

读《犁娃从石生序》　傅眉（清）

该丹崖翁书遗岸伯小册子已，则逯几狂叫，谓是一幅穷板子佳话，独吾友岸伯将穷板子终其身，不及竟富贵，为具眼英雄者一吐气，以是为犁姬惜。既而曰：信如斯言，是非真知爱穷板子秀才者。方犁姬与石生遇，信宿定盟，只知世上有穷板子在，何尝著一富贵想在其心中眼中。从来具眼英雄，莫如卓王孙女及执拂侍儿，以后来司马长卿与李卫公，接踵青云如一辙。假饶当日两人不克以显，终度两女子意必不肯趣心许，趣夜忘归者。惟有穷板子穷到底，爱穷板子直爱到底，此一段识力磊磊落落，真如当世卓荦①丈夫。无论富贵贫贱，始终不为那动，是为犁姬。

《汉书》所载，太原王逸人霸见令狐子伯贵，有愧容。其妻不知何氏女也，释之曰："子伯之贵，孰与君之高，奈何忘夙志而惭！"儿女子若是者，出处虽殊，而骨性庶逼近之。册中杂缀若弱娟，若岫云辈，供风尘感慨则尔，岂足区区挂君家犁姬齿颊哉！近于山水援琴之暇，所遇双鬟，见犁姬归来，辄逢人津津道犁姬不少休。其津津道者他不具，则道姬举止大家风,其洒脱酷似岸伯,生平不以彼易此。知言哉!是足补丹崖翁所未发,是又一爱穷板子秀才者意外知己。

嗟呼!穷板子骨性自在人间而爱此者,乃得诸妇人女子。妇人女子知爱穷板子秀才者,偏又出风尘中。谁非男子无须眉者,而爱之知之,一段识与力,或反出风尘女子下,何也?请附是言于丹崖翁小册子后,请以问穷板子,请以质诸爱穷板子秀才者。

【注释】

①卓荦:卓绝出众。《文选·典引》:"卓荦乎方州,洋溢乎要荒。"

【品读】

这篇小品,是傅山之子傅眉读其父撰写的《犁娃从石生序》后写下的,文章进一步讴歌了犁娃"爱穷板子直爱到底"的崇高品质。

在中国历史上,卓文君和红拂女都是为风流名士们所称道的能自觅佳偶的女子典型。人们说卓文君有眼力,在司马相如尚且贫贱时以身相许,而司马相如后来果然做了大官;人们又赞红拂女有眼力,在李靖尚是平民百姓的时候,毅然脱离她所侍奉的当朝显贵杨素,私奔李靖,而李靖后来果然被唐太宗封为卫国公。这些赞美,虽然在一定程度上肯定了卓文君、红拂女冲破封建礼教束缚的行为的合理性,但并没有摆脱向往荣华富贵的世俗观念的束缚。犁娃从石生,而石生以穷板子终其身,人们说石生未能"为具眼英雄一吐气",因而为犁娃惋惜。针对这种说法,作者指出:这些人都不是真知犁娃的人。犁娃许身石生时,只知石生是穷板子秀才,何尝有一丝一毫的"富贵想"在其心中眼中。无论富贵贫贱,都不为所动,才是真正的犁娃。犁娃是真正有"识力"的人,堪称是"当世卓荦丈夫"。

文章最后提出了一个发人深省的问题:为什么爱穷板子秀才的人,偏偏出在风尘女子之中呢?为什么世间堂堂须眉男子,其识力反而不如妓女呢?作者没有回答这个问题,而留给人们思考的余地。其实,只要细细品味这篇小品也就不难明白这个道理: 人世间的世俗女子和须眉男子们都被封建的功名利禄、荣华富贵的思想迷了心窍,倒是身为下贱的某些风尘女子更懂得人间真情的珍贵。

（苏民）

赠小儿医王君序　归庄（清）

天下技艺之士,莫善于医,刀圭之间,可以生死肉骨,故语云:"不为宰相,则为良医。"然衰乱之世,宰相充位而已,泽不能有己及物,则宰相顾不如医!《周礼·春官》之属,有疾医、疡医、兽医诸条;后世之传方技者,带下、小儿,其科不一。吾以为择术者,尤莫良于小儿医。何也? 中年以后之人,前途有限,善医者不过余龄耳;小儿则为人之始,医能除其疾,救其患,则自少而壮,以至于耄耋①,皆医之赐也。故小儿医视他医为德尤大。且天下善人少而不善人多,治善人之疾固有功;即不善人有疾,人方幸其死,而医故生之,亦不能无罪;若孩提赤子,天真未凿,未有不善者也。故小儿医视他医独有功而无罪。吴门王君者善是术。余儿时得危疾,君起之②;今其子舜符能世③其业。近者来娄东,吴司成之子,张黄门之兄子,及余亡弟之子,皆患疽,赖舜符而愈。夫是诸儿者,未琱④未琢,他日未可量;而自今以往,至于百年,皆舜符赐之也。岂非所谓有功无罪,而为德尤大者哉! 夫百围之木,始于勾萌⑤,万里之途,起于跬步,万一不慎而逆折其芽,遽摧其轴⑥,与中道夭于斧斤,而偾⑦辕泛驾者,不尤甚乎? 故为小儿医者,能则功多,不能则罪亦大。吾既嘉舜符之能,并为世之习是业者告焉。

【注释】

①耄（mào）耋：泛指老年。

②起之：此处指把病治好。

③世：继承。

④琱（diāo）：同"雕"，雕刻。

⑤勾萌：微小的萌芽。

⑥辀（zhōu）：车辕。

⑦偾（fèn）：毁坏。

【品读】

中国传统思想，素以长者为本位，所谓"郭巨埋子""割股疗亲""卧冰求鲤"等等宣扬孝道的说教，无不是以戕贼幼者以奉老者为美德，独这篇小品以幼者为本位，真可谓石破天惊之作。

作者首先提出了"充位宰相不如医"的观点，这已经是对传统的"学而优则仕"，以做官为荣耀、以技艺为卑下的观念的一种公然挑战了。更有甚者，作者于医中独推崇小儿医，认为医治中年以后之人不如医治小儿的功德大，这更是对传统的"长者本位"的观念的反叛。为什么作者尤其推崇小儿医呢？其一，"中年以后之人，前途有限，善医者不过余龄耳；小儿则为人之始，医能除其疾，救其患，则自少而壮，以至耄耋，皆医之赐也。"其二，"孩提赤子，天真未凿，未有不善者，故小儿医视他医独有功而无罪。"若遇庸医，导致小儿不幸夭折，乃比中年以后之人死去更可悲哀，所以，作者又认为，"为小儿医者，能则功多，不能则罪亦大。"

作者在这篇小品中宣扬的"幼者本位"观念，在清初社会中还是空谷足音。它有力地针砭了"长者本位"的传统观念和社会病态，是五四启蒙学者大声疾呼"救救孩子"、宣扬"幼者本位"思想的先声。

（苏民）

爱子之道① 郑燮（清）

余五十二岁始得一子，岂有不爱之理！然爱之必以其道，虽嬉戏顽耍，务令忠厚悱恻，毋为刻急也。平生最不喜笼中养鸟。我图娱悦，彼在囚牢，何情何理，而必屈物之性以适吾性乎！至于发系蜻蜓，线缚螃蟹，为小儿顽具，不过一时片刻便折拉而死。夫天地生物，化育劬劳，一蚁一虫，皆本阴阳五行之气絪缊而出。上帝亦心心爱念。而万物之性人为贵，吾辈竟不能体天之心以为心，万物将何所托命乎？蛇蚖②蜈蚣豺狼虎豹，虫之最毒者也，然天既生之，我何得而杀之。若必欲尽杀，天地又何必生。亦惟驱之使远，避之使不相害而已。蜘蛛结网，于人何罪，或谓其夜间咒月，令人墙倾壁倒，遂击杀无遗。此等说话，出于何经何典，而遂以此残物之命，可乎哉？我不在家，儿子便是你管束。要须长其忠厚之情，驱其残忍之性，不得以为犹子而姑纵惜也。家人儿女，总是天地间一般人，当一般爱惜，不可使吾儿凌虐他。凡鱼飧果饼，宜均分散给，大家欢嬉跳跃。若吾儿坐食好物，令家人子远立而望，不得一沾唇齿；其父母见而怜之，无可如何，呼之使去，岂非割心剜肉乎！夫读书中举中进士作官，此是小事，第一要明理作个好人。可将此书读与郭嫂、饶嫂③听，使二妇人知爱子之道在此不在彼也。

【注释】

①本文原题为《潍县署中与舍弟墨第二书》，标题为编者所加。
②蛇蚖：蚖，也称"虺"，蝮蛇。
③郭嫂、饶嫂：郑板桥的二妾。

【品读】

爱子之心，人皆有之，爱子之道，却因人而异。清代大艺术家郑板桥五十二岁始得一子，他的爱子之心可想而知。那么，他的爱子之道是怎样的呢？

将鸟儿关在笼中，用发丝系住蜻蜓，用细线缚住螃蟹，打蜘蛛、杀昆虫，……在一般人看来，这是儿童天真烂漫的游戏，没有什么不对之处，而郑板桥却在给家人的信中殷殷叮嘱，不许儿子这样做，因为从小虐待小生物，容易培养孩子的残忍之性。而残忍之性，在郑板桥看来，是人性的大敌，心灵的毒药。他的爱子之道的根本，就是从小培养孩子的仁爱之心，要孩子懂得爱他人，平等待人，己所不欲勿施于人，不仅对于人是如此，对待一切有生之物都是如此。在他看来，善良的天性，是人的立身之本。

自古以来的一切宗教都以仁爱、慈善、悲天悯人为最高的人生境界，而在现实中立志将孩子培养成一个"好人"的家长并不多见。因为现实世界远非理想的大同社会，生存竞争、战争、饥饿贫穷，……迫使人不能不滋长残忍之性，势利之心。郑板桥不以现实人的标准而以理想人的标准去塑造自己的儿子，正是他的超凡脱俗之处，表现了一个大艺术家以审美态度去对待人生的高远思想境界。

（致新）

沙弥思老虎　袁枚（清）

五台山某禅师收一沙弥①，年甫三岁。五台山最高，师徒在山顶修行，从不一下山。后十余年，禅师同弟子下山，沙弥见牛马鸡犬皆不识也。师因指而告之曰："此牛也，可以耕田；此马也，可以骑；此鸡犬也，可以报晓，可以守门。"沙弥唯唯②。少顷，一少年女子走过，沙弥惊问："此又是何物？"师虑其动心，正色告之曰："此名老虎，人近之必遭咬死，尸骨无存。"沙弥唯唯。晚间上山，师问："汝今日在山下所见之物,可有心上思想他的否?"曰:"一切物,我都不想,只想那吃人的老虎,心上总觉舍他不得。"

至情

【注释】

　　① 沙弥:指佛教中初出家的,只受十戒的男子。

　　② 唯唯:表示答应。

【品读】

　　东海西海,心理攸同。袁枚的这篇小品,令人想起了近代人文主义的先驱、意大利著名作家薄伽丘在《十日谈》中讲的一个小故事:

　　腓力为了使儿子一心侍奉上帝,从小不让他接触世俗生活。儿子长大后,第一次陪伴父亲入城,遇见一群年轻女人,便问这是些什么,父亲不愿让儿子知道她们是女人,怕会唤起他的邪恶肉欲,所以只说:"它们叫绿鹅。"说也奇怪,小伙子生平还没有看见过女人,眼前许许多多新鲜事物,像皇宫啊,公牛啊,马匹啊,驴子啊,金钱啊,他全不曾留意,独钟情于父亲所说的"绿鹅"。

　　老头儿这才明白,原来自然的力量比他的教诫要强得多了,他深悔自己不该把儿子带到佛罗伦萨来。

　　袁枚的小品和薄伽丘所讲的故事,都是对各民族历史上所产生的禁欲主义的批判。他们都以生动的感性实例向人们表明:爱情乃是自然赋予人的天性,是任何力量都遏止不住的。"青年男子哪个不善钟情,妙龄女郎谁个不善怀春?"阻遏人类天性的禁欲主义,将人类追求幸福美好的诗意光辉全然排斥,除了造成普遍的虚伪以外,是不可能对社会有任何助益的。

(苏民)

不知裹足从何起　　袁枚(清)

　　杭州赵钧台买姜苏州,有李姓女,貌佳而足欠裹。赵曰:"似此风姿,可惜土重。"——土重者,杭州谚语:脚大也。

媒妪曰：“李女能诗，可以面试。”赵欲戏之，即以《弓鞋》命题。女即书云：“三寸弓鞋自古无，观音大士赤双趺。不知裹足从何起？起自人间贱丈夫！”赵悚然而退。

【品读】

　　这是一篇借杭州聪慧女子之口来反对妇女裹足的小品文，它所反映的也正是作者袁枚本人的思想。自宋至明，讲了几百年的理学，却没有一个人指出强迫女子裹足不人道，可是袁枚却破天荒地向这一惨无人道的恶习提出了抗议。

　　“三寸弓鞋自古无”，华夏女子原本是不裹足的，盛唐时代的女子非但不裹足，而且酥胸半露，显示天然风韵，比今日中国妇女的服装还要自然得多、开化得多。可是到了宋明时期，统治阶级强化了礼教的统治，将五代时宫中舞女裹小脚、穿弓鞋这种本属个别帝王的癖好推广到民间，强迫全国妇女裹足。裹足乃天下女人之至苦，可是封建文人们却对小脚津津乐道，直到20世纪初的北京大学教授辜鸿铭，当他握笔写作时，如果没有太太把光着的小脚跷在书桌上供他摩捏、闻嗅，他就一句话也写不出来。“不知裹足从何起？起自人间贱丈夫！”杭州女子的这两句话，真是骂得痛快。

　　袁枚不仅在《随园诗话》中借女子之口来痛斥缠足，而且自己也公然写文章来反对缠足，他在《牍外余言》中说：“习俗移人，始于薰染，久之遂根于天性，甚至饮食男女，亦雷同附和，而胸无独得之见，深可怪也。……女子足小有何佳处，而举世趋之若狂。吾以为戕贼儿女之手足以取妍媚，犹之火化父母之骸以求福利，悲夫！”

　　袁枚反对妇女缠足的思想被社会压抑了一百多年，直到20世纪初才在中国出现了禁缠足、复天足的运动。

　　袁枚真可以说是一位主张妇女解放的先驱者了。

（苏民）

规友人纳妾书　顾炎武（清）

　　董子^①曰："君子甚爱气而谨游于房。是故新壮者十日而一游于房，中年者倍新壮，始衰者倍中年，中衰者倍始衰。大衰者以月当新壮之日，而上与天地同节矣。"炎武年五十九，未有继嗣，在太原遇傅青主^②，浼之诊脉，云尚可得子，劝令置妾，遂于静乐买之。不一二年而众疾交侵，始思董子之言而瞿然^③自悔。立侄议定^④，即出而嫁之。尝与张稷若言：青主之为人，大雅君子也。稷若曰："岂有劝六十老人娶妾，而可以为君子者乎？"愚无以应也。又少时与杨子常先生最厚，自定夫亡后，子常年逾六十，素有目眚^⑤，买妾二人，三五年间目遂不能见物。得一子已成童而夭亡，究同于伯道。此在无子之人犹当以为戒，而况有子有孙，又有曾孙者乎？有曾孙而复买妾，以理言之，则当谓之不祥；以事言之，则朱子斗诗有所谓《好人叹》者，即西安府人，殷鉴^⑥不远也。伏念足下之年五十九同于弟，有目疾同于子常，有曾孙同于西安之"好人"，故举此为规，未知其有当否？

【注释】
　　①董子：董仲舒，西汉大儒。
　　②傅青主：傅山，原字青竹，明亡后改字青主，取"愿为青山作主人"之意，清初思想家。
　　③瞿（jù）然：惊恐的样子。
　　④立侄议定：决定立侄为子。
　　⑤目眚（shěng）：眼睛长白翳。
　　⑥殷鉴：《诗·大雅·荡》："殷鉴不远，在夏后之世。"意思是殷人灭夏，殷人的子孙应该以夏的灭亡作为鉴戒。后人用来泛指可以作为后人鉴戒的前人失败之事。

【品读】

　　这篇小品文的作者顾炎武是明清之际的一位大思想家,文中提及的傅青主也是当时的一位大学者,二人都是在明朝灭亡之后坚守遗民气节并且具有早期启蒙思想的杰出人物。然而,由于历史的局限,他们的脑后都不可避免地拖着一根中国庸人的辫子。

　　顾炎武与傅山是好友。顾炎武流寓山西,傅山见他无子,就劝他纳妾,于是顾炎武就花钱买了一个,此时顾炎武已经五十九岁了。顾纳妾后才一两年,就弄得"众疾交侵",于是就在这封规劝一位已有曾孙的友人不要纳妾的信中,借他人之言来骂傅山"劝六十老人纳妾"不是君子。

　　顾炎武在文中引董仲舒之言来说明节欲的必要性,又以自己晚年纳妾的教训来说明老人不宜纵欲,是有合理因素的。中国现代哲学家熊十力要他的学生四十岁以后与妻子分居,当然有点不近人情;然而,以垂暮之年而娶年轻女子,亦殊失自爱爱人之旨。

(苏民)

行　乐

记雪月之观　沈周(明)

　　丁未之岁,冬暖无雪。戊申正月之三日始作,五日始霁。风寒冱①而不消,至十日犹故在也。是夜月出,月与雪争烂,坐纸窗下,觉明彻异常。遂添衣起,登溪西小楼。楼临水,下皆虚澄,又四围于雪,若涂银,若泼汞,腾光照人,骨肉相莹。月映清波间,树影晃弄,又若镜中见疏发,离离然可爱。寒浃肌肤,清入肺腑,因凭栏楯②上。仰而茫然,俯而恍然;呀而莫禁,眙而莫收;神与物融,人观两奇,盖天将致我于太素之乡③,殆不可以笔画追状,文字敷说,以传信于不能从者。顾所得不亦多矣! 尚思若时天下名山川宜大乎此也,其雪与月当有神矣。我思挟之以飞遨八表④,而返其怀。汗漫虽未易平,然老气衰飒,有不胜其冷者。乃浩歌下楼,夜已过二鼓矣。仍归窗间,兀坐若失。念平生此景亦不屡遇,而健忘日,寻改数日,则又荒荒不知其所云,因笔之。

【注释】

　　①冱(hù):冻结。

　　②楯:栏干的横木。

　　③太素之乡:犹言宇宙天地。

　　④八表:八方之外。

【品读】

　　人是自然之子。大自然对于人类有永恒的魅力。

　　大自然有时呈现出异常的奇美。这种奇观,并非人们随时可以遇到,有些人即使遇到了却又缺乏发现的眼睛。还有些人虽不缺乏感受力,却不能将这"美的瞬间"生动地描绘下来,将自然美变为艺术美。从这点说,沈周的《记雪月之观》的确难能可贵。

洁白的雪,明亮的月,在夜空下争相辉映,堪称自然界的一大奇观,在作者看来,"平生此景亦不屡遇",他要捕捉这美的画境,但他并非静止地去描写景色,而是以人入画,将自己的行动、感觉、思绪、联想与自然景色交融在一起,带领读者身临其境地走进这雪月争灿的奇景中去。从"坐纸窗下""添衣起"到"浩歌下楼""归窗间",对景物的描写始终伴随着人的活动。正因为有了人的参与、人的感触,这幅雪月争灿图才显得如此有光有影、绘声绘色、如诗如画。它表现了作者对自然美的感受力和对艺术美的创造力。

(致新)

《花史》跋　陈继儒(明)

有野趣而不知乐者,樵牧①是也;有果窳而不及尝者,菜佣牙贩是也;有花木而不能享者,达官贵人是也。古之名贤,独渊明寄兴,往往在桑麻松菊、田野篱落之间。东坡好种植,能手接花果,此得之性生,不可得而强也。强之,虽授以花史,将艴然掷而去之。若果性近而复好焉,请相与偃曝林间,谛看花开花落,便与千万年兴亡盛衰之辙何异?虽谓《二十一史》,尽在左编一史中可也。

【注释】

①樵牧:打柴的人与放牧的人。

【品读】

人有毛病,有不可理喻之处,当然这也是相对的。有的是与生俱来,有的是环境所致,有的则不过是此一时彼一时罢了。

樵夫牧人不知野趣之乐,恐是天天身在其中之故。城里人以为其缺乏"眼光",看不出山岭高峻的动人,原野畅阔的美妙,密林幽静的诗意;城里人久在闹市,耳目嘈杂拥滞,不胜其烦,一入山野,心胸眼界顿时爽畅,不免足之舞之,乡野之人却掩口而笑,以为小题大作,实属癫狂。至于说卖瓜果蔬菜的没好好品尝一下,拥有花园林木的达官没能仔细欣赏,也都各有因由,前者是不敢多作品尝,否则他上哪儿赚钱去?后者是没工夫仔细欣赏,否则办公室里文件堆得三尺高没人批阅,上级下级可都要来找他的麻烦了。

陶渊明采菊,苏东坡种花,悠然乐在其中,因其为非常之人,所以是只可艳羡,不可仿学的。

作者自是深明个中关窍,所以主张就性而为,"不可得而强也";若然"性""兴"通灵,一个字中读出了万千含义,一张白纸上看出了绝世手笔,他人又岂能有所非议?陈继儒竟从花开花落里看出了历史兴亡的辙迹,却是一次惊人而又服人的奇思妙想。

(志刚)

酒颠小序   陈继儒(明)

夏茂卿撰《酒颠》,侈引东方、郦生、毕卓、刘伶诸人,以策酒勋,辩哉无以应矣。予不饮酒,即饮未能胜一蕉叶,然颇谙酒中风味。大约太醉近昏,太醒近散,非醉非醒,如憨婴儿。胸中浩浩,如太空无纤云,万里无寸草,华胥无国,混沌无谱,梦觉半颠,不颠亦半,此真酒徒也。毕忘盗,未忘瓮①;刘忘埋,未忘锸②。俗人治生,道人学死,圣人之教,生荣而死哀,是皆犹有生死耳。然则将何如,乐天不云乎?"吾尝终日不食,终夜不寝,以思无益,不如且饮。"

【注释】

①毕忘盗,未忘瓮:毕指毕卓,晋代人,曾官至吏部郎,常因饮酒

而耽误公事。一次，其邻酿成新酒，毕卓夜间盗酒痛饮，为看酒人抓住，主人见所抓之人乃吏部离官，解绑后与之共饮于瓮坛之间，毕大醉后离去。

②刘忘埋，未忘锸：刘指刘伶，为晋代"竹林七贤"之一，以纵酒放达，蔑视社法名世。刘常乘鹿车，携一壶酒，洒脱朝廷市井之间，并嘱家人荷锸（即锹）相随，说"死便埋我"。

【品读】

继儒真神人也。他自称不饮酒，却把酒中的风味、饮酒的境界描述得淋漓尽致，直教许多杯林豪客、酒坛圣手也不能不相对汗颜，暗道确是我等心中所有口中所无者也。

酒中有如此风味，如此境界，绝非那些身在"酒林"之外的人所能体会和领悟的。

俗话说行行出状元，饮酒即是一大学问。其实会喝与能喝又是两种境界，会喝者总是把握火候，喝得恰到好处，从而能够体会到那种"非醉非醒"的自由逸悦；能喝者却只是一种能力，或者十碗八碗不醉，跟没喝一个样；或者十碗八碗下肚，顷刻间烂醉如泥，弄得一塌糊涂，既无美感，更无境界。

李白是会喝酒的人，所以他能"斗酒诗百篇"；四大名捕中的追命（香港温瑞安武侠小说"四大名捕"系列中的主要人物之一）也是会喝酒的人，他是越喝武功越高，甚至蓄于腹中的酒还能作为暗器"酒箭"伤敌。

现在流行着许多"酒话"，什么"感情深，一口吞；感情浅，舔一舔"之类，不胜枚举，说得是情挚意切，其实不过虚与委蛇的套话，目的是要灌醉别人，留得一己清醒，其结果是一个独醉，一个独醒，全无境界！

酒的境界，其实跟一个人能喝多少的酒量并无多大关系，却跟他是否真情对待有关系。俗云："饮酒饮到微醉后，看花应看半开时。"

（志刚）

浣花溪记　　钟惺（明）

　　出成都南门，左为万里桥，西折纤秀长曲，所见如连环、如玦、如带、如规①，色如鉴、如琅玕、如绿沈瓜②，窈然③深碧、潆回城下者，皆浣花溪委④也。然必至草堂，而后浣花有专名，则以少陵浣花居⑤在焉耳。

　　行三四里为青羊宫，溪时远时近，竹柏苍然，隔岸阴森者尽溪，平望如荠⑥，水木清华，神肤洞达⑦。自宫以西，流汇而桥者三，相距各不半里。舁夫⑧云通灌县，或所云"江从灌口来"是也。

　　人家住溪左，则溪蔽不时见，稍断则复见溪，如是者数处，缚柴编竹，颇有次第。桥尽，一亭树道左，署曰"缘江路"。过此则武侯祠⑨，祠前跨溪为板桥一，复以水槛，乃睹"浣花溪"题榜。过桥一小洲，横斜插水间如梭，溪周之，非桥不通，置亭其上，题曰"百花潭水"。由此亭还度桥，过梵安寺，始为杜工部祠。像颇清古，不必求肖，想当尔尔。石刻像一，附以本传，何仁仲别驾署华阳时所为也。碑皆不堪读。

　　钟子曰：杜老二居，浣花清远，东屯险奥，各不相袭。严公⑩不死，浣溪可老，患难之于朋友大矣哉！然天遣此翁增夔门一段奇耳。穷愁奔走，犹能择胜，胸中暇整⑪，可以应世，如孔子微服主司城贞子时也⑫。时万历辛亥十月十七日，出城欲雨，顷之霁⑬。使客⑭游者，多由监司郡邑招饮，冠盖稠浊，磬折喧溢，迫暮趣归。是日⑮清晨，偶然独往。楚人钟惺记。

【注释】

①玦（jué）：似环而有缺口的玉佩。规：画圆形的工具，这里指圆弧。

②"色如"句：颜色像镜子，像美石，像绿沈瓜。

③窈（yǎo）然：幽深的样子。

④委：水流聚的地方。

⑤少陵：杜甫自称少陵野老。浣花居：在浣花溪的住宅，即草堂。

⑥平望如荠：远远望过去，树木像荠菜一样。

⑦水木清华，神肤洞达：水光树色清幽美丽，使人感到神清气爽。

⑧舁（yú）夫：抬轿子的人。

⑨武侯祠：诸葛亮的庙祠。

⑩严公：严武，杜甫的朋友。严武任剑南节度使时，经常照顾杜甫的生活。

⑪暇整：安祥不烦乱。

⑫"如孔子"句：正如孔子流亡陈国时避居在司马贞子家里的时候一样。

⑬顷之：不久。霁：天晴。

⑭使客：朝廷派来的使臣。

⑮是日：这一天。

【品读】

这篇小品文是明代著名散文家钟惺于万历三十九年（1611）游成都杜工部祠后写下的，作者以细腻生动的笔触，描写了浣花溪一带清幽曲折的景象，抒发了对唐代大诗人杜甫的敬意。

"安史之乱"爆发后，诗人杜甫开始了颠沛流离的漂泊生活。唐肃宗乾元二年（759）冬天，杜甫由甘肃同谷（今成县）流亡到四川成都，借住在浣花溪边的草堂寺里，第二年春天，才在寺旁的一块荒地上盖了一所草堂居住下来。诗人在这里居住虽然不满四年，却写下了诸如《茅屋为秋风所破歌》等大量不朽的诗篇。因此,这个曾经为"诗圣"居住过的地方遂成为我国文学史上的一块圣地。相传唐朝末年以后,每逢四月十九日,成都人民都要前往瞻仰杜甫草堂,宋朝人在浣花溪畔建杜工部祠,明代又增刻杜甫石像,并附以杜甫的传记,以表示对杜甫的敬仰。

作者在这篇小品中还提到杜甫在四川居住过的另一个地方,即今四川奉节县的东瀼溪(东屯)。浣花溪清幽美丽,东瀼溪僻远险要,都是风景幽胜的所在,这使作者颇为感慨,认为杜甫虽在穷愁奔走之中却能保持安祥镇静的心态,择胜而居,随时准备出来救世济民,表现了圣人的胸襟。这种对杜甫的赞美之词,或许也正是作者人生态度之寄托吧。

(苏民)

盖茅处记　张鼐(明)

城之南墅,吾庐居焉,径寂而宜禅①也。百蝶萦左,群木萝户,映以环溪,错以修竹;广畴迷望,云物旷然,累累古丘,平出若髻。有僧慧云者,紫柏老人旧弟子也,率其二徒来就于傍,定而无喧,朴乃知足。于是编竹为椽,诛茅当瓦,一龛依于松柏,灯火挂于蓬萝,虽震风凌雨,未受夏屋之崝嵘②,而夕秀朝云,已占萧斋③之景色。一枝粗稳,半壁晏如;量腹而一钵千家,度形而十年片衲。物无取也,我何有哉?

古之至人,以三光为户牖④,故不碍桑枢;四时为庭除⑤,故不卑茨草,但取造化之有,生成自然。若罄人工之能,补苴特甚,悖以虚能生白⑥,无有窒用⑦。况乎佛地,雅似蓬居,昔维摩十笏开基,支公三贤备胜,止以眼前作案⑧,不须物外多求,岂必问金田于给孤⑨,飞玉槃于祇垣⑩,作尘外尘⑪,作法中法⑫也?

余性嗜丘园,夙敦禅悦,数椽古屋,栖已俭于鹪鹩;四壁

111

秋风,趣更饶于薜荔。暇当选佛,间亦观空,意不属于蜗争[13],忻亦同于鸟托[14]。盖茅之旨,余有味焉,故记。

【注释】

①宜禅:适合禅悦之人。

②邽幪:帐幕,此处指茅屋。

③萧斋:清净的书斋,此处亦指茅屋。

④"以三光"句:以日月星作为光线的来源。

⑤庭除:庭院。

⑥虚能生白:日光照入房中。

⑦无有窒用:指人工修饰有碍自然。

⑧作案:佛教用语,指考虑。

⑨问金田于给孤:向孤独老人问遍地黄金之事。

⑩"飞玉"句:看玉盘在佛祖说法的祇园精舍里送来送去。

⑪尘外尘:虽在红尘之外却作尘世俗事。

⑫法中法:身在佛法中却按世俗法行事。

⑬蜗争:语出《庄子·则阳》:"有国于蜗之左角者,曰触民;有国于蜗之右角者,曰蛮氏;时相与争地而战。"形容官场上的彼此撕咬之可笑与无聊。

⑭鸟托:母鸟恋子之托,指自然的亲情爱意。

【品读】

这篇小品,反映了作者独特的审美情趣和人生态度,表现了一种彻底的禅悦心态。

强调自然美胜过人工美,是作者独特的审美情趣。认为人工雕琢,有损自然;而茅屋竹椽,胜过雕梁画栋;三光映照,胜过华灯高悬。所以作者要离开城市,置身于百蝶萦左、群木萝户的大自然之中,去领悟那"青青翠竹,尽是法身;郁郁黄花,无非般若"的禅悦境界。

作者又认为,彻底的禅悦境界又是一种不须物外多求的境界。一个人既然以红尘之外的人自许,就不应有世俗的念头。所以作者批评佛教关于释迦牟尼用大量黄金建筑"精舍"、在那里看着玉盘送来送去、极尽豪华的传说,认为这是"作尘外尘,法中法",不脱世俗气息;而极为推许僧慧云带着弟子在荒郊野外构建草庐而居,认为这才是真正的宗教精神、彻底的禅悦境界。

作者憎恶世俗的争斗,而又无力改变现实,所以走向大自然,以求心灵的宁静。僧慧云偕弟子前来为邻,引发作者许多感慨,所以写下了这篇文字优美的小品文。作者的人生态度固然是消极的,但文章中对大自然的赞美,对于世俗争斗的蔑视,却具有永恒的魅力。

(苏民)

闲赏·元旦 卫泳(明)

元旦应酬作苦,且阅岁渐深,韶光渐短,添得一番甲子,增得一番感慨。庄子曰:大块"劳我以生"。此之谓乎!吾所取者,淑气临门,和风拂面,东郊农事,举趾有期。江梅堤柳,装点春工,晴雪条风,消融腊气,山居之士,负暄①而坐,顿觉化日舒长,为人生一快耳。

【注释】

①负暄:曝背取暖。韦应物《郊居言志》:"负暄衡门下,望云归远山。"

【品读】

这篇小品文既表达了对人生的感慨,又抒写了将身心融入大自然时的一种极为闲适的心境。

春节是无忧无虑的天真无邪的儿童的节日,对于年长者来说,则倍感迎来送往的应酬之苦。同时,这年寿的逐年增高,意味着来年无多,每增加一岁也就增得一番感慨。天地生人,难道就是要人以短暂的人生年复一年地劳累吗?

然而,作者笔锋一转,又将这无限的感慨转入无忧无虑的新意境:春天来了,装点大自然的花神再度降临人间,极目大地,又是一片生意盎然的景象，闲坐在这大好的春光之中，不复有人生短促和劳累的感慨，反觉得"化日舒长"，其乐陶陶者也。

这篇小品，虽只有寥寥百字，然而内涵却很丰富，立意高雅，加以细腻轻灵的笔触、清丽凝练的语言，把人从对人生感慨的悲剧意识的共鸣引入一个了却一切人生烦恼的美好自然境界，给人以赏心悦目的无穷兴味，堪称是小品的上乘之作。

（苏民）

闲赏·中秋　卫泳（明）

银蟾①皎洁，玉露凄清，四顾人寰，万里一碧。携一二良朋，斗酒淋漓，彩毫纵横，仰问嫦娥："悔偷灵药否?"安得青鸾②一只，跨之凭虚远游，直八万顷琉璃中也。

【注释】

①银蟾：指月亮。传说中月中有蟾蜍，故以蟾为月的代称。

②青鸾：传说中凤凰一类的神鸟，赤色多者为凤，青色多者为鸾。

【品读】

中秋是充满浪漫气息的节日。在这天夜晚，大自然通常会向人们展示最奇异的景色。

八月十五，秋高气爽，当夜幕降临，月亮冉冉升起之时，银色的月光把天地一起照亮。天地仿佛融为一体，澄彻透明，人站在天地之间，恍然感到置身于神话般的世界。此时此刻，千种思绪，万种情感，会不期然而然地涌上心头，人们会暂时超脱于现实日常生活的烦恼与琐屑，产生奇异无比的想象，生发出对宇宙人生的感慨，渴望到神话世界作一番遨游。自古以来，人们在中秋佳节写下了许多动人的诗文，虽然它们所表达的思绪情感千差万别，但其中所追求的那种超凡脱俗、瑰丽神奇的艺术境界，似乎总是相通的。

（致新）

湖心亭看雪　　张岱（明）

　　崇祯五年十二月，余在西湖。大雪三日，湖中人鸟声俱绝。是日，更定矣，余挐①一小舟，拥毳衣炉火，独往湖心亭看雪。雾凇沆砀②，天与雪与山与水上下一白。湖上影子，唯长堤一痕，湖心亭一点，与余舟一芥，舟中人两三粒而已。到亭上，有两人铺毡对坐，一童子烧酒炉正沸。见余，大惊，喜曰："湖上焉得更有此人！"拉与同饮，余强饮三大白③而别。问其姓氏，是金陵人，客此。及下船，舟子喃喃曰："莫说相公痴，更有痴似相公者。"

【注释】

　　①挐：牵引，引申为划船。

　　②雾凇沆（hàng）砀（dàng）：凇，寒气结成的冰花。沆砀，犹荡漾。

　　③三大白：三大杯。

【品读】

　　大雪三日，掩去了西湖五光十色的景物，也掩去了大地上一切的污浊和琐细。天地浑茫，上下皆白，宇宙此时仿佛露出了虚无的本相，人们平日所熟悉的西湖变成了一个神秘莫测的世界。此时，"人鸟声俱绝"，湖上只剩下严寒与沉寂。张岱偏偏在"是日更定"去游湖心亭，这一壮举本身就表达了他渴望领略宇宙奥秘，与天地精神共往来的奇趣豪情。

　　当人把自己置身于巨大的时空环境中时，会感到自身是那么渺小，作者使用"一痕"、"一点"、"一芥"、"两三粒"等类似绘画的语言，生动描画出人在浩瀚无际的大自然中微不足道的处境。在这幅图画上，张岱本人既是那"两三粒"中的一粒，同时，他又有着造物主一般恢宏的目光，没有这种目光，便没有这幅图画。能使

115

用超自我的眼光去观察宇宙人生,正是人类的伟大之处。人的自我是渺小的,而人类超自我的宇宙意识却能包容天地。

张岱在天寒地冻,孤寂无人的夜半时分去湖心亭看雪,这一情景不禁使人想起柳宗元的《五绝·江雪》所描绘的意境,但柳宗元笔下的"蓑笠翁"是"孤舟""独钓"的,这里却是无独有偶,另有两人在张岱到达湖心亭之前早在那里对坐饮酒了。难怪舟子说:"莫说相公痴,更有痴似相公者。"这几位壮游者素不相识,却一见而喜,共饮三大杯方才告辞。人与人之间的相遇相知,为这幅画面增添了柳宗元诗歌所没有的暖色。

(致新)

秦淮河房　　张岱(明)

秦淮河河房,便寓、便交际、便淫冶,房值甚贵而寓之者无虚日。画船箫鼓,去去来来,周折其间。河房之外,家有露台,朱栏绮疏,竹帘纱幔。夏月浴罢,露台杂坐,两岸水楼中,茉莉风起动儿女香甚。女客团扇轻纨,缓鬓倾髻,软媚著人。年年端午,京城女士填溢,竞看灯船。好事者集小篷船百什艇,篷上挂羊角灯如联珠。船首尾相衔,有连至十余艇者。船如烛龙火蜃,屈曲连蜷,蟠尾旋折,水火激射。舟中镤钹星铙,宴歌弦管,腾腾如沸。士女凭栏轰笑,声光凌乱,耳目不能自主。午夜,曲倦灯残,星星自散。钟伯敬[①]有《秦淮河灯船赋》,备极形致。

【注释】

①钟伯敬:即明代性灵派诗人钟惺,字伯敬。

【品读】

《陶庵梦忆》里有许多这类"歌舞升平"式的文字,景色无论春夏秋冬,都是优美曼妙,人物无论三六九等,都是兴致勃勃。说来也难怪,张老先生身经清兵南下、朱明覆亡的历史大变迁,满目尽皆血火厮杀,惨不忍睹,不免就在回忆中将过去的一切事物都美化了。这也是人之常情。

照文中所叙,秦淮河河房,真是好去处。

不过,真正吸引人的并不是河房本身,而是河房之外的景致:穿梭游弋的画船、灯船,盈耳动听的箫鼓、弦管,还有徐来的茉莉香风,悦目的娇媚女士……如此佳境,"耳目不能自主",怀念不由自主,也是情之必然。

文章虽短,却能说景是景,道情是情;写来如画家手笔,景是历历在目,人是栩栩如生。读着读着就忘了"今夕何夕",就想:是新社会了哩,什么时候也去那儿当回"好事者"才好。

(志刚)

西湖七月半　张岱(明)

西湖七月半,一无可看,止可看看七月半之人。看七月半之人,以五类看之。其一,楼船箫鼓,峨冠盛筵,灯火优僮①,声光相乱,名为看月而实不见月者,看之;其一,亦船亦楼,名娃闺秀,携及童娈,笑啼杂之,环坐露台,左右盼望,身在月下而实不看月者,看之;其一,亦船亦声歌,名妓闲僧,浅斟低唱,弱管轻丝,竹肉②相发,亦在月下,亦看月,而欲人看其看月者,看之;其一,不舟不车,不衫不帻,酒醉饭饱,呼群三五,跻入人丛,昭庆、断桥,嘄呼嘈杂,装假醉,唱无腔曲,月亦看,看月者亦看,不看月者亦看,而实无一看者,看之;其一,小船轻幌,净几暖炉,茶铛旋煮,素瓷静递,好友佳人,邀月同坐,或匿影树下,或逃嚣里湖,看月而人不见其看月之态,亦不作意看月者,看之。杭人游湖,巳出酉归,避月如仇,是夕好名,逐队争出,多犒门军酒钱,轿夫擎燎,列俟

117

岸上。一入舟，速舟子急放断桥，赶入胜会。以故二鼓以前，人声鼓吹，如沸如撼，如魇如呓，如聋如哑，大船小船一齐凑岸，一无所见，止见篙击篙、舟触舟、肩摩肩，面看面而已。少刻兴尽，官府席散，皂隶喝道去，轿夫叫船上人，怖以关门，灯笼火把如列星，一一簇拥而去。岸上人亦逐队赶门，渐稀渐薄，顷刻散尽矣。吾辈始舣③舟近岸，断桥石磴始凉，席其上，呼客纵饮，此时月如镜新磨，山复整妆，湖复颒面④，向之浅斟低唱者出，匿影树下者亦出，吾辈往通声气，拉与同坐。韵友来，名妓至，杯箸安，竹肉发。月色苍凉，东方将白，客方散去。吾辈纵舟，酣睡于十里荷花之中，香气拍人，清梦甚惬。

【注释】

①优僮：倡优和奴仆。

②竹肉：竹指管乐器，肉指歌喉。

③舣：泊舟。

④颒（huì）面：洗脸。颒面此处指湖面重现明洁之态。

【品读】

西湖七月半大约是个节日吧。

但肯定是个没有登记过或已被取消了登记资格的节日；至少在今天的各种挂历上，它不是一个"红色"的日子。

西湖七月半看来当年肯定是个节日。

当然仍只是有钱者和有闲者的节日。虽然也可以用"万头攒动"来形容，但细数来，不过是贵门富豪，名娃闺秀，市井闲汉，名妓闲僧和文人雅士五类，皆有钱者或有闲者也。

劳动者只会在家里看月。首先，茅屋檐外的月与西湖上的月并无不同，而且那被稻草切分的月色或许还另有一番情趣；再说，今晚看月无眠，明天地里的稻子谁去收割呢？

所以张岱在把"西湖七月半"时看到的人，虽可细分为五类，其实只是两种。

除了有钱者和有闲者外，相信湖里湖外还有一类人在场，张岱却视若无睹。譬如为贵人小姐划船的舟子，奔前跑后的小贩，拨弦卖唱的少女等等，虽皆身在西湖七月半之中却又身在西湖七月半之外了。

或者，一种人有一种人的节日吧。而富人的节日从来就比穷人的多。虽皆身在西湖七月半之中却又身在西湖七月半之外了。

（志刚）

品山堂鱼宕　张岱（明）

二十年前强半住众香国，日进城市，夜必出之。品山堂，孤松箕踞，岸帻入水。池广三亩，莲花起岸，莲房以百以千，鲜磊可喜。新雨过，收叶上荷珠煮酒，香扑烈。门外鱼宕，横亘三百余亩，多种菱芡。小菱如姜芽，辄采食之，嫩如莲实，香似建兰，无味可匹①。深秋桔奴饱霜，非个个红绽，不轻下剪。季冬观鱼，鱼艓千余艘，鳞次栉比，罩者夹之，罛者扣之，箔者罩之，翼者撒之，罩者抑之，罜者举之，水皆泥泛，浊如土浆。鱼入网者圉圉，漏网者唅唅，寸鲵纤鳞，无不毕出。集舟分鱼，鱼税三百余斤，赤鳃白肚，满载而归。约吾昆弟烹鲜剧饮，竟日方散。

【注释】
①可匹：可比。
【品读】
生在新社会的人们，对旧社会当然就没有什么直接体验，就算偶尔在电影里戏剧里小说里看到些别人摆布或描状的景致，也不免心中老有怀疑，不知到底是真是假。

张岱的《陶庵梦忆》是一种历史，一种感观的历史，虽然记忆中或有失真之处，总体上却应是不假的。

119

当然也还是有疑问:咋就跟《卖炭翁》(白居易),《兵车行》(杜甫)中所说的不一样了呢?几千年的封建旧社会写满了的不就是"吃人"吗?

慢慢地有所觉悟:旧社会或许也得一分为二吧(不是说任何事情都得辩证地看吗)?它大概也有些昙花一现式的暂时繁荣和宁静吧?更何况什么纨绔子弟,富豪之家,这想法或许有道理。

且别管是谁的生活吧,反正这是一种挺诗情挺画意的生活;他先替咱们描绘出来,等咱们生活好了,也去试试就是了。

现在,就先跟他做回美梦,也无妨。

(志刚)

二十四桥风月　　张岱(明)

广陵①二十四桥风月,邗沟尚存其意。渡钞关,横亘半里许,为巷者九条。巷故九,凡周旋折旋于巷之左右前后者什百之。巷口狭而肠曲,寸寸节节有精房密户,名妓、歪妓杂处之。名妓匿不见人,非向导莫得入。歪妓多可五六百人,每日傍晚,膏沐薰烧,出巷口,倚徙盘礴于茶馆酒肆之前,谓之"站关"。茶馆酒肆岸上纱灯百盏,诸妓掩映闪灭于其间,皉黳者帘,雄趾者阃,灯前月下,人无正色,所谓"一白能遮百丑"者,粉之力也。游子过客,往来如梭,摩睛相觑,有当意者,逼前牵之去,而是妓忽出身分肃客先行,自缓步尾之。至巷口,有侦伺者向巷门呼曰:"某姐有客了!"内应声如雷,火燎即出,一一俱去。剩者不过二三十人。沉沉二漏,灯烛将烬,茶馆黑魆无人声。茶博士不好请出,惟作呵欠,而诸妓醵钱②向茶博士买烛寸许,以待迟客。或发娇声唱《劈破玉》等小词,或自相谑浪嘻笑,故作热闹以乱时候,然笑言哑哑声中,渐带凄楚。夜分不得不去,悄然暗摸如鬼，见老鸨，受饿、受笞，俱不可知矣。余族弟卓如，美须髯，有情痴，善笑，到钞关必狎妓，向余噱曰："弟今日之乐，不减王公。"余曰："何谓也？"曰："王公大人侍妾数百，到晚耽耽望幸，当御者亦不过一人。弟过钞关，美人数百人目挑心招，视我如潘安，弟颐指气使，任意拣择，亦必得一当意者呼而侍我。王公大人，岂遽过我哉！"复大噱，余亦大噱。

行
乐

【注释】

①广陵：旧时扬州别称。

②醵钱：犹凑钱。

【品读】

《陶庵梦忆》是历史，不仅是感观的，而且是绘图的历史，其尤胜寻常历史典籍之处，在其更具体，更细腻，更生动；在其言之有人，有物，有情。

此篇虽只写"风月"一景，却已得传神之妙，冷眼看诸妓杂陈，当街卖笑，却在一片"娇声"之后听出了隐隐的"凄楚"，也是人之常情。

卓如"乐不减王公"之语，虽大言烁烁，矫情而不失其真，但若作颓唐和无奈解，亦可，这历史又是对比的，益发胜于寻常之冷静陈述。

张老先生"大噱"实为苦笑，我亦苦笑。

（志刚）

明圣二湖　张岱（明）

自马臻开鉴湖①，而绠汉及唐，得名最早；后至北宋，西湖起而夺之，人皆奔走西湖，而鉴湖之澹远，自不及西湖之冶艳矣。至于湘湖②，则僻处萧然，舟车罕至，故韵士高人无有齿及之者。余弟毅儒，常比西湖为美人、湘湖为隐士、鉴

121

湖为神仙。余不谓然。余以湘湖为处子，眠娗羞涩，犹及见其未嫁之时；而鉴湖为名门闺淑，可钦而不可狎；若西湖则为曲中名妓，声色俱丽，然倚门献笑，人人得而媟亵之矣。人人得而媟亵，故人人得而艳羡；人人得而艳羡，故人人得而轻慢。在春夏则热闹之至，秋冬则冷落矣；在花朝则喧哄之至，月夕则星散矣；在晴明则萍聚之至，雨雪则寂寥矣。故余尝谓，善读书无过董遇"三余"，而善游湖者亦无过董遇"三余"。董遇曰："冬者岁之余也；夜者日之余也；雨者月之余也。"雪巘古梅，何逊烟堤高柳！夜月空明，何逊朝花绰约！雨色空濛，何逊晴光潋滟！深情领略，是在解人。即湖上四贤③，余亦谓乐天之旷达，固不若和靖之静深，邺侯之荒诞，自不若东坡之灵敏也。其余如贾似道之豪奢，孙东瀛之华赡，虽在西湖数十年，用钱数十万，其于西湖之性情，西湖之风味，实有未曾梦见者在也。世间措大④，何得易言游湖！

【注释】

①马臻：东汉人，任会稽太守时，开凿鉴湖，即镜湖，在今浙江绍兴市西南。

②湘湖：在今浙江杭州市萧山区。

③湖上四贤：指白居易（字乐天，唐代诗人，曾任杭州刺史）、林逋（宋代诗人，谥和靖先生，隐居西湖孤山）、李泌（封邺侯，唐代宗时任杭州刺史）、苏轼（号东坡居士，宋代文学家，曾任杭州知州）。

④措大：指穷读书人。

【品读】

这是一篇借评论山水风景来抒发人生旨趣的小品文。作者匠心独造，使文章韵致超绝，堪称性灵小品中的不朽之作。

以美人风姿来比拟湖光山色，古来多有。而作者在沿用这一表现手法时，则能不落俗套，别出新解：把湘湖比作未嫁之时、眠娗羞涩、天然丽质的处女，把鉴湖比作端庄正色、以"礼"自持、可钦而不可狎的名门闺秀，把西湖比作声色俱丽、艳冶无比，然而却是倚门献笑、人人皆可亵玩的曲中名妓。由此发出了一番颇带人生哲理意味的感慨："人人得而媟亵，……故人人得而轻慢，在春夏则热闹之至，秋冬则冷落矣；在花朝则喧哄之至，月夕则星散矣；在晴明则萍聚之至，雨雪则寂寥矣。"人生又何尝不是如此？其中真意，自不难从世态炎凉，人情冷暖之中体悟出来。

然而，作者又不是刻意贬低西湖。他认为这位艳冶无比的名妓自有其为粗鄙的狎客们所不能领略的天然真色和真情在。在西湖被人轻慢的冬季，雪巘古梅凝寒开放，风姿绰约，暗香浮动，令人心醉；在游人不至的深夜，皎洁的明月与湖光山色相辉映，质本纯洁的西湖敞开她的胸怀拥抱月光，呈现她的天然丽质；在游人敛迹的烟雨中，湖上雨色空濛，如轻纱掩映，在风雨中一洗俗态的西湖显得略带羞涩而格外娇柔。对于这一切，作者感叹道："深情领略，是在解人。"可是，古往今来，又有几人能真正领略西湖的"深情"呢？或许，只有梅妻鹤子的林和靖(林逋)和感觉敏锐的苏东坡(苏轼)吧。至于南宋奸相贾似道之流，虽然居西湖数十年，金钱花去数十万，不过如嫖客狎妓，又何曾得到一丝真情？

这篇小品，立意高远宏深，语言清丽隽永，字字珠玑，令人感叹不已，回味无穷。

(苏民)

与王玉式 艾宁(明)

潦倒半生，落落寡遇，自书史、山水、杯茗之外，无适性焉。抱东篱之志①，避《北山》之讥②，春雨迷离，旬余不出。偶诵渊明《饮酒》诗，夷犹自得，如与深饮剧谈，漫尔言和，未暇计工拙也。幸教之。

【注释】

①抱东篱之志：怀抱着过陶渊明式的隐居生活的志向。东篱：见陶渊明《饮酒》诗："采菊东篱下，悠然见南山。"

123

②避《北山》之讥：避免《诗经·北山》中所云士子奔走王事而贻父母之忧的讥刺。

【品读】

晋朝名士陶渊明不愿为五斗米而折腰，辞官回乡过隐居生活，曾作《饮酒》诗20首，诗前有小序曰：

> 余闲居寡欢，兼比夜已长，偶有名酒，无夕不饮，顾影独尽，忽焉复醉。既醉之后，题数句自娱，纸墨遂多。辞无诠次，聊令故人书之，以为欢笑耳。

《饮酒》诗20首，多为其人生感悟，有咏叹人生无常、主张纯任自然的，有抒发其决心摆脱仕途、不肯同流合污的归隐之志的，有写与乡间父老欢聚、于酒中悟得人生哲理的，有寄情山水、表达将身心融入大自然中的乐趣的。内容十分丰富，意境亦佳。

本篇小品的作者艾宁是陶渊明的崇拜者。从其笔下可见，他曾与陶渊明一样，有过"丈夫志四海"的经世之志，但结果是"潦倒半生"，于是决心过陶渊明式的隐居生活，并且特别欣赏陶渊明的《饮酒》诗。陶渊明闲居寡欢，只能对着自己的影子以饮酒赋诗消磨漫漫长夜；艾宁则是在春雨连绵的日子里以诵读陶诗，并与之唱和来打发时日；前者孤独，以诗酒为友；后者亦寂寞，但读陶渊明的诗，仿佛在与陶渊明一起饮酒畅谈，不再感到孤寂凄清，而有得遇千古知音之感。

隐士的存在是中国历史文化中的一个特殊现象。大量的隐士是不得已才归隐的，隐居生活使他们更贴近自然，亦对宇宙人生产生了一些颇为独到的看法。读这篇小品，可以稍稍领略一点古代隐士的生活情趣。

（苏民）

范县署中寄郝表弟 郑燮（清）

范县风俗惇厚，四民各安其业，不喜干涉闲事，因此讼案稀少,衙署多暇。闲来惟有饮酒看花,醉后击桌高歌,声达户外。一般皂隶闻之,咸窃窃私相告语,谓主人殆其傎乎①。语为雏婢所闻,奔告内子,旋来规劝曰:历来只有狂士狂生,未闻有狂官,请勿再萌故态,滋腾物议②。从此杯中物,必待黄昏退食,方得略饮三壶。受此压制,殊令人不耐。继思劝我少饮,是属善意,遂与之相约,每晚罄③十壶而后睡,次晨宿酲④已解,从政自无妨碍矣。然而较之在焦山读书时,每饭必得畅饮,其苦乐迥不相同,所以古人不肯为五斗米折腰,良有以也。我今直视靴帽如桎梏,奈何奈何。老表是我之酒友,惠然肯来,欣甚慰甚,当下榻相迎,共谋痛饮也。临颍⑤不胜伫望之至。

【注释】

①殆其傎(diān)乎:莫非是发疯了吧。殆,大概,恐怕;傎,颠倒错乱。

②物议:众人的议论,多指非议。

③罄(qìng):器中空,引申为尽,完。

④宿酲(chéng):宿,隔夜,头夜;酲,酒醒后所感觉的疲惫状态。

⑤临颍:县名,在河南省中部,颍河上游。

【品读】

叫郑板桥去当官,大概本身就是个错误。当官的应有"官相",正襟危坐,不苟言笑,一举一动都要合乎礼仪。而郑板桥看到"讼案稀少,衙署多暇",便在公堂之上"饮酒看花",甚至"醉后击桌高歌,声达户外",实在是太不像话了。他手下的皂隶们何尝见过这样的官?怪不得窃窃议论,以为他得了癫狂症。妻子的告诫是十分中肯的,"历来只有狂士狂生,未闻有狂官",郑板桥连当官都当成了"狂官",看来在这个世界上没有什么能压抑住他狂放豪迈、不拘小节的个性了。

在妻子的劝导下,郑板桥勉强同意把白日喝酒改成晚上,但他感到"受此压制,殊令人不耐",因而"视靴帽如桎梏",对"古人不肯为五斗米折腰"深有同感。然而郑板桥所受的这种压制，实在算不了什么。倘若"压制"再大一点，他不弃官而去才怪呢。

果然郑板桥后来弃官而去了，那是因为他帮助地方贫苦百姓打赢了官司，又办理赈济，得罪了豪绅。郑板桥是个狂官，却又是难得的好官。

（致新）

游凌云图记　刘大櫆（清）

知者乐水，仁者乐山，非山水之能娱人，而知者仁者之心常有以寓^①乎此也。天子神圣，天下无事，百僚庶司，咸称厥^②职，乃以莅政之余暇，翛然自适于山岨、水涯^③，所以播国家之休风，鸣太平之盛事，施广誉于无穷者也。

南方故山水之奥区^④，而巴蜀峨眉尤为怪伟奇绝。昔苏子瞻浮云轩冕^⑤，而愿得出守汉嘉，以为凌云之游。古之杰魁之士，其纵恣徜徉而不可羁縻以事者，类如此欤！

吾友卢君抱孙以进士令蜀之洪雅，地小而僻，政简而明，民安其俗，从容就理，于是携童幼，挈壶觞，逶迤而来，攀援以登，坐于崇岗积石之间，超然远瞩，邈然澄思，飘飘乎遗世之怀，浩浩乎如在三古之上。于时极乐。既归里闲居，延请工画事者，画《卢公载酒游凌云》也。古今人不相及^⑥矣；昔之人所尝有事者，今人未必能追步^⑦之也。乃子瞻之有志焉而未毕^⑧者，至卢君而遂能见之行事，则夫卢君之施泽^⑨于民，其亦有类于古人之为之邪？于是为之记。

【注释】

①寓：寄托。

②咸：都；厥：其。

③翛（xiāo）然：无拘无束，自由自在。岨（jū）：同"阻"，险要。

水涯：水边。

行
乐

④山水之奥区：山水幽深玄妙的地区。

⑤苏子瞻：北宋文学家苏轼，字子瞻。浮云轩冕：视高官厚禄如浮云。

⑥不相及：不能互相企及。

⑦追步：仿效，效法。

⑧毕：实现。

⑨泽：恩泽。

【品读】

研究中国文化的学者们大都认为，儒家思想和道家思想是既对立而又互补的：从对立的方面看，儒家主入世进取，道家主出世退隐，儒家重实用和功利，道家重自然和审美；而从互补方面看，"兼济天下"与"独善其身"恰好构成了中国古代士大夫阶层的人生态度的两个互相补充而协调的层面。这些观点作为一种浅显的现象形态的描述，当然是不无道理而且是合乎实际的。然而，儒家和道家还有其深层的精神心理相通的方面，这就是"儒道互补"说所不能涵盖的了。刘大櫆《游凌云图记》这篇小品，以生动的感性形式向我们揭示了儒道两家学说对立而又互补的深层心理基础。

首句云："知者乐水，仁者乐山，非山水之能娱人，而知者仁者之心常有以寓乎此也。"其中"知者乐水，仁者乐山"是孔子的话，这说明仁者的胸怀、智者的气质与自然山水是相通的，试把这一命题与道家之所谓"道法自然"相比，不是使人依稀可见其中有着人与自然之审美关系的内在同一性吗？

作者写友人卢抱孙治蜀中洪雅县，政简而明，民安其俗，于是携童幼、挈壶觞而游于山水之间。很像是儒家，也很像是道家。"暮春者，春服既成，冠者五六人，童子六七人，浴乎沂，风乎舞雩，咏而归。"这正是《论语》中孔子所明确表示向往的境界。试把这一境界与老子主张的小国寡民、无为而治、复返于自然的理想相比，不是十分相像而具有内在精神的相通之处吗？

　　儒道互补，当官时是儒，失意时是道，终究是分裂的、离异的；儒道相通，亦儒亦道，人与自然、与社会浑融为一，这正是作者所寄托的社会理想和人生理想。

　　　　　　　　　　　　　　　　　　　　　　　　　（苏民）

随园四记　　袁枚（清）

　　人之欲，惟目无穷。耳耶，鼻耶，口耶，其欲皆易穷也。目仰而观，俯而窥，尽天地之藏，其足以穷之耶？然而古之圣人受之以观，必受之以艮①。艮者止也。"于止知其所止"，黄鸟且然，而况于人！

　　园悦目者也，亦藏身者也。人寿百年，悦吾目不离乎四时者是，藏吾身不离乎行坐者是。今视吾园，奥如环如②，一房毕复一房生，杂以镜光，晶莹澄澈，迷乎往复，若是者于行宜。其左琴，其上书，其中多尊罍玉石，书横陈数十重，对之时偶然以远③，若是者于坐宜。高楼障西，清流洄狄④，竹万竿如绿海，惟蕴隆宛暍⑤之勿虞，若是者与夏宜。琉璃嵌窗，目有雪而坐无风，若是者与冬宜。梅百枝，桂十余丛，月来影明，风来香闻，若是者与春秋宜。长廊相续，雷电以风，不能止吾之足，若是者与风雨宜。是数宜者，得其一差强人意，而况其兼者耶？

　　余得园时，初意亦不及此。二十年来，庸次比偶，艾杀此地，弃者如彼，成者如此。既镇其甍⑥矣，夫何加焉？年且就衰，以农易仕，弹琴其中，咏先王之风，是亦不可以已乎？后虽有作者，不过洒潗之事，丹垩之饰⑦，可必其无所更也！宜为文纪成功，而分疏名目，以效辋川⑧云。

　　丙戌三月记。

【注释】

①艮：八卦之一。《易·艮》："象曰：艮，止也。"

②奥如环如：奥妙环绕貌，如，作助词，用同"然"。

③倜然以远：卓尔不群、超然远离的样子。

④洄洑：（水）回旋洑流。

⑤蕴隆宛暍（yé）：隆，高起；暍，中暑。蕴隆宛暍，指覆盖了高地解除了暑热。

⑥镇其甍（méng）：甍，屋脊。《释名·释宫室》"屋脊曰甍。甍，蒙也，在上复蒙屋也。"镇其甍，即安好屋脊，犹言房屋建成。

⑦丹垩之饰：丹，朱漆；垩，白土。丹垩之饰，指油漆粉刷。

⑧辋川：水名，在陕西蓝田南，唐诗人王维曾置别业于此。

【品读】

这篇小品，是袁枚在他的"随园"修建成功以后写的，文中洋溢着对这所园林处处满意的情感，他一生的追求和愿望，在这里找到了最后的归宿。

文章先不写园，而从人的欲望谈起。他认为，人的欲望中，耳、口、鼻的欲望都是有穷尽的，只有目的欲望是无穷尽的，因为天地之大，万物之多，可以使目"仰而观，俯而窥"，如果不加以节制，那欲望是永无止境的。

接着谈他的随园。他说："园悦目者也，亦藏身者也"，随园的妙处就在于"悦目"与"藏身"二者兼而得之，无论是春夏秋冬，无论是阴晴雨雪，无论人行坐起卧，随园处处有宜人的景色可供观赏，而且风吹不着雨淋不着。你看，在大风雪的日子，他有"琉璃嵌窗"，人可以静观雪景，"目有雪而坐无风"；雷电交加的时候，他有"长廊相续，雷电以风，不能止吾之足"；在炎日似火的夏天，他有"高楼障西，清流洄洑，竹万竿如绿海"，既可观景又可纳凉，……袁枚对这些独特的享受感到心满意足，他说："得其一差强人意，而况其兼者耶？"

随园是袁枚苦心经营二十年为自己构筑的一片乐土，他打算在此安度晚年，"以农易仕，弹琴其中，吟先王之风"，自得其乐地终其一生，这是明清时代一批退隐政治、独善其身的士大夫文人人生态度的生动写照，它与杜甫在《茅屋为秋风所破歌》中所表现的那种"安得广厦千万间，大庇天下寒士俱欢颜"的人生态度是截然不同的。

题闲情小品序　华淑（明）

夫闲，清福也，上帝之所吝惜，而世俗之所避也。一吝焉而一避焉，所以能闲者绝少。仕宦能闲，可扑长安马头前数斛红尘；平等人闲，亦可了却樱桃篮内几番好梦。盖面上寒暄，胸中冰炭。忙时有之，闲则无也；忙人有之，闲则无也。昔苏子瞻晚年遇异人呼之曰："学士昔日富贵，一场春梦耳。"夫待得梦醒时，已忙却一生矣。名墦利垄，可悲也夫！

余今年栖友人山居，泉茗为朋，景况不恶。晨推窗：红雨乱飞，闲花笑也；绿树有声，闲鸟啼也；烟岚灭没，闲云度也；藻行可数，闲池静也；风细帘清，林空月印，闲庭悄也。以至山扉昼局①，而剥啄②每多闲侣；帖括③困人，而几案几多闲编；绣佛长斋，禅心释谛，而念多闲想，语多闲辞。闲中自计，尝欲挣闲地数武，构闲屋一椽，颜曰"十闲堂"，度此闲身。而卒以病废，亦以好闲不能致也。

长夏草芦，随兴抽检，得古人佳言韵事，复随意摘录，适意而止，聊以伴我闲日，命曰《闲情》。非经，非史，非子，非集，自成一种闲书而已。然而庄语足以警世，旷语足以空世，寓言足以玩世，淡言足以醒世。而世无有醒者，必曰此闲书不宜读而已。人之避闲也，如是哉！然而吾自成其非经、非史、非子、非集之闲书而已。

【注释】

①昼局：白日下棋。

②剥啄：象声词，著棋声。

③帖括：科举应试的文章。

【品读】

把闲适看作一种极为难得而又美好的人生境界，是这篇小品文的主旨。

首段云闲适乃是一种清福，连上帝也舍不得随便把它赐予人，可世俗之人却避之，所以，世上能享闲适之福的人绝少。为名利而忙碌一生，纵然得到富贵，亦不过是春梦一场，等到梦醒时，已垂垂老矣。作者认为，为追求名利而不能从容地享受人生的闲适之福，是极为可悲的。

次段云闲适乃是一极为美好的人生境界。作者离开了纷纷扰扰、勾心斗角的名利场，居住在友人的山居中。拂晓推窗，见风吹桃花，鸟啼绿树，烟岚在山间缭绕，青藻在绿水中浮动；月夜里，微风拂面，清光照帘，山林静，花影移；白昼里，剥春笋，读闲编，品味佛家妙谛微言，与友朋闲谈。心既闲适，一切都闲：闲花笑，闲鸟啼，闲云度，闲池静，闲庭悄，更有闲侣、闲书相伴，心多闲想，话多闲词，——此乃"九闲"。于是，作者又想到自己也应该有一座"闲屋"，称之为"十闲堂"。身处在这"十闲"中，人也就进入了一个天人合一、情景合一而没有任何世俗生活烦恼的闲适、美好的境界。

然而，"十闲堂"终不可得，于是作者乃转而编闲书，名曰《闲情小品》。作者认为，此闲情小品虽然非经、非史、非子、非集，然而其内容却足以警世、空世、玩世、醒世，使人生超越于污浊的世俗名利场之上，而得到心志的闲适。

131

沉　思

乡愿乱德　海瑞（明）

从古未有言及养气者,而孟子言之。古有诡随上宥之说[1],即"乡愿"意也,亦无有若孟子之论[2]剀切痛快者。盖"乡愿"馁其浩然之气以从俗。浩然之气,孟子身有之,见"乡愿"若为身害,故言之详、恶之痛。今天下惟"乡愿"之教入人最深:凡处己待人,事上治下,一以"乡愿"道行之。世俗群然称僻性、称所行大过者,多是中行之士,谓如此然后得中道,善处世,则必"乡愿"之为而已;所称贤士大夫,不免正道、"乡愿"调停行之[3]。"乡愿"去大奸恶不甚远。今人不为大恶,必为"乡愿"。事在一时,毒流后世:"乡愿"之害如此!说者谓孟子扩前圣所未发,指养气言也;孟子之功不在禹下,当以恶"乡愿"为第一。

【注释】

①诡随上宥之说:《诗经·大雅·民劳》:"无纵诡随,以谨无良。"诡随就是不分是非,随和、纵容坏人干坏事。

②孟子之论:孟子痛恶乡愿,指出:"乡愿,德之贼也。"认为乡愿的特征是:"言不顾行,行不顾言","同乎流俗,合乎污世,居之似忠信,行之似廉洁,众皆悦之。"(《孟子·尽心下》)

③"所称"句:即使是贤士大夫,也不免在正道直行与乡愿的行为之间寻找调和折中的途径。

【品读】

明代中叶,封建政治日趋腐败,在这种情况下,封建统治阶级中的某些有识之士,以王阳明为代表,掀起一场以强调"良知"、反对"乡愿"为特征的道德自救运动。海瑞的《乡愿乱德》一文,就是这场自救运动的一朵浪花。

与王阳明推崇孟子一样,海瑞也特别推崇孟子对乡愿的揭露和批判。在海瑞看来,在中国唯有乡愿之教最为深入人心,极少正道直行者。乡愿打着"行中道"、"无过无不及"的招牌,其实去大奸大恶必不甚远。可是乡愿行为则被人们所普遍推崇,认为是人情练达、善于处世的表现,可见,这个社会的道德已经败坏到了什么程度。海瑞还认为,乡愿简直如洪水猛兽,而孟子批判乡愿正如大禹治水,功及万世。因此,尊崇孟子就应该把憎恶乡愿放在第一位,这样,整个民族的道德水平才能得到提高。

道德的本质在于发自良知的真诚,而乡愿的根本特征是虚伪,八面玲珑,四面讨好,装作忠信廉洁的样子去哄骗君子,随波逐流、同流合污去迎合小人,大家都说乡愿是"好人",其实是伪君子、真小人。海瑞反对乡愿,正是提倡一种真诚的道德良知。

与王阳明一样,海瑞反乡愿、倡良知的目的,都是要人们恪守封建的道德规范。然而,他们对乡愿的批判和对良知的提倡,却大大弘扬了人的道德的主体性。明清之际的早期启蒙者正是借助于对人的主体性的弘扬而由此发展出了个性解放的时代精神。

(苏民)

沉
思

书朱太仆十七帖·又跋于后　徐渭(明)

昨过人家园榭中,见珍花异果,绣地参天,而野藤刺蔓,交戛①其间,顾问主人曰:"何得滥放此辈?"②主人曰:"然。然去此亦不成圃③也。"予拙于书,朱使君令予首尾④,意或近此说耶?

【注释】

①交戛(jiá):交叉的意思。

②"何得"句:为什么让这些野藤刺蔓也泛滥生长于园榭之中?

133

③圃：植物园。

④令予首尾：叫我在十七帖的前面和后面题辞。

【品读】

　　文中所谓"野藤刺蔓"，是作者徐渭的自况。徐渭字文长，号青藤道人，又自号其书屋为"青藤书屋"，是一个具有鲜明异端性格的人物。史载他读书好深思，欲尽斥旧说之谬戾而独标新解，"眼空千古，独立一时，当时所谓达官贵人，骚士墨客，文长皆叱而拒之，耻不与交"；"晚年愤益深，佯狂益甚，显者至门，皆拒不纳，当道官至求一字不可得"。他的不合流俗的性格和独标新解的异端思想，当然不会被那个社会视作"珍花异果"，而只能被视作"野藤刺蔓"了。他之公然以"野藤刺蔓"自况，正如与他同时的李贽公然以"异端"自居一样，都表现了坚贞不移的独立人格和非凡的胆识。

　　文中的"园榭主人"是一位颇具特识的人物。他以为，大自然本来是丰富多彩的，无论是珍花异果，还是野藤刺蔓，都有其生存的权利，如果芟除野藤刺蔓，其植物园也就名不副实了。徐渭认为，朱使君请自己这样一位类似野藤刺蔓的人物为其十七帖题辞，其用意也正与园榭主人在其植物园中让野藤刺蔓亦得以自由生长相同。徐渭的性格虽然是"眼空千古"，但对识见不俗的园榭主人和开明如朱使君这样的人物，则是由衷感佩和赞许的。

　　这篇小品以自然比拟人事，意在表达一种多元的文化心态。然而，任何比喻都不可能是完全恰当的：旧思想旧文化未必是珍花异果，新思想新文化亦并非野藤刺蔓。读此小品，会其意可也。

（苏民）

借竹楼记　徐渭（明）

　　龙山子既结楼于宅东北，稍并①其邻之竹，以著书乐道，集交游燕笑于其中，而自题曰借竹楼。方蝉子往问之，龙山子曰："始吾先大夫之卜居②于此也，则买邻之地而宅之。今吾不能也，则借邻之竹而楼之。如是而已。"方蝉子起，而四顾指以问曰："如吾子③之所为借者，特④是邻之竹乎非欤？"曰："然。""然则是邻之竹之外何物乎？"曰："他邻之竹也。""他邻之竹之外又何物乎？"曰："莫非邻莫非竹也。""莫非邻莫非⑤竹之外又何物乎？"曰："会稽之山，远出于南而迤于东也。""山之外又何物乎？"曰："云天之所覆也。"方蝉子默然良久，龙山子固启之⑥。方蝉子曰："子见是邻之乐而乐，欲有之而不得也。故以借乎非欤？"曰："然。""然则见他邻之竹而乐。亦借也，见莫非邻之竹而乐亦借也，又远而见会稽之山与云天之所覆而乐，亦莫非借也，而胡独于是邻之竹？使吾子见云天而乐弗借也，山而乐弗借也，则近而见莫非邻之竹而乐，宜亦弗借也，而又胡独于是邻之竹？且诚如吾子之所云假⑦，而进吾子之居于是邻之东，以次⑧而极于云天焉，则吾子之所乐而借者，能不以次而东之，而其所不借者，不反在于是邻乎？又假而退吾子之居于云天之西，以次而极于是邻，则吾子之所乐而借者，能不以次而西之，而其所不借者，不反在于云天乎？而吾子之所为借者，将何居乎？"龙山子瞿然⑨曰："吾知之矣，吾知之矣。吾能忘情于远，而不能忘情于近，非真忘情也，物远近也。凡逐逐然于其可致，而飘飘然于其不可致，以自谓能忘者，举天下之物皆若是矣。非子，则吾几不免于蔽。请子易吾之题，以广吾之志，何如？"方蝉子曰："胡以易为？乃所谓借者，固亦有之也。其心虚以直，其行清以逸，其文章铿然而有节，则子之所借于竹也，而子固不知也。其本错以固，其势昂以耸，其流风潇然而不冗⑩，则竹之所借于子也，而竹固不知也。而何不可之有？"龙山子仰而思，俯而释⑪，使方蝉子书其题，而记是语焉。

135

【注释】

①并：挨着。

②卜居：择地居住。

③吾子：对人相亲爱的称呼。

④特：独，只是。

⑤莫非：无非。

⑥固启之：坚持要他回答。

⑦假：假设，假使。

⑧以次：依次。

⑨矍（jué）然：惊惶四顾貌。

⑩"其本"以下几句：它的根交错而坚固，它的气势昂扬而高耸，它的风姿潇洒而不繁冗。

⑪释：消除。此处指龙山子疑虑消释而归于平静。

【品读】

人"能忘情于远，而不能忘情于近"，对于自己周围环境的事物关注看重，对于离自己生活环境较远的事物则淡漠超脱。这是一种普遍的心理状态。

《借竹楼记》中，龙山子与方蝉子关于"借竹楼"的一番富有哲理的谈话揭示与剖析了这种心态。龙山子在自己住宅的东北方向盖了一座小楼，楼的周围是邻居家的一片竹林，他很喜欢这片竹林，但没有能力买下它，故将小楼命名为"借竹楼"。他的朋友方蝉子闻知此事，很不以为然，便问他："你所要借的，仅仅是邻居家的这片竹林吗？"他回答说是的，方蝉子问："那么在邻家竹林之外是什么？"他回答说是其他邻家的竹林，方蝉子又问："在其他邻家的竹林之外是什么？"回答说无非都是些住家和他们的竹林。方蝉子又引导龙山子将目光投向更远方，使他看到在所有住家和竹林之外有会稽山，在会稽山外，有苍茫的云天。龙山子问道，既然站在"借竹楼"上能看到这一切，为什么不去借云天，借青山，借所有人家的竹林，而独独借邻居家的竹林呢？再假设小楼所盖的方位、所借的方向一旦有所改变，所借的事物也会随之变化，邻家的竹林并非必然要借的事物。一番话说得龙山子豁然开朗,感到自己的眼界过于狭隘,并悟出了"吾能忘情于远,而不能忘情于近,非真忘情也,物远近也"这个道理。人对近在眼前似乎可以得到的东西常孜孜以求,而对远在天边无法得到的东西则漠不关心,这既是人之常情,也是人的弱点。它使人的眼界往往拘泥于眼前切近的事物而不能开阔,对眼前美的事物的占有欲望妨碍了人从更高境界上对事物作审美观照。当龙山子醒悟到这一点时,请方蝉子为楼易名。方蝉子说,何必易名呢? 只要能从更广的意义上去理解它就行了。他认为,人与竹应该在精神上互借,这样才能达到物我两忘、情景交融的精神境界。

"欲穷千里目,更上一层楼",对眼前现实利益的孜孜以求容易使人变得狭隘偏执,故而人生时常需要放眼远望,开阔视野,使自己的人生目标更加远大,对人生的理解更加丰富。

(致新)

一愚说 徐渭(明)

童允和者,予父夔州公外家之后也。少尝读书,家近市,遂隐于贾①,乃自号一愚。数请予著其说,予迟之久而益坚也。一日问之曰:"若所谓一愚者何居?"允和前而对曰:"姪家也市,熟于市之故矣。盖地之嚣②如市,而人之黠③者亦莫如市。人既以黠而御④嚣,则又有黠者焉。以黠而御黠,其黠愈高,其利愈厚。虽然,久之而未尝不败也。若夫愚者,则不足以御嚣矣,则又有愚者焉,以愚而御愚,其愚愈笃,其利愈薄。虽然,久之而未见其败也。是以姪也,退而守一愚。"予应之曰:"子之言市也,其人则贾也,其见则进于道矣。老子不云乎'良贾深藏,若虚;君子盛德,容貌若愚'。子其果愚矣乎? 其真良贾矣。"

【注释】

①贾:指设肆售货的商人。

②嚣:喧哗、吵闹。

③點:聪慧,狡猾。

④御:抵挡。

【品读】

商人是以赢利为目的的。

为了能多多赢利,早早赢利,许多人采取了投机取巧的方法,或以假乱真,以劣充优,或哄抬物价,短斤少两,市场成了他们要心眼、斗手段的竞技场,顾客稍不留心便要吃亏上当,顾客吃亏上当越大,他们赢利便越多,但这些聪明狡點的商人做成的常常是一锤子买卖。天长日久,他们的生意并不兴隆。

另一种商人则采取了老老实实的办法,货真价实,诚信无欺,买卖公平,薄利多销。这是生意场上的愚者,老是赚不上大钱,他们似乎不具备商人的素质,但天长日久,他们的生意越做越红火。因为他们获得了经商最宝贵的东西——信誉。

这就是《一愚说》中这个自号"一愚"的商人在对市场上商人经营方式的长期观察和自己的亲身实践中得出的结论。它反映了生意场上智与愚的辩证法。

做生意是如此,做人何尝不是如此?

(致新)

赠某叟序 徐渭(明)

曩①闻一男子迫官逋②,将卖其妇,相持泣于道。某见之问:"逋几何?"视其数予之,妇得免于卖。他日有村翁市绅③,得银伪也,泣于道,欲经④。某见之问:"伪银几何?"视其数予之,翁得免于经。又一日一童子持主人所偿人负⑤,失去不敢归,哭于道。某见之问:"所失几何?"视其数予之,童子得免于不归。夫迫逋而不问其卖妻也,用为银而不问其织者之苦且经也,与拾其道上之遗而不问其童子之不得归也,此一等人也,无责矣。至有知之见之者,乃若不知不见也,而去之不顾者,此又一等人也。又有见之而兴嗟⑥,若不忍其然,而特阻于不忍己之物⑦者,则胜不顾者一等矣。有忍己之物者矣,而意或阻于妻孥之不我许而止之者,又胜不忍己物人一等矣。夫事一耳,而人之等有四也若此。然而某尽能及之也,岂非尽出四等人之上者哉?某为谁?曰里中叟,姓某讳某字某者也。其嗣配为某孺人,断腥荤,奉释氏,而乐施舍。其子某为诸生明经而才。孙四人,未壮皆崭崭露头角。而叟所业则居贷⑧于市。夫市道多四等人也,而叟悉反之,岂其性然耶?抑亦无妻孥辈阻其不忍者而然耶?叟今年七十,嗣配五十,而七十者如艾,五十者如壮,子与孙崭然如有立,尽相与以为善者,报宜尔也。婿某徵⑨余颂以寿叟与姥。噫,以叟与姥与子若孙之素准之也,寿云乎哉!

【注释】

①曩:从前。

②逋:拖欠,指拖欠官税。

③绅:绸。

④经:上吊。

⑤所偿人负:所偿还欠别人的钱。

⑥兴嗟:嗟叹,表示同情。

⑦"而特阻"句:只是阻隔于舍不得拿出自己的财物。

⑧贷:借出。

⑨徵:征稿。

【品读】

这是徐渭为他所熟识的邻里老叟七十大寿所写的庆寿文章。舍己为人,扶危济困,用实际行动帮助素不相识困顿无助的人走出困境,这样的善心善行在任何时代都是值得称道的。邻里老叟是个普普通通的老百姓,但从徐渭所列举的他生平所行的三件善事上,人们可以看出他具有很高尚的品德。

一个男子由于交纳不起官税,要卖掉妻子,夫妻执手痛哭于道旁,老叟知道了这事,慷慨解囊,帮这个男子悉数交纳了官税,使这对夫妻免于分离;一个老翁到市场上去卖绸,所得的银子是假的,准备上吊自杀,老叟知道了,又送给他被骗的钱,救了老翁一条性命;一个僮仆代主人去还债,不幸丢失了钱不敢回去,又是老叟及时相助,如数给了他遗失的钱,这个僮仆才敢于回家。如果单纯列举老叟所做的这些善事,人们恐怕还难以体会到其行为的难能可贵,徐渭在这里使用了比较的方法,分析了其他人在这些事情上表现出的不同态度,将人由善到恶分为四等:逼人还债的官吏,使用假银的骗子,拾金而昧的行人,这种人属于害人的恶人,自不待说;见到遭难者视若不见,扬长而去,这种人心如铁石,虽不为恶,也绝不能说是善;见了遭难者怀着恻隐之心,感慨嗟叹,但舍不得掏出自己的钱财来帮助别人,这种人有善心而无善行;还有一种人既有同情心,也愿意解囊助人,但当他的妻子儿女阻止他的时候,他也就作罢了,这种人虽有善心,但离善行还差一步。相比之下,老叟的善心善行是高于这四种人的。

徐渭不仅给予老叟本人以极高的褒奖,而且还褒奖了他的全家人,他认为,好的家庭环境对老叟的善德善行起了促进作用。

（致新）

诗能穷人　王世贞（明）

古人云:"诗能穷人[①]。"究其质情,诚有合者。今夫贫老愁病,流窜滞留,人所不谓佳者也,然而入诗则佳。富贵荣显,人所谓佳者也,然而入诗则不佳,是一合也。泄造化之秘,则真宰默仇;擅人群之誉,则众心未厌。故呻占椎琢,几于伐性之斧^②；豪吟纵挥，自传爱书之竹^③，茅刃起于兔锋，罗网布于雁池，是二合也。循览往匠，良少完终，为之怆然以慨，肃然以恐。曩与同人戏为文章九命：一曰贫困，二曰嫌忌，三曰玷缺，四曰偃蹇，五曰流窜，六曰刑辱，七曰夭折，八曰无终，九曰无后。

【注释】

①欧阳修《梅圣俞诗集序》："予闻世谓诗人少达而多穷。夫岂然哉？盖愈穷则愈工。然则非诗之能穷人，殆穷而后工也。"

②《吕氏春秋·孟春纪·本生》："靡曼皓齿，郑卫之音，务以自乐，命之曰伐性之斧。"

③自传爱书之竹：自己替自己移换狱书以受重刑，这里指文字狱。

【品读】

文人学者命途多蹇，自古已然。汉代司马迁有圣贤穷厄而发愤著书之说，唐代杜甫有"文章憎命达"之说，宋代欧阳修有"诗能穷人""穷而后工"之说。王世贞的这篇小品，就是对以上说法的具体发挥。

文章把文人的命运分成两大类：一是要忍受经济上的贫穷，二是要遭遇政治上的迫害。而细细分来又有九种，谓之"文章九命"。文人的这九种命运都是由上述两类因素造成的。尽管如此，作者却表达了文章"穷而后工"的积极态度。

富贵而名磨灭，穷愁而文章显：穿绫罗绸缎、肚中装着山珍海味的人，如同行尸走肉，绝写不出如绫罗之光辉、如珍羞之有味的文章来；而穷愁潦倒、粗茶淡饭的布衣之士，则能用自己的生命和热血来写作，纵然死了，其文章则为后世所传诵，文名与日月星辰争辉。

真正的诗人，有丰富而真挚的情感；真正的学者，有追求真理的勇气和独到的建树。这一切都为封建的道德和政治所不容。于是，便遭人"嫌忌"，被看作道德上有"玷缺"，"偃蹇"、"流窜"、

"刑辱"种种迫害随之而来,以至"夭折"、"无终"、"无后"。但是,真正的诗人深知,那种恪守封建道德而形同木偶的人,决然写不出让千万世人心灵震颤的好诗,而只有不掩饰自己的感情的诗人才能成为伟大的艺术家;真正的学者深知,尽管"泄造化之秘"会引起"真宰默仇",但唯有敢于"泄造化之秘",才能成为伟大的哲人!

明代的专制统治极为严酷,"文字狱"超迈前古。作者在这篇小品中,揭露了"茅刃起于兔锋,罗网布于雁池"的文化专制主义,表现了对封建暴政迫害知识分子的极度不满,在一定程度上反映了知识分子独立人格的觉醒,具有历史的进步意义。

(苏民)

颠倒千万世之是非^①　李贽(明)

李氏曰:人之是非,初无定质;人之是非人也,亦无定论。无定质,则此是彼非并育而不相害;无定论,则是此非彼并行而不相悖矣。

然则今日之是非,谓予李卓吾一人之是非,可也;谓为千万世大贤大人之公是非^②,亦可也;谓予颠倒千万世之是非,而复非是予之所非是焉^③,亦可也。则予之是非,信乎其可^④矣。

前三代^⑤,吾无论矣。后三代,汉、唐、宋是也,中间千百余年而独无是非者,岂其人无是非哉!咸以孔子之是非为是非,故未尝有是非耳。然则予之是非人也,又安能已?

夫是非之争也,如岁时然,昼夜更迭不相一也。昨日是而今日非矣,今日非而后日又是矣。虽使孔子复生于今,又不知作如何非是也,而可遽以定本行罚赏哉^⑥!

老来无事,爰^⑦览前目,起自春秋,迄于宋元,分为纪、传,总类别目,用以自怡,名之曰《藏书》。"藏书"者何?言此书但可自怡,不可示人,故名曰《藏书》也。而无奈一二好事朋友,索览不已,余又安能以已耶?但戒曰:"览则一任诸君览观,但无以孔夫子之定本行罚赏也,则善矣。"

【注释】

①本文原题《〈藏书〉世纪列传总目前论》。

②公是非:公认的是非结论。

③"而复"句:而又指出我的史论的错误来重新论定是非。

④信乎其可:自信自己的观点可以成立。

⑤前三代:指夏、商、周三代。

⑥"而可"句:怎么能以是否遵循孔子的是非观来决定对本行学者的赏罚呢?

⑦爰:于是。

【品读】

这篇小品文,以"是非无定"的怀疑论或诡辩论的形式,表达了长期受封建专制思想所蒙昧的人们的理性觉醒,体现了作者向中世纪独断宣战的理论勇气,其中包含了关于认识发展的深刻的辩证法思想,并且孕育着多元开放的现代文化心态。

真理和谬误的区别在一定条件下具有绝对性和确定性,当然不能说"是非无定质"。然而,是非又是相对的,任何真理都具有相对性,真理中可能包含谬误,谬误中亦可能包含着真理。从这一意义上来看,李贽所说"此是彼非并育而不相害"、"是此非彼并行而不相悖"的观点,如果不是包裹在怀疑论的形式之中,那么,它正是一种提倡百家争鸣的多元心态的表现。

李贽反对以孔子之是非为是非的封建独断,要"颠倒千万世之是非",以天下之"公是非"去代替传统的"一人之是非",由此可见,他的是非观又是非常确定的,所谓"是非无定论",不过是他反对独断的战斗武器。然而,他又不把自己的观点绝对化,承认他人"复非是予之所非是亦可",即认为他人也有批评自己的权利,

143

这又是一种具有现代性宽容精神的表现。

李贽认为,人们对于是与非的认识总是发展的,假如孔子生在今日,其是非观念也会改变,这是很深刻的辩证法思想。然而,他说是非观念如"昼夜更迭不相一",又过于夸大了是非的相对性,使辩证法成了通向怀疑论或诡辩论的桥梁。只是这种怀疑论或诡辩论恰恰是理性觉醒的初步表现,起到了反对数千年封建独断的进步作用。

(苏民)

富莫富于长知足　李贽（明）

富莫富于常知足,贵莫贵于能脱俗;贫莫贫于无见识,贱莫贱于无骨力。身无一贤曰穷,朋来四方曰达;百岁荣华曰夭,万世永赖曰寿。

解者曰:常知足则常足,故富;能脱俗则不俗,故贵。无见识则是非莫晓,贤否不分,黑漆漆之人耳,欲往何适,大类贫儿,非贫而何? 无骨力则待人而行,倚势乃立,东西恃赖耳,依门傍户,真同仆妾,非贱而何? 身无一贤①,缓急何以,穷之极也。朋来四方,声应气求,达之至也。吾夫子之谓矣。旧以不知耻为贱亦好,以得志一时为夭尤好。然以流芳百世为寿,只可称前后烈烈②诸名士耳,必如吾夫子,始可称万世永赖,无疆上寿也。

【注释】

　①贤:指有才能、德行的人。

　②烈烈:显赫威武貌。

【品读】

　世俗社会对于人的贫富、贵贱、穷达、寿夭的评判,是以金钱、地位、机遇、年龄等衡量的。李贽作为一个精神界之斗士,自然有着与之截然不同的价值观念。在这篇小文中，他以人的精神、人格的高下作为衡量贫富、贵贱、穷达、寿夭的价值标准，表达了超凡脱俗的独立见解。

"富莫富于长知足"，一个精神生活丰富的人，在物质上大抵容易知足常乐。因为他拥有着一个自足的精神世界，活得充实，不愿将有限的生命花费在对物质财富无止境的追逐上。反之，最大的贫穷莫过于精神上的贫穷，"贫莫贫于无见识"，没有自己独立的思想见解，善恶不分，是非不明，"黑漆漆之人耳，欲往何适"？人生之路在他眼前是一团漆黑，这样的人，纵使拥有再多金钱，也不能弥补精神上的贫困。

"贵莫贵于能脱俗"。凡能脱俗者，必然有着自己独立自主的人格，深刻独到的思想和不依不傍的骨力。这样的人，在荒谬的社会现实中，敢于反潮流，坚持真理，在污浊的社会风气下，能洁身自好，而不同流合污，反之，一个没有自己独立的思想见解人格骨气的人是最贱的。他们顺波逐流，人云亦云，依门傍户，奴颜婢膝，一旦主子失势，便转而卖身投靠他人。李贽以无骨力为贱，又以不知耻为贱，意思是相通的，都是表现出对这类人的极度蔑视。

"身无一贤曰穷，朋来四方曰达"，突出强调了友谊在人生道路上至关重要的作用。一个人倘若一生没有一个或几个真正知心而又有才有德的朋友，人生之路就会越走越窄。反之，"朋来四方，声应气求"，人生之路便会越走越通畅。李贽十分看重友谊，多次撰文论及于此，在这里又将它定为穷达的标准，可见友谊在他的心目中有着何等重要的意义。

"百岁荣华曰夭，万世永赖曰寿"。人生百年，终有一死，纵使生前享尽荣华，占尽权势，死后身名俱灭，仍不免被称作"夭"，唯有为民造福，流芳百世，才能称之为寿。李贽是十分自信的，他确信自己的思想能给后人以启迪，故而相信自己可以"万世永赖，无疆上寿"，因为思想是永远不朽的。

（致新）

145

二十分识　　李贽（明）

　　有二十分见识，便能成就得十分才，盖有此见识，则虽只有五六分才料，便成十分矣。有二十分见识，便能使发得十分胆，盖识见既大，虽只有四五分胆，亦成十分去矣。是才与胆皆因识见而后充者也。空有其才而无其胆，则有所怯而不敢；空有其胆而无其才，则不过冥行妄作之人耳。盖才胆实由识而济，故天下唯识为难，有其识，则虽四五分才与胆，皆可建立而成事也。然天下又有因才而生胆者，有因胆而发才者，又未可以一概也。然则识也、才也、胆也，非但学道为然，举凡出世处世，治国治家，以至于平治天下，总不能舍此矣，故曰"智者不惑，仁者不忧，勇者不惧"。智即识，仁即才，勇即胆。蜀之谯周①以识胜者也。姜伯约②以胆胜而无识，故事不成而身死；费祎③以才胜而识次之，故事亦未成而身死。此可以观英杰作用之大略矣。三者俱全，学道则有三教大圣人④在，经世则有吕尚、管夷吾、张子房在⑤。空山岑寂，长夜无声，偶论及此，亦一快也。怀林⑥在旁，起而问曰："和尚于此三者何缺？"余谓我有五分胆，三分才，二十分识，故处世仅仅得免于祸。若在参禅学道之辈，我有二十分胆，十分才，五分识，不敢比于释迦老子明矣。若出词为经，落笔惊人，我有二十分识，二十分才，二十分胆。呜呼！足矣，我安得不快乎！虽无可语者，而林能以是为问⑦，亦是空谷足音也，安得而不快也！

【注释】

　　①谯周：三国时蜀国人，做过光禄大夫，是一个有见识的人。

　　②姜伯约：三国时蜀国名将姜维。

　　③费祎：三国时蜀国大将。

④三教大圣人：指儒教的孔子，道教的老子，佛教的释迦牟尼。

⑤"经世"句：治理天下则有姜子牙，管仲，张良这样的人。

⑥怀林：人名，作者的朋友。

⑦"而林能"句：而怀林能以这个问题问我。

【品读】

怎样去识别真正的人才？人怎样才能充分发挥自己的内在潜能？

在这里，李贽提出了识、才、胆三个重要的因素，并论述了三者之间的关系。所谓"识"，即是人的思想见解；所谓"才"，即是人的知识技能；而"胆"，则是指人的意志、勇气。李贽认为，人的这三个方面是互相补充的，其中"识"又起着统领作用。"故天下唯识为难"，"是才与胆皆因识见而后充者也。""有其识，则虽四五分才与胆，皆可建立而成事也。"在这里他已看到了认识对实践、思想对行动的指导作用。

古时候人们常常将人的成功归结为天意、命运，而李贽则从那些成功者或失败者身上看到了人的内在素质所起的作用，并用一种特殊的表述方式表述了类似今天的"人才学"观点。他指出，能在某一领域成大事者，往往是识、才、胆三者俱全的人，历史上那些有胆无识、有才无识的人，终究都失败了。在他看来，"三者俱全者"，在经世致用方面，有姜子牙、管仲、张良；在学道参禅方面，有孔子、老子、释迦牟尼，而在思想文化的批判与重建方面，就要数得上他自己了。"若出词为经，落笔惊人，我有二十分识，二十分才，二十分胆。"这些看似狂妄的话语，表达了李贽在当时思想文化领域离经叛道、独树一帜的气概和他对自己识、才、胆的充分自信。

（致新）

147

赞刘谐①　　李贽（明）

　　有一道学,高屐大履,长袖阔带,"纲常"之冠,"人伦"之衣,拾纸墨之一二,窃唇吻之三四,自谓真仲尼之徒焉。时遇刘谐。刘谐者,聪明士,见而哂②曰:"是未知我仲尼兄也。"其人勃然作色而起曰:"'天不生仲尼,万古如长夜③。'子何人者,敢呼仲尼而兄之?"刘谐曰:"怪得羲皇以上圣人尽日燃纸烛而行也④!"其人默然自止。然安知其言之至⑤哉!李生闻而善⑥,曰:"斯言也,简而当,约而有余⑦,可以破疑网而昭中天矣。其言如此,其人可知也。盖虽出于一时调笑之语,然其至者百世不能易。"

【注释】

　　①刘谐:字宏源,湖北麻城人,李贽的友人。

　　②哂:嘲笑。

　　③"天不生"句:这是南宋理学家朱熹的话,见《朱子语类》卷九十三。

　　④"怪得"句:怪不得伏羲氏以前的人们整天都点着纸烛走路啊!

　　⑤至:深刻。

　　⑥善:赞赏。

　　⑦约而有余:精辟而耐人寻味。

【品读】

　　起首数句,写道学家形象,活灵活现,呼之欲出。明清以来,刻画道学家形象者,只有袁枚《续子不语》卷五《麒麟喊冤》一文堪与媲美。信笔录下数句,与读者诸君共赏:"俄见苍圣带领宋儒上殿,有褒衣博冠,手执《太极图》者;有闭目指心,自称常惺惺者;有拈花弄月,自号活泼泼地者。"李贽与袁枚都对道学家进行了尖刻的嘲讽和挖苦,但文章造诣,各有千秋。

《赞刘谐》一文的核心,是批驳朱熹之所谓"天不生仲尼,万古如长夜"的说法。刘谐以其过人的机智和敏锐,仅用"怪得羲皇以上圣人尽日燃纸烛而行"一句话,就说得道学家哑口无言。日月照耀万古,岂有羲皇以上人尽日燃烛而行之理,又哪里说得上什么"天不生仲尼,万古如长夜"呢?

作者没有停留在对刘谐与道学家对话的记叙,而是通过对刘谐的赞语,引而不发地引导人们去体味刘谐的那句"一时调笑之语"中所包含的"百世不能易"的深刻道理:"道"是老百姓人伦日用之中所体现出的自然之理,而不是"天生"的圣人所讲的那一套先验的"天理";不管是有没有孔夫子这样的人,人们总是在按照其生活的自然之理而劳作和生息,人类社会总是在按照其内在的固有规律("道")而发展,又何必要崇拜圣人的偶像,又有什么必要用死人来支配活人、用先验的"天理"来束缚人类的活动呢?

(苏民)

题孔子像于芝佛院 李贽(明)

人皆以孔子为大圣,吾亦以为"大圣";皆以老、佛为异端,吾亦以为"异端"。人人非真知大圣与异端也,以所闻于父、师之教者熟也;父、师非真知大圣与异端也,以所闻于儒先之教者熟也;儒先亦非真知大圣与异端也,以孔子有是言也。其曰"圣则吾不能",是居谦也;其曰"攻乎异端",是必为老与佛也。

儒先臆度而言之,父、师沿袭而诵之,小子朦聋而听之。万口一词,不可破也;千年一律,不自知也。不曰"徒诵其言",而曰"已知其人";不曰"强不知以为知",而曰"知之为知之"。至今日,虽有目,无所用矣!

余何人也,敢谓有目?亦从众耳。既从众而圣之,亦从众而事之,是故吾从众事孔子于芝佛之院。

【品读】

这是一篇旨在破除对于孔子的偶像崇拜的讽刺小品。

所谓"圣学"与"异端"之辨,源于孔子。千百年来,儒先述之,父师传之,人人言之,皆以孔子之说为颠扑不破的绝对真理。但正如李贽所指出,大家并非真知所谓"大圣与异端",不过都是随声附和、人云亦云而已。

孔子讲"攻乎异端"时,佛教还没有传入中国呢。可是"儒先臆度而言之",以为"异端"就是指佛老。于是,"父、师沿袭而诵之,小子朦聋而听之",以至万口一词,牢不可破。明明是"徒诵其言",却说成是"已知其人";明明是不懂装懂,却自命为真理在我。睁眼瞎说,如同盲聋,造成此种局面,真是可悲可叹!

芝佛院是李贽居住的佛寺。李贽中年以后,皈依了佛教,却在佛寺中挂孔子像,且题词于其上,自云"从众"——随大流,而实寓讽刺揭露世人盲从迷信孔子、儒先和父师之意。

(苏民)

疑与破① 李贽(明)

所言梦中作主不得②,此疑甚好。学者但恨不能疑耳,疑即无有不破③者。可喜!可喜!

昼既与夜异,梦既与觉异,生既与无生异,灭既与无灭异,则学道何为乎,如何不着忙也?愿公但时时如此着忙,疑来疑去,毕竟有日破矣。

【注释】

①本文原题《答僧心如》,今题为编者所拟。

②梦中作主不得:潜意识在梦中的显现不受约束。

③破:根据李贽的思想,人须存其童心,而破除后天的"闻见道理"的束缚。

【品读】

梦是人的潜意识的显现。一个人内心深处所向往、迷恋、追求着的一切，内在的发自人性的呼唤，尽管可以因宗教戒律、道学礼法、世俗偏见等等的约束而被迫加以抑制，但在梦中却不由自主地显现出来。心如这位奉行佛教禁欲主义的和尚，也自感"梦中作主不得"——梦中不能按佛教戒律行事了，——因而对宗教产生怀疑，这是十分自然的。

李贽本不信佛，只是由于当时的道学家们视他为异端，所以才落发为僧，但他却不是真信佛教，也不按佛教戒律行事。因此，对于僧心如的怀疑，李贽极为赞赏并加以热情的鼓励，且由此而提出了一个具有普遍意义的命题："学者但恨不能疑耳，疑即无有不破者。"这一命题，集中体现了晚明思想界努力冲决封建伦理异化、宗教异化囚缚的启蒙性质。

任何新思想、新学说的产生，无不是从对旧思想、旧学说的怀疑开始的。只有通过怀疑，才能破旧说之谬妄，使人类的心灵和智慧从旧传统的束缚下解放出来；也只有勇于怀疑，才能充分发挥人的思维的创造性，形成适乎时代进步要求的新思想、新学说。李贽肯定怀疑，鼓吹怀疑，是16世纪中国进步学者理性精神觉醒的表现。

（苏民）

书方伯雨册叶① 李贽（明）

《楞严》②，唐言"究竟坚固"也。"究竟坚固"者是何物？此身非"究竟"不坏也，败则归土矣；此心非"究竟"不坏也，散则如风也；声名非"究竟"不坏也，天地数终，乾坤易位，古圣昔贤，载籍无存矣，名于何有、声于何寄乎？切须记取此一着子。何物是"坚固"？何年当"究竟"？"究竟坚固"不坏

151

是真实话是虚谬语？是诳人语是不诳人语？若诳人，是佛自诳也，安能诳人？千万参取③！

【注释】

①方伯雨：作者的友人。册叶：古代的小品书画册。

②《楞严》：佛教的主要经典之一。

③参取：领悟。

【品读】

科学的理智告诉我们：世界上没有什么"究竟坚固"的东西，凡是存在的东西都是一定要灭亡的，——这是可信的，但并不可爱。

生命的意志、宗教的信仰却告诉我们："究竟坚固"的事物是存在的，不朽是可能的，——这是可爱的，但并不可信。

因此，对于无限生命的追求导致了人们对于宗教的信仰，而信仰宗教就必须放弃理智。西方中世纪的神学家说："正因为荒谬，所以我才相信。"这种相信并非因为其合乎理智，而是因为其可爱。这正是一切宗教感和追求无限生命的形而上学的奥秘所在。

李贽以"异端"自居，故其晚年剃度当了和尚。但他并不真的信仰宗教，在这篇小品中，他以科学的理性精神去审视佛教经典《楞严经》，指出世界上并不存在所谓"究竟坚固"的事物，身死则化为土，心散则化为风，既没有所谓不灭的灵魂，也没有万古不灭的声名。因此，所谓"究竟坚固"说，说穿了不过是一种自欺欺人的说法，是人们面对一切有生命的事物的共同结局——死亡——而产生的一种自我安慰的说法而已。

以科学的理智精神来排斥非理性的宗教信仰，揭穿宗教教义的虚妄和欺骗，是启蒙学者的共同特征。但宗教信仰之所以在现代社会中仍能对人们有吸引力的事实，绝不是简单地斥之为"诳人语"所能解释的。人的追求不朽的渴望，或许正是古往今来的宗教之所以能够存在的一个重要原因吧。

（苏民）

顾泾凡小辨轩记　汤显祖(明)

凡天下从大而视小不精,从小而视大不尽。此夫以识为大小者也。居明不可以见暗,在暗可以见明。此夫以境为辨塞者也。惟道,显诸仁,藏诸用。其藏也复①,其显也辨②。物无非用,用无非仁。逝而反,广而微。非心之所为也,道也有然。而举九得之卦,复若小焉耳。

言复者,莫辨于大学之道,"知止而后有定"。以能虑止者,复也。不复不止。止而虑,则其辨也。天下而反之身心意,递相复也,递相小也。而意复于知,复于知则弥小耳,乃又在乎格物。物,天下之物也。格,则其辨③也。心不在焉,乃至视不见,听不闻,食而不知其味。不在者,不复也。不复,虽食味声色不可知,而又奚辨焉。

学道者,因"至日闭关"之文,为主静之说。夫自然之道静,知止则静耳。安所得静而主之。象曰:"商贾不行,后不省方④。"此非主静之言也。环天下之辨于物者,莫若商贾之行,与夫后之省方。何也,合其意识境界,与天下之物遇而后辨。夫遇而后辨,固有所不及辨者。若夫不行而行,不省而省,所谓自然之辨也与。

然则圣人何小乎复而大乎乾⑤?复之小,乾之小也。乾之大,复之大也。乾大而明终始,复小而辨于物。其知一也。圣人于颜氏子问仁,告之曰:"克己复礼为仁。"此亦显仁藏用之说。至视听言动皆复,而天下之能事毕矣。故曰"不远复","有不善未尝不知"。

吾友泾凡君,怀颜氏之资,几学《易》之年。有意乎是,以名居。称名以小而取数大。予故广其义以贻之。具以谂^⑥于诸君子知复之所在者。

【注释】

①复:《周易》卦名,原意是行旅往来,引申为人的具体的认识和思维活动。

②辨:明晰。

③辨:此处当"区别"、"明辨"解。

④后:国王。省方:视察四方。

⑤乾:《周易》卦名,《说卦》:"乾,西北之卦也。"乾最初指北斗星,古人认为天随斗转,故又以乾为天。

⑥谂(shěn):劝告。

【品读】

这篇小品文从因小可以见大、在暗可以见明的视角来阐扬李贽思想。

李贽是一位热烈主张自由恋爱和个性解放的思想家。他在《焚书·杂说》中指出:《西厢记》乃是作者"诉心中之不平"之作,作者"当其时必有大不得意于君臣朋友之间者,故借夫妇离合因缘以发其端",进而说明由男女相慕悦的"小小风流一事",可以见物情人性的"自然之理"之"大";反之,由历史上被大肆渲染的唐虞揖让、汤武放伐之"大"则可以见其渺小。结论是:"小中见大,大中见小,⋯⋯此自至理,非干戏论。"

汤显祖发展和完善了李贽的这一观点。他说:"从大而视小不精,从小而视大不尽。"这就是说,从政治伦理的大处着眼并不能洞明人情物理之隐微,反之,如果以细节(如"小小风流一事")去包举和涵盖一切,也容易蔽于一曲而不能穷尽人情物理之全体。他又说:"居明不可以见暗,在暗可以见明。"这就是说,道学家们自居"高明",持"主静"之说,把现实人的追求看作是晦暗的"人欲",是乃"居明不可以见暗";反之,只有通过现实的人的活动,在被道学家们看作是"蔽于物欲"的暗处,才能"合其意识境界与天下之物遇",达到思维和对象的一致,认识宇宙人生的至理。

在这里,汤显祖特别指出:"环天下之辨于物者,莫如商贾之行。"这种对于商业活动的重视,更是中国近代商品经济萌芽在作者观念上的突出反映。

但是,圣人为什么把对具体事物的认识("复")看得小而把天道("乾")看得很大呢?汤显祖回答说:对具体事物的认识与对天道的认识应该是一致的,对于天道的认识应该建立在"辨于物"的具体认识的基础上,"至视听言动皆复,而天下之能事毕矣",只有不断认识具体事物,才能因小以见大,达于天道自然之理的认识。

汤显祖的这篇小品文,言简而意赅,不仅深刻批判了宋明道学的蒙昧主义,而且也在一定程度上弥补了李贽学说的不足,阐述了具有一定科学性的哲学认识论思想。

(苏民)

寄散木 袁宏道(明)

散木①近作何状?人生何可一艺无成也。作诗不成,即当专精下棋,如世所称小方②、小李③是也。又不成,即当一意蹴踘④挦弹⑤,如世所称查十八⑥、郭道士⑦等是也。凡艺到极精处,皆可成名,强如世间浮泛诗文百倍。幸勿一不成两不就,把精神乱抛撒也。知尊多艺,故此相砥,勉之哉!

【注释】
①散木:龚仲安,字惟静,号散木,袁宏道之舅。他多才多艺。
②③小方、小李:均为明代弈坛名家。
④蹴踘:踢球。
⑤挦弹:弹奏乐器。
⑥查十八:明代琵琶名手。
⑦郭道士:明代善踢球者。

【品读】
在中国封建社会,"万般皆下品,唯有读书高"的价值观念是根深蒂固的，因为中国封建社会是大一统的中央集权的社会，等级森严，思想禁锢，只有读书——接受为统治阶级服务的文化思想，通过科举制度"跳龙门"，才能由"士"入"仕"，跻身于统治阶级的行列。故而人们说，"书中自有黄金屋，书中自有千钟粟，书中自有颜如玉"，读书被看作高于其他各行各业的事，读书人被看作高于其他各行各业的人，即使那些在科举竞争中的失败者，也往往不愿去从事其他行业，而以读书为清高。明代随着商品经济的发展，市民阶层的活跃，封建正统价值观念受到了冲击，过去被封建正统观念所瞧不起的艺人、匠人的价值突出起来，因为他们能够适应市民社会的实际需要，自然身价陡涨，超过了那些过去自命清高的读书人。相反，饱读圣贤书的文人们，面对商品经济大潮，不能不感到惶惑、失落，旧的价值观念崩坍了，新的价值观念还没有建立，文人们只能发出"百无一用是书生"的哀叹。

袁中郎是个不折不扣的读书人，然而他却敏锐地感受到了社会价值观念的变化，他把传统观念中人们认为是"下品"的职业，如踢球、下棋、弹琴等，奉为上品，认为"强如世间浮泛诗文百倍"，而我们从小方、小李、查十八、郭道士在当时的名声之大，也可看出这些技艺受到市民阶层何等的青睐。

商品经济的发展也使社会分工越来越细，对技艺的要求越来越高。袁中郎提出，应该使技能精益求精，才能使自己"成名"——得到社会的承认、赏识。这一见解，表达了商品经济发展的社会对于实用型、专家型人才的呼唤。

（致新）

心中有妓　冯梦龙（明）

两程夫子赴一士夫宴①，有妓侑觞②。伊川拂衣起，明道尽欢而罢。次日，伊川过明道斋中，愠犹未解。明道曰："昨日座中有妓，吾心中却无妓；今日斋中无妓，汝心中却有妓。"伊川自谓不及。

【注释】

①两程夫子：指北宋道学家程颢、程颐。学者称程颢为明道先生，称程颐为伊川先生。士夫宴：士大夫的宴会。

②侑(yòu)觞(shāng)：劝酒。

【品读】

这篇小品说的是宋代的事，但为明代的文人所津津乐道，有其特殊的意义。

妓女的存在固然是一种病态的社会现象，但中国自唐宋以来，士大夫和文人的狎妓侑酒却被看作是"名士风流"的表现，而明代中叶以后这种风气就更为盛行。造成这种风气的原因之一，正如恩格斯评论古希腊的娼妓制度时所说："希腊的那些独特的杰出的妇女正是在这种卖淫的基础上发展起来的，她们的才智和艺术鉴赏力都高于古代妇女的一般水平。"在中国也有此种情形。于是，那些才华出众的高级妓女自然也就成为不愿受封建婚姻束缚的文人们的追逐对象。这至少是"秦淮八艳"与文人的恋爱故事能在舞台上和影视中常演不衰的原因之一。人们在作审美鉴赏的时候，不再计较李香君、柳如是等人的妓女身份。

程颢和程颐都是北宋哲学家。程颐鼓吹"存天理灭人欲"、"饿死事极小，失节事极大"，所以见宴会上有妓女劝酒就拂袖而去。程颢却不管这一套，依然参加宴会。从表面上看，程颐严于自律，程颢不避嫌疑；但从内里看，程颐到第二天仍然怒气未消，可见"心中有妓"；程颢却坦坦荡荡，可见"心中无妓"。冯梦龙写这篇小品的本意是为程颢辩护，而揭露程颐之虚伪，为当时的"名士风流"张目。

时代不同了，社会发展已到了消灭卖淫现象的时候，自由恋爱使得人们不再需要去寻觅风尘知己。对这篇小品，读后付之一笑可也。

（苏民）

"窝囊"解① 傅山（清）

俗骂龌龊不出气②人曰窝囊。窝，言其不离窝，无四方远大之志；囊，言其知有囊橐、包包裹裹，无光明取舍之度也③。亦可作膁：膁是多肉而无骨也。大概人无光明远大之志，则言语行事无所不窝囊也。而好衣好饭不过图饱暖之人，与猪狗无异。

【注释】

①标题为选者所拟。选自《霜红龛集·杂记》。

②龌龊：局促猥琐的样子。韩愈文："猥琐龌龊者，既不足与语。"不出气：没出息。

③"囊，言其……"三句：囊，是说这种人只惦记着他的囊袋、包裹，没有光明磊落的气度。囊橐，盛物之具。

【品读】

人活在世上图什么？有人说，只是为了图吃好穿好，图个饱暖罢了。诚然，温饱是人的基本生存要求。然而，人如果只求温饱又何以与猪、狗等动物相区别？傅山的这篇小品，通过对"窝囊"一词的解析，对于只求温饱的人生观作了批判。

"窝"，人与鸟兽都得有个"窝"，"窝"可以御寒冷，可以避风雨，可以在那里繁殖后代，动物的活动，几乎都离不开与"窝"最近的范围。然而，人毕竟与动物不同，人有四方远大之志，岂可一味恋窝？

"囊"，只知有包包裹裹、坛坛罐罐，与鸟兽储存食物无异。囊，亦可作"膁"，即多肉而无骨，正是作宴席的材料。人而只求饱暖，也就只能像动物一样被宰割。然而，人之所以为人，就在于他有自己岿然独立于世的风骨、有"光明取舍是度"的独立见解和行为准则，绝不做"多肉而无骨"的奴才和可怜虫。

作者强调人的立志的重要性，认为人如果没有光明远大之志,则言语行事无所不窝囊。所谓窝囊,说到底是只图饱暖的最低生存要求,而把人的价值降低到一般动物的水平,所以作者说"好衣好饭不过图温饱之人与猪狗无异"。

这篇小品,揭示了人性高于动物性的独特之处,强调了人性的崇高和尊严,有力地批判了那种把自己不当人、只求饱暖的人生观,对于人们珍惜自己的人生价值具有积极意义。

（苏民）

不许人瞒过① 傅山（清）

一双空灵眼睛②,不唯不许今人瞒过,并不许古人瞒过。看古人行事,有全是底,有全非底;有先是后非底,有先非后是底;有似是而非、似非而是底。至十百是中之一非,十百非中之一是,了然于前。我取其是而去其非。其中更有执拗之君子,恶其人,即其人之是亦硬指为非;喜顺承之君子,爱其人,即其人之非亦私泥为是。千变万状,不胜辨别。但使我之心不受私弊③,光明洞达。随时随事,触著便了④。原不待讨论而得。无奈平素讲究,不明主宰,不定一切⑤,妄听妄说,无师无友,混帐糊涂,强牙赖嘴。想要只等算个人物在世上,熊头虎脑,但令识者含磣齂齤而已⑥。

【注释】

①本文选自傅山《家训》,题目系选者所拟。

②空灵眼睛:慧眼。

③私弊:私心的蒙蔽。

④触著便了:一接触便了解。

⑤不定一切:一切都谈得模棱两可。

⑥含磣:山西方言,令人作呕的意思。齂齤:臭。

159

【品读】

"不唯不许今人瞒过,并不许古人瞒过",是傅山提出的一个具有近代思想启蒙意义的命题,具有破除中古迷信的思想解放意义。

独立思考,是人性、人的本质的特征之一。强迫别人接受某一种思想观念,是不把他人当人的表现;不分是非,人云亦云,又是不把自己当人的一种表现。历史上的封建统治阶级,总是给他们的政治伦理思想套上一层神圣的灵光圈,强迫人民信奉,用以禁锢人民的思想,并且借助暴力来剥夺人民独立思考的权利。其结果是使民族智慧和创造力被窒息,使社会发展陷于停滞和僵化。近代的思想启蒙,就是要破除封建的蒙昧主义。所谓"人的重新发现",不仅是感性的人的重新发现,而且是理性的人的重新发现。肯定每个人都具有独立思考的权利,将一切现存的观念、规范、制度等等都放到理性的法庭加以审视,重新估计一切价值,正是近代启蒙思想的最显著的特征。

人的认识常常受到"私弊"的影响:"恶其人,即其人之是亦硬指为非","爱其人,即其人之非亦私泥为是。"尊重公理,破除私弊,是启蒙者认识的准则。傅山强调心中要有主宰,即有确定的判别是非的标准,"不受私弊,光明洞达",是正确的;但是,他认为对于是非的判断。"原不待讨论而得","随时随事,触著便了",又未免将认识过程过于简单化了。这也许是因为傅山所说的是非判断还主要是一种道德判断吧。然而,即使在道德判断上要做到不被人瞒过,也不能只凭感性的直觉,还须经过理性的"讨论"。

(苏民)

局守一城,衰钝随之　顾炎武(清)

顷过里第①,见家道小康,诸郎成立②,甚慰。然自此少游③之计多,而伏波④之志减矣。况局守一城,无豪杰之士可与共论,如此,则志不能帅气⑤,而衰钝⑥随之。敢以一得之愚献诸执事⑦。某虽学问浅陋,而胸中磊磊,绝无阘然媚世之习,贵郡之人见之,得无适适然惊也⑧?

【注释】

①里第:家园。

②成立:长大成人。

③少游:马少游,东汉人。

④伏波:东汉伏波将军马援,定陇右,平交趾(今越南)。

⑤志不能帅气:无所作为,虽有志而不能行。

⑥衰钝:指精神消沉而心智迟钝。

⑦执事:对有关主管人员的称呼。

⑧"得无"句:大概不会感到吃惊吧?适适然,惊诧的样子。

【品读】

人类的生活和实践,作为自我发展、自我完善的能动地改造世界的活动,在本质上是开放的:一方面,人将自身的本质力量向着自然界和社会开放,与自然和社会作能量和信息的变换,如此才能维持人类的生存;另一方面,也是更重要的方面,人类的生活和实践活动向着世界的开放应该是无限的,人只有不断向外拓展其活动和思想的空间,让实践和认识插上自由的翅膀,才能发展和完善自身,并以此推动社会的进步。

然而,在传统社会中,由于自然经济的自给自足性等等因素,极大地限制了人们活动的范围,也严重地限制了人们的眼界。"家道小康",最易使人不思进取,乡村农民是如此,城里人也是如此。小康人家的社会交往常常不出最邻近的地域范围。这样人家的子弟,纵然天资聪颖,但由于缺乏广泛的社会交往,也会因见识卑狭而导致意气消沉和心智迟钝。大而言之,中国传统社会之所以发展缓慢,很多人麻木、迟钝、愚昧无知,或者只会打小算盘,或者变得顽劣无耻,亦不能不说与人们安于自给自足的生活、社会交往不发达、思想日渐僵化、趣味日益低级庸俗,有极大的关系。

明清之际,随着中国资本主义萌芽,扩大了社会交往的范围和规模,人们的观念也开始发生变化。顾炎武的这篇小品,反映了他对社会交往与人的自我发展之关系的认识,对于昏昏然处于封闭状态中的人们来说,乃是一针强有力的清醒剂。

（苏民）

初刻《日知录》自序　　顾炎武（清）

炎武所著《日知录》,因友人多欲钞写,患不能给,遂于上章阉茂之岁①刻此八卷。历今六七年,老而益进,始悔向日学之不博,见之不卓,其中疏漏往往而有。而其书已行于世,不可掩,渐次增改,得二十余卷,欲更刻之,而犹未敢自以为定,故先以旧本质之同志。盖天下之理无穷,而君子之志于道也,不成章不达②。故昔日之得,不足以为矜;后日之成,不容以自限。若其所欲明学术、正人心、拨乱世以兴太平之事,则有不尽于是刻者,须绝笔之后,藏之名山,以待抚世宰物者之求,其无以是刻之陋而弃之,则幸甚!

【注释】

①上章阉茂之岁:岁在庚叫"上章",岁在戌叫"阉茂",康熙九年(1670)是农历庚戌年,故曰"上章阉茂之岁"。

②"不成"句:没有穷尽事物的道理就不算达到了目的。章,指事物的道理或章法。

【品读】

《日知录》是明末清初的大思想家顾炎武以毕生精力写作的一部重要著作,分经义、吏治、财赋、史地、兵事、艺文六大类。作者曾以铸钱为喻,说著书如铸钱,当从"采山之铜"入手,广集资料。所以《日知录》大抵是作者读书札记的汇集，以"明道""救世"的宗旨统帅之，使之成为一部体现作者全部学术和政治思想的著作。

顾炎武深知活到老、学到老的道理，学而不厌，所以能老而益进，"始悔向日学之不博，见之不卓，其中疏漏往往而有"，因而对早年所刻《日知录》八卷又作了大量的增补和一些修改。但他并不急于将增补修订本刊刻问世，而是先以旧本向"同志"征求意见，以便对增补修订本再作修改。这表现了顾炎武谦虚、严谨的治学精神。

顾炎武的这种治学精神是有其哲学基础的："盖天下之理无穷，而……昔日之得，不足以为矜；后日之成，不容以自限；……（天下之理）有不尽于是刻者。"这种观点，是合乎认识发展的辩证法的。19世纪初的德国学者席勒说："如有人一手执绝对真理，一手执永远追求，欲我择其一，我当取永远追求。"顾炎武的治学精神，也正是一种向着真理永远追求的精神。这种精神出现在中国的17世纪，表现了中国学者作为认知主体的精神觉醒，具有反对以绝对真理自居的中世纪独断的进步意义。

（苏民）

醉乡记　戴名世（清）

昔余尝至一乡陬①，颓然靡然，昏昏冥冥，天地为之易位，日月为之失明，目为之眩，心为之荒惑，体为之败乱。问之人："是何乡也？"曰："酣适之方，甘旨之尝，以徜以徉，是为醉乡②。"

呜呼！是为醉乡也欤？古之人不余欺也。吾尝闻夫刘伶、阮籍之徒矣。当是时，神州陆沉，中原鼎沸，而天下之人放纵恣肆，淋漓颠倒，相率入醉乡不已。而以吾所见，其间未尝有可乐者。或以为可以解忧云尔。夫忧之可以解者，非真忧也；夫果有其忧焉，抑亦不必解也，况醉乡实不能解其忧也。然则入醉乡者，皆无有忧也。

呜呼！自刘、阮以来，醉乡遍天下；醉乡有人，天下无人矣。昏昏然，冥冥然，颓堕委靡，入而不知出焉。其不入而迷者，岂无其人者欤？而荒惑败乱者，率指以为笑，则真醉乡之徒也已。

【注释】

①乡陬：偏僻的乡下。

②醉乡：指醉中境界。

【品读】

这篇小品文的作者戴名世（1653－1713）是清朝康熙年间的一位著名的历史学家和散文家，他以修明史为己任，来寄托故国之思，抒发民族感情。康熙四十一年，他的《南山集》问世，集中不仅谈到了南明的历史，而且公然攻击清朝定鼎北京的顺治皇帝不得为正统。九年后，他被他的汉族同胞向康熙帝告了黑状，以思想罪被满清统治者所杀害。这就是清朝康熙年间一次有名的文字狱——《南山集》狱案。

在这篇小品文中，戴名世对天下之人置神州陆沉于不顾而相率入于醉乡的丑恶现实作了深刻的批判。满清入关时，兵力仅有十万之众，而关内尚有数百万汉族农民军和明王朝的数十万军队，可是，不仅李自成的百万农民军一败就不可收拾，终于全军溃散；南京的福王政权也很快就投降了满清。降官满朝，降将如毛。为什么会如此呢？是因为李自成的农民军打下北京后就开始纸醉金迷、迅速腐败，是因为南明王朝的君臣们醉生梦死、腐化堕落。清王朝的统治建立后，人们慑于满清屠戮的淫威，更是相率入于醉乡不已。作者借晋代五胡乱华的历史来影射明清之交这段历史，批评天下人将民族危亡置之度外而在醉乡中"放纵恣肆、淋漓颠倒"，揭露了腐败力量乃是导致民族灾难的祸根所在。

或曰：酒可以解忧。真是如此吗？古人云："抽刀断水水更流，举杯浇愁愁更愁。"酒是不能浇愁解忧的。戴名世进一步指出：借酒解忧之说不过是醉生梦死者的托词而已，"夫忧可以解者，非真忧也；夫果有其忧焉，抑亦不必解也，况醉乡实不能解其忧也。然则入醉乡者，皆无有忧也"。事实正是如此，那些沉湎于酒色之中的昏君奸臣们，哪一个是忧国忧民者呢？更可悲的是，有极少数不入醉乡者，还会受到这大群的荒惑败乱者的耻笑，甚至必欲除之而后快。"醉乡遍天下"，"醉乡有人，天下无人矣。"这是多么深沉痛切的悲叹啊！

我们中国的酒文化实在发达，这千秋功罪该如何评说呢？酿酒者本无罪，可沉浸在醉乡中的人们难道不该从华夏历史上的多次亡国之祸的惨痛教训中猛省吗？

（苏民）

竹　郑燮（清）

一

江馆清秋，晨起看竹，烟光日影露气，皆浮动于疏枝密叶之间。胸中勃勃遂有画意。其实胸中之竹，并不是眼中之竹也。因而磨墨展纸，落笔倏作变相，手中之竹又不是胸中之竹也。总之，意在笔先者，定则也；趣在法外者，化机也。独画云乎哉！

二

文与可画竹，胸有成竹；郑板桥画竹，胸无成竹。浓淡疏密，短长肥瘦，自尔成局，其神理具足也。藐兹后学^①，何敢妄拟^②前贤。然有成竹无成竹，其实只是一个道理。

【注释】

①藐兹后学：如此幼稚的后辈学生。

②妄拟：妄加考虑。

【品读】

"其实胸中之竹，并不是眼中之竹也"。"手中之竹又不是胸中之竹也"。郑板桥这段关于画竹的名言，已被人们作为对艺术创造过程中从观察生活到艺术构思，再到艺术表现三阶段的生动描述。

至于画竹时要不要"胸有成竹"呢？郑板桥在这里提出了与前辈画家不同的观点。他说："文与可画竹，胸有成竹，郑板桥画竹，胸无成竹。"但与此同时他又说，"然有成竹无成竹，其实只是一个道理"。郑板桥这段话看似费解，实际上在这里他谈到了艺术创造中"胸中有竹"与"胸中无竹"之间的矛盾统一关系。

所谓"胸中有竹"，也就是在创作前首先要有一定的艺术构思；所谓"胸中无竹"，也就是强调随机变化，涉笔成趣，而并非死死抱住原有的艺术构思不放。唯其如此，艺术创造才有灵动之气，才能出神入化。

这个道理同样可以运用于生活中。人在做任何事情时，首先心中要有一个目标，但在做的过程中，又总是根据主客观条件的变化不断修正目标，只有这样，生活才有情趣，人才能保持生气勃勃的活力，事情也往往能够做得更好。

这大约就是郑板桥所说的"独画云乎哉"？

（致新）

醉啸轩记　　袁枚（清）

醉而啸，醉宜；啸而醉，啸宜。环流于二者之间，庶几古达者①也。功园主人作醉啸轩，华不稚雕镂，朴不虞陀侈，窈而幽，衮广悉称。既成，凡夫貌执者，倾衿者，绘者，弈者，韵弦索者，投茕格五者，靡不麇至。能醉则醉，能啸则啸。主人亦听客之所为。

辛卯冬，予过苏州，主人为轩索记，为记饮余。余不能饮，何以醉；不能歌，何以啸；不醉不啸，又何以记轩？然夫醉与啸之义有一二闻于师者。按啸旨十五章，曰氐，曰叱，其法今绝矣。惟醉人如云，法似不绝。然而心醉六经者少，则犹之乎绝也。吾愿游是轩者，能醰典、坟，则醒亦醉；能和心声，则嘿亦啸。若夫懵懵然醉而已矣，嗷嗷然啸而已矣，殆非主人意耶！谓余不信，请质之轩。

【注释】

①达者：通达事理、襟怀豁达的人。

【品读】

清朝乾隆年间，由于商品经济的发展和城市的繁荣，出现了许多商贾借文人以猎名风雅、大量市井破落文人寄食于商贾的情形。这位苏州的功园主人建醉啸轩，投合文人雅尚，招揽形形色色有一艺之长的文人到他的轩中饮酒作乐，能醉则醉，能啸则啸，任凭他们发酒疯而不加干预。

功园主人为了扬名，请袁枚这位大名士为他的醉啸轩作记，并为此而请他到轩中喝酒。袁枚自称既不能饮而醉、又不能歌而啸的人，只能就"醉"、"啸"二义来作发挥。他认为，通达的人或醉而啸、或啸而醉，无所不宜，因为他们都具有较高的文化素养；且文化素养高的人，于轩中道古论今，情怀酣畅，虽醒亦可称为醉；谈论间彼此能和心声，虽"嘿"亦可称为"啸"；这才是"醉"、"啸"的真正意义。至于一帮未必皆有真才实学的文人借此醉啸轩发酒疯，昏昏然醉，嗷嗷然啸，也许不是主人建此轩的意图。功园主人既建此轩，文人们何不借此为文酒之会，提高自己的文化素养，使自己变得更高雅一点呢？

市井间的破落文人往往流于浅薄,其粗俗起来亦往往与贩夫屠儿、引车卖浆者流无异。袁枚看到了这一点,故借为醉啸轩作记而予以针砭。在这位大名士看来,文人们还是雅一点的好。其中似有深意:社会的发展乃是要使人的教养都从低层次上升到高层次,而不是要大家都一起堕入低层次中去的。

(苏民)

辨 异 袁枚(清)

为人不可不辨者:柔之与弱也,刚之与暴也,俭之与啬也,厚之与昏①也,明之与刻②也,自重之与自大也,自谦之与自贱也:似是而非。作诗不可不辨者:淡之与枯③也,新之与纤④也,朴之与拙也,健之与粗也,华之与浮⑤也,清之与薄⑥也,厚重之与笨滞也,纵横之与杂乱也:亦似是而非。差之毫厘,失以千里。

【注释】

①厚:宽厚。昏:昏聩。

②明:精明。刻:刻薄。

③淡:淡雅。枯:枯燥,枯寂。

④新:新奇。纤:琐细,做作。

⑤华:华丽。浮:浮艳。

⑥清:清新。薄:浅薄。

【品读】

昔人有言:"教学者如扶醉人,扶得东来西又倒。"之所以如此,就在于对概念、义理阐释不明,以致一种好的学说,却在实际运用中生出种种弊端。袁枚的这篇小品,就是针对此种现象而发的。

以立身处世而言,"柔"本是有利于人际关系和睦的一种德性,但不善用之者,却使柔变成了软弱可欺;"刚"本是一种强有力的个性,但粗鄙者却把刚强变成了暴虐;"俭"本是一种美德,但财迷们却把节俭变成了吝啬;为人宽厚本是心胸开阔的表现,但不善用之,却使之成了纵容恶人、不分是非的昏聩;精明固然无可非议,但也会被误用为奸诈者的刁钻和心胸狭隘者的刻薄;人当然是要有自尊心和自信心的,但庸妄者却使之变成了"老子天下第一"的自大;谦虚本是美德,可奴性十足的人却将其变成了自轻自贱。

作诗也是如此:淡雅极易变成枯寂,新奇极易变成做作,朴实极易变成迂拙,刚健极易变成粗鲁,华丽又极易变成浮艳……

袁枚在这篇小品中共辨析了十五对不同的概念,其中七对属于人生哲学,八对属于美学理论,褒贬和倾向性极为鲜明,富有教益。更重要的是,他通过对"差之毫厘、失以千里"的概念辨析,生动地阐明了对不同的概念作出明确界定的必要性,表现了他对概念的辩证转化的"度"的独到见识,其灵性是一般的迂腐儒生所不能望其项背的。

(苏民)

交　游

读书乐并引　李贽（明）

曹公①云：“老而能学，唯吾与袁伯业②。”夫以四分五裂，横戈支戟，犹能手不释卷，况清远闲旷哉一老子③耶！虽然，此亦难强。余盖有天幸④焉。天幸生我目，虽古稀犹能视细书；天幸生我手，虽古稀犹能书细字。然此未为幸也。天幸生我性，平生不喜见俗人，故自壮至老，无有亲宾往来之扰，得以一意读书。天幸生我情，平生不爱近家人，故终老龙湖⑤，幸免俯仰逼迫之苦，而又得以一意读书。然此亦未为幸也。天幸生我心眼，开卷便见人，便见其人终始之概。夫读书论世，古多有之，或见皮面，或见体肤，或见血脉，或见筋骨，然至骨极矣。纵自谓能洞五脏，其实尚未刺骨也。此余之自谓得天幸者一也。天幸生我大胆，凡昔人之所忻艳⑥以为贤者，余多以为假，多以为迂腐不才而不切于用；其所鄙者、弃者、唾且骂者，余皆的以为可托国托家而托身也。其是非大戾昔人如此，非大胆而何？此又余之自谓得天之幸者二也。有此二幸，是以老而乐学，故作《读书乐》以自乐焉。

天生龙湖，以待卓吾；天生卓吾，乃在龙湖。龙湖卓吾，其乐何如？四时读书，不知其余。读书伊何？会我者多。一与心会，自笑自歌；歌吟不已，继以呼呵。恸哭呼呵，涕泗滂沱。歌匪无因，书中有人；我观其人，实获我心。哭匪无因，空潭无人；未见其人，实劳我心。弃置莫读，束之高屋，怡性养神,辍歌送哭。何必读书,然后为乐?乍闻此言,若悯不谷⑦。束书不观,吾何以欢?怡性养神,正在此间。世界何窄,方册何宽!干圣万贤,与公何冤!有身无家,有首无发,死者是身,朽者是骨。此独不朽,愿与偕殁⑧,倚啸丛中,声震林鹊。歌哭相从,其乐无穷,寸阴可惜,曷敢从容!

【注释】

①曹公:曹操。

②袁伯业:名袁遗,袁绍的堂兄弟。

③"清远闲旷哉一老子":指李贽自己。

④天幸:天赐的幸运。

⑤龙湖:麻城龙潭湖。李贽晚年在此著书立说。

⑥忻艳:欣羡。

⑦若悯不谷:悯,忧郁;谷,良善。担忧此言不善。

⑧偕殁:一同死亡。

【品读】

读书是灵魂的壮游。当人遨游在浩瀚书海中时,会感到天宽地阔,时空的界限被打破了,上下五千年,纵横八万里,万事万物尽收眼底。读书能增长人的知识,丰富人的精神,提高人的境界,对于真正的读书人来说,读书之乐,是人生的至乐。难怪李卓吾在《读书乐》一诗中写道:"世界何窄,方册何宽","束书不观,吾何以欢","怡性养神,正在此间"。

李卓吾年逾古稀还能做到手不释卷,乐此不疲,他自谓是"天幸",承蒙上天的恩赐。他不但庆幸自己到老年还有能看细字的眼,能写细字的手,有摒弃俗务、远离尘世的高洁宁静的性情,更重要的是,他庆幸自己有读书人最难能可贵的素质——"心眼"与"大胆",所谓"心眼",即识见,洞察力,判断力,故此他能"开卷便见人,便见其人始终之概",抓住问题的要领,领会书中的精髓;所谓"大胆",即独创性,批判精神,他决不迷信权威,盲从前贤,一切都要经过自己的独立思考,敢于作出"大戾昔人"的是非判断。李卓吾对自己读书时的"心眼"与"大胆"显然十分自豪,故而他称之为"天幸",实际上,他道出了自己在长期读书过程中所积累的宝贵经验。

只有像李卓吾那样,让书本为我所用,批判其糟粕,吸收其精华,才能不断丰富自己;否则,纵然读书破万卷,亦只能是两脚书橱而已。

(致新)

朋友篇　李贽(明)

去华①友朋之义最笃,故是《纂》首纂笃友谊。夫天下无朋久矣。何也?举世皆嗜利,无嗜义者。嗜义则视死犹生,而况幼孤之托,身家之寄,其又何辞也?嗜利则虽生犹死,则凡攘臂而夺之食,下石以灭其口,皆其能事矣。今天下之所称友朋者,皆其生而犹死者也。此无他,嗜利者也,非嗜友朋也。今天下曷尝有嗜友朋之义哉!既未尝有嗜义之友朋,则谓之曰无朋可也。以此事君,有何赖焉?

【注释】

①去华:人名。

【品读】

朋友是五伦中的一伦,而且有人认为是最重要的一伦,是一切人伦关系的基础。

人是社会动物,求见知于人是一种社会本能,它与人的食色本能一样强烈,得不到友谊的人生是孤寂的人生,没有友谊的社会只是一片喧闹的沙漠。

自古以来人们赞美友谊,"士为知己者死",钟子期死后,伯牙不复鼓琴,描绘出真正的朋友所能达到的高度。然而,在"天下熙熙皆为利来,天下攘攘皆为利往"的私有制社会,真正的友谊何其难寻！友谊是人与人之间真诚无欺的沟通、理解、融合与互助，它只能建立在"义"的基础上，而与人人为己的"利"水火不相容。李贽的《朋友篇》将朋友分为"嗜义"和"嗜利"两类，非常明确地划分出了真朋友和假朋友的界线，嗜义者对朋友是诚信无欺，具有奉献精神的，故而朋友对他能有"幼孤之托，身家之寄"，而嗜利者之间只能是互相倾轧，落井下石。他们虽然也会暂时因某种共同的利益结成"朋友"，但"以利相交者，利尽而交绝"，(《朋党论》)他们之间不可能有真正的友谊。李贽最后发出"天下无朋友"的慨叹，表达了自己知音难求的孤独感，以及对当时社会现实的愤慨之情。

（致新）

《焚书》自序　李贽（明）

　　自有书四种，一曰《藏书》，上下数千年是非，未易肉眼视也，故欲藏之，言当藏于山中以待后世子云①也。一曰《焚书》，则答知己书简，所言颇切近世学者膏肓②，既中其痼疾③，则必欲杀我矣，故欲焚之，言当焚而弃之，不可留也。《焚书》之后又有别录，名为《老苦》，虽同是《焚书》，而另为卷目，则欲焚者焚此矣。独《说书》四十四篇，真为可喜，发圣言之精蕴，阐日用之平常，可使读者一过目便知"入圣④"之无难，"出世⑤"之非假也。信如传注⑥，则是欲入而闭之门，非以诱人，实以绝人矣，乌乎可？其为说，原于看朋友作时文⑦，故《说书》亦佑时文，然不佑者故多也。

　　今既刻《说书》，故再《焚书》亦刻，再《藏书》中一二论著亦刻，焚者不复焚，藏者不复藏矣。或曰："诚如是，不宜复名《焚书》也，不几于名之不可言，言之不顾行乎？"噫噫！余安能知，子又安能知？夫欲焚者，谓其逆人之耳也；欲刻者，谓其入人之心也。逆耳者必杀,是可惧也。然余年六十四矣,倘一入人之心,则知我者或庶几⑧乎!余幸其庶几也,故刻之。

【注释】

①子云:即汉代学者扬雄,子云是他的字,扬雄以擅长发现古代典籍的奥义而著称。

②膏肓:人体的心膈之间。

③痼疾:积久难治的病。

④入圣:进入圣人的境界。

⑤出世:这里指超越世俗。

⑥传、注:都是对圣人经典所作的解说和注释。

⑦时文:科举考试所要求的文章体裁,指八股文之类。

⑧庶几:表示在上述情况下才能实现的希望,这里指作者希望通过其著作的刊刻而觅得更多的知音。

【品读】

在这篇自序中,李贽首先简要阐明了自己的立言宗旨:《藏书》旨在重新评说上下数千年之是非;《焚书》旨在揭露批判假道学;《说书》旨在引导人们追求一种新的精神境界。

重新评说上下数千年是非,多惊世骇俗之论,必为封建统治者所不容,故欲藏之;揭露和批判假道学,更有招致身被杀、书被焚的横祸,故欲焚之。然而,作者却已把生死置之度外,将《藏书》、《焚书》等刊刻问世。"欲刻者,谓其入人之心也。"只要能够唤起人们的觉醒,即使遭到杀身之祸也在所不顾。

作者言中了。万历二十九年二月,御史张问达劾奏李贽著作"流行海内,惑乱人心",建议"将李贽解发原籍治罪,仍檄行两畿各省,将贽刊行诗书,并搜简其家未刊者,尽行烧毁,毋令贻祸乱于后"。(《神宗实录》卷三六九)不久,圣旨下:"李贽敢倡乱道,惑世诬民,便令厂卫五城严拿治罪。其书籍已刊未刊者,令所在官司尽搜烧毁,不许存留。如有党徒曲庇私藏,该科及各有司访参奏来并治罪。"(同上)同年,李贽被迫害死于狱中。

　　然而,也正如李贽所说,他的著作是能够入人心的。虽然封建统治者一再下令焚毁他的著作,但李贽的著作仍在民间广泛流传。天启五年九月,四川御史王雅量疏:"奉旨李贽诸书怪诞不经,命巡视衙门焚毁,不许坊间发卖,仍通行禁止。而士大夫多喜其书,往往收藏,至今未灭。"清初顾炎武亦说:"虽奉严旨,而其书之行于人间自若也。"(《日知录》卷十八)时至今日,李贽的著作仍然保存得相当完整。这正是人民的选择。

(苏民)

与王闲仲　陈继儒(明)

　　今日午后,屈兄过七夕①。因思牛女之会,当新秋晚凉,故不热;无小星②,故不争不妒;一年一渡,故不老:容③把杯共笑也。

【注释】

　　①七夕:农历七月初七的晚上。神话传说,天上的牛郎织女每年在这天晚上相会。

　　②小星:比喻小妾。

　　③容:让(我们)……

【品读】

　　这篇小品,以夫妇之情比拟友朋,颇饶风趣。

　　"七夕"是神话传说中的牛郎织女相会之夜。新秋晚凉,良辰美景,两情相悦,会心者当知之。"无小星,故不争不妒"之句,则是有见识之语。中国旧时有纳妾陋习,男人于妻之外尚有小妾,妻妾争床笫间事,乌烟瘴气,故作者似有主张一夫一妻制的意思。

　　"一年一渡,故不老"之句,或许有情感不老、人亦不老之意,无须深究也。

(苏民)

175

好书三病　谢肇淛（明）

　　好书之人有三病，其一，浮慕时名，徒为架上观美，牙签锦轴，装潢炫曜①，骊牝②之外，一切不知，谓之无书可也。其一，广收远括，毕尽心力，但图多蓄，不事讨论，徒涴③灰尘，半束高阁，谓之书肆可也。其一，博学多识，矻矻④穷年，而慧根短浅，难以自运，记诵如流，寸觚⑤莫展，视之肉食面墙诚有间矣⑥，其于没世无闻，均⑦也。夫知而能好，好而能运⑧，古人犹难之，况今日乎！

【注释】

　　①炫（xuàn）曜：炫耀。

　　②骊牝（pìn）：即"牝牡骊黄"。取自《列子·说符》中九方皋相马的故事。牝牡即雌雄，骊黄即黑马黄马。后以"牝牡骊黄"比喻事物的表面现象。

　　③涴（wò）：沾污。

　　④矻（kú）矻：勤奋不懈貌。

　　⑤寸觚（gū）：觚，古代用来书写的木简，寸觚，指短小的文章。

　　⑥"视之"句：肉食，比喻享受高官厚禄的人；面墙，比喻不学的人如面对着墙，一无所见；间，距离，差别。此句意谓，做官的人和不学的人诚然是有所差别的。

　　⑦均：相同，一样。

　　⑧好而能运：爱好读书而又善于思考和运用。运，运思。

【品读】

　　爱书是件好事，但仅仅止于爱书是不够的。在这篇小品中，作者十分精当地指出了爱书人容易犯的三种毛病。

　　其一是"浮慕时名，徒为架上观美"，这种人书买得不少，而且喜欢买那些装帧精美，摆在书架上好看的书，但这些仅仅是为了摆给别人看的，至于书中的内容写的是什么，他却一概不知。

其二是"广收远括"、"但图多蓄",这些人仿佛是图书收藏家,他们毕尽心力去收集各种各样的图书,收集的兴趣远比读书的兴趣大。结果是书籍虽多,却束之高阁,布满灰尘。

其三是虽爱读书,也很勤奋,"矻矻穷年","记诵如流",但他们只是读死书、死读书,缺乏独立思考和独立创造的能力,作者认为,这样的人看起来是读书,实际上是在"面墙",他们和那些享受高官厚禄的人一样,都是"没世无闻"的。

"知而能好,好而能运"的读书人,才是作者真正称道的。只有善于从书本中汲取营养为我所用,充分发挥自己的聪明才智和独创精神的人,才能称得上书的主人。

(致新)

复友人 袁宏道(明)

来谕极是。然古今著书,各有深意。一人精神识力,安能阐得破,道得了。故凡遇为契心之书①,便当取读数,若不惬意,就置之俟他人或别有深意者自去读,什么紧要。无事寻事,妄为是非,又留与后人为是非之柄也。余于世事,亦大都如此。疏懒之癖,已入骨髓,不敢领命。

【注释】

①契心之书:指投合自己兴味的书。

【品读】

在袁宏道看来,读书就是交朋友,就是从古今中外作家的作品中寻觅知音。

世界上的书籍形形色色,五花八门,其中蕴含着不同作家的不同个性、气质、思想、感情,一个人想把这些书一股脑儿地装进肚里是根本不可能的;机械乏味地去读书,把读书当作一种负担更没有必要。一个懂得读书艺术的人,善于从汗牛充栋的书籍中发现"契心之书",就像在茫茫人海中找到了知己一样,他能与作者"一见钟情",达到精神的融洽、感情的沟通,他也必然能从这书中读出别人读不出的味道,得到别人得不到的乐趣。这样的读书,不是"头悬梁、锥刺股"的苦行,而是一种生活中至乐的享受。

人的一生中,随着年龄、经历、知识、见解的不断成长变化,他会遇到各不相同的"契心之书"。就像一个人一生会遇到各不相同的朋友一样。朋友是自我的一面镜子,"契心之书"也一样,从一个人喜欢看什么样的书,可以看出这个人是什么样的人。

至于那些引不起自己兴趣,或者令自己厌倦的书,尽可放在一边,"俟他人或别有深意者自去读",大可不必妄加指责,大张挞伐,就像你不愿与之为友的人们,同样有权利存在于这个世界上一样。

袁宏道对"契心之书"的见解,既包含着对书籍应该"百花齐放"的自由思想,也强调了读书活动中不同个性、情感、思想、见解的读者对书籍的自由选择。

(致新)

题王甥尹玉梦花楼 张鼐（明）

辟一室,八窗通明,月夕花辰①,如水晶宫、万花谷也。室之左构层楼,仙人好楼居,取远眺而宜下览平地,扼其胸次也。楼供面壁达摩,西来悟门②,得自十年静专也。设蒲团,以便晏坐;香鼎一,宜焚柏子;长明灯一盏,在达摩前,火传不绝,助我慧照。《楞严》一册,日诵一两段,涤除知见,见月忘标;《南华》六卷,读之得"齐物"、"养生"之理。此二书,登楼只宜在辰巳③,时天气未杂,讽诵有得。室中前楹,设一几,置先儒语录——古本"四书"白文④。凡圣贤妙义,不在注疏,只本文已足;语录印证,不拘窠臼,尤得力也。北窗置古秦、汉、韩、苏文数卷,须平昔所习诵者,时一披览,得其间架脉络;名家著作通当世之务者,亦列数篇卷尾,以资经济。西牖广长几,陈笔墨古帖,或弄笔临摹,或兴到意会,疾书所得,时拈一题,不复限以程课。南隅古杯一,茶一壶,酒一瓶,烹泉引满,浩浩乎备读书之乐也。

【注释】

①辰:通"晨"。

②悟门:佛教以觉悟为入门之径。

③辰:十二时辰之一,上午七时至九时。巳:十二时辰之一,上午九时至十一时。

④白文:不附加评点注解的书的正文。

【品读】

这是一篇反映明代读书人儒佛道三教合一的生活旨趣的小品文,可谓不儒、不道、不禅,亦儒、亦道、亦禅,广收博采,兼容并蓄。

从居室来看,梦花楼主人既迷恋世俗的生活,使居室在月夕花辰之时如水晶宫、万花谷,又仰慕道教宣扬的神仙境界,认为"仙人好楼居",因而特地于室旁构筑层楼,背山面野,使槛外诸境历历如在几下;同时,又在楼中供奉佛教禅宗的祖师菩提达摩的像,设蒲团以静坐,并且设香鼎、焚柏子、燃长明灯,使居室亦充满了佛家的情趣。

从梦花楼主人所读之书来看,有佛教的《楞严经》,有道家的《南华经》,有先儒的"四书"、秦汉唐宋诸大家的文章和当代名家所作的经世致用的著作。此外,居室与读书的内容和时间亦有讲究。读佛家和道家的著作宜登楼诵读,并且只宜在早晨,这时天清气爽,情境与佛道哲理相融契,易于讽诵有得。

作者认为,梦花楼主人读佛书是为了"涤除知见",把一切已有的成见尽量扫除;读庄子是为了泯灭物与物、物与我之间的界限,得天地万物平等和"养生"之理。然而读佛道之书并没有使他放弃儒家治国平天下的学问。此人不是迂儒,认为"圣贤妙义,不在注疏",主张"语录印证,不拘窠臼",并且注重"通当世之务",以有助于经邦济世。这样,他就把佛家的、道家的超越与儒家的积极入世、用世的人生态度结合了起来,以出世的、超越的态度去做入世的文章,既避免执着于成见,也不像迂儒陷于经典注疏的窠臼而不能自拔。

这位梦花楼的主人很善于享受书斋生活的乐趣,他没有仅仅沉迷于书卷之中,读书之余,或临摹古帖,或兴到意会而疾书所得,或在书斋中品茶,亦在书斋中饮酒,简直是太有闲情逸致了。那些"著书只为稻粱谋"的读书人,是很少有这样闲适的雅兴的。

(苏民)

赏心乐事(一) 吴从先(明)

凡游戏结伴有一不韵尚令烟霞变色、花鸟短致,况高斋秘阁。间乎必心千秋而不迁者,冥心而不妄解者,破寂寥者,谭锋健而甘枯坐者,氤氲不喷噪者,不颠倒古今而浪驳者,奏调若合者,或师之,或友之,皆吾徒也。若夫大惊小怪,非魇呓则阴蚀,不类而分之座,缥缃①觉有愁目也,触邪之豸②,指佞之草③即在邺架矣。华歆之见割岂无谓哉!然或嵌崎历落、吻合在耳目之外,譬书目中之有稗官,另当置之别论。

【注释】

①缥缃:书卷的代称。

②触邪之豸:神羊,能触邪佞。

③指佞之草:即屈轶草,相传生于尧廷,佞人入朝,则屈而指之。

【品读】

这是一篇谈结识书友的择人标准的小品文。

作者首先以结伴游戏为喻来说明选择书友的重要性。他认为，在结伴郊游时，如果同伴中有一个缺乏高雅风致的人，也会使"烟霞变色，花鸟短致"，弄得大家扫兴，更何况在高斋秘阁中谈论学问呢？

　　其次，作者说出了自己可引以为同道的择人标准：一是学问渊博而不迂腐的人，二是善于冥心证悟而不妄解的人，三是善于在大家不讲话时打破寂寥的人，四是虽然很健谈，却能虚怀若谷倾听他人见解的人，五是论辩中有郁郁勃勃之生气却不锋芒毕露的人，六是不颠倒古今而胡乱驳斥他人见解的人，七是与自己旨趣大致相合的人。这些都可师可友，作为自己书斋中的朋友。否则，如果让一些缺乏涵养、大惊小怪、不是说梦话就是无雅兴的人坐到自己的书斋中，书卷也会为之发愁。对这样的人，也只有借助"触邪之豸，指佞之草"，下逐客令了。

　　最后，作者觉得以上择友标准似还有不足。以上标准，与其志趣吻合只在可闻可见的耳目之内；然而，世有奇伟卓异、与人寡合的高士，"吻合在耳目之外"，具有超出书卷之外的特识，对这样的人，则需要以慧眼识之，不应排斥于书友之外。

　　作者把与志趣相投的人在一起谈论学问看作是一种精神享受，因而十分重视师友的选择。从作者的择友标准中可以看出，对于书友的气质涵养的要求占有十分重要的地位。由此亦可见，知识水准不等于教养水准（受过高等教育者未必就有高等教养），只有既有知识见解而又教养有素的人，才堪为良师益友，与此类人交往是足以增添书斋生活的乐趣，而使学问之道成为赏心乐事的。

（苏民）

赏心乐事（二）　吴从先（明）

　　读史宜映雪，以莹玄鉴①。读子②宜伴月，以寄远神。读佛书宜对美人，以免堕空。读《山海经》、《水经》、丛书小史宜倚疏花瘦竹、冷石寒苔,以收无垠之游而约缥缈之论。读忠烈传宜吹笙鼓瑟以扬芳,读奸佞论宜击剑捉酒以销愤,读骚宜空山悲号可以惊壑,读赋宜纵水狂呼可以旋风,读诗词宜歌童按拍,读鬼神杂录宜烧烛破幽,他则遇境既殊,标韵不一。若眉公③销夏僻寒,可喻适志,虽然,何时非散帙④之会,何处当掩卷之场,使无叔夜⑤之懒托为口实也。

【注释】

　　①玄鉴:指深奥玄妙的历史哲理。鉴,镜子,古人以史为鉴。

　　②子:指诸子百家之书。

　　③眉公:即陈继儒,眉公是他的号,明末著名的小品文作家。

　　④散帙:打开书卷。

　　⑤叔夜:即嵇康,晋代诗人、思想家。他不满现实,佯狂纵酒,故本文有"叔夜之懒"的说法。

【品读】

　　这一篇专讲读书的环境与心境。

　　"读史宜映雪,以莹玄鉴。"白雪弥天,是读史书之佳境。雪光澄澈晶莹,使心境无尘染,如明镜照物,妍媸毕露,二十二史中之是非曲直、忠奸善恶,一一俱现而无遁形。

　　"读子宜伴月,以寄远神。"皓月当空,此乃读子书之佳境。战国、秦汉诸子,精义入神,韵致高远,唯于月下诵读,方能使心骛八极,寄兴千里,领略诸子之书体大而思精、开阔而辽远的神韵。

　　"读佛书宜对美人,以免堕空。"美人相伴读佛书,奇哉,怪哉,而又不奇不怪。佛书中自有至言妙道,足以怡养性情,启人心智,高人雅士多好之;然亦有弊,使人产生人生虚幻之观念。僧肇云"不真空",意谓"不真,故空",即不要把一切当作真实的存在,即可认世界为"空"。美人在旁,此真实之存耶?抑或非真实之"空"耶?作者真乃善读佛书之人也。

　　《山海经》诸书,多无端涯之词,故宜倚疏花瘦竹、冷石寒苔读之,以实约虚。此外,如读忠烈传、读奸佞论、读《离骚》、读汉魏六朝赋、读诗词、读鬼神杂录等等，皆各须处相宜之情境，使情与境合，充分体验人生的各种情致，领略读书的无穷乐趣。所谓"遇境既殊，标韵不一"，境不同，所读之书亦可因境而异，则无往而非读书之境，无时而不可得读书之乐。

（苏民）

赏心乐事（三） 吴从先（明）

弄风研露，轻舟飞阁，山雨来，溪云升，美人分香，高士访竹，鸟幽啼，花冷笑，钓徒带烟水相邀，老衲问偈，奚奴弄柔翰①，试茗，扫落叶，跌坐散坐，展古迹，调鹦鹉，乘其兴之所适，无使精神太枯，凭开之。太史云，读书太乐而漫，太苦则涩，三复斯言，深得我趣。

【注释】

①奚奴弄柔翰：奚奴，本指女奴，后通称男女奴仆。柔翰，指毛笔。

【品读】

这篇小品文的旨趣可一言以蔽之，即："乘其兴之所适，无使精神太枯。"

人不可不乐读书，但亦不可太乐，书海无涯，太乐则散漫而难得读书之真趣；人不可不苦读书，但亦不可用心太苦，学无止境，太苦则易钻牛角尖而倍感书卷枯燥艰涩；此二者都可能导致精神偏枯如痴人，失去人生的种种乐趣。

人生的乐趣可谓多矣！迎晨风，踩露华，乘一叶轻舟，观飞阁流丹，山雨徐来，溪云飘升，此一大乐趣也；美人高士偕游，分香访竹，鸟亦似有知，花亦似有情，应溪边钓徒之邀，向山寺老衲问偈，此又一大乐趣也；此外，诸如弄柔翰，品新茶，扫落叶，或跌坐，或散坐，悠悠然观赏古迹，调弄鹦鹉，等等，等等，无往非乐。随其兴之所适，乘兴而趋，趣亦随之。此乃医治精神偏枯之良方也。

（苏民）

答卢德水　刘荣嗣（明）

　　读书而病，与饮食应酬而病，孰愈①？乃弟尤愿年兄以读书却病，勿以读书取病也。寂寥闲淡之中，饶有一种苦趣。以书作声歌，以古人当朋友，以节劳减食当医药，此亦尘世修仙之诀矣。弟尝言读书时好处，即在读书之时，若到发迹以后，其味索然。于今每忆当年好处，真如陶靖节作《桃源记》，想象追思不可再得也。

【注释】

　　①愈：较好。孰愈：哪一种较好。

【品读】

　　在中国古代的科举制度下，读书人为猎取功名利禄而刻苦攻读。有的熬过了十年寒窗苦，得以金榜题名，对这些人来说，确实是"书中自有千钟粟，书中自有颜如玉，书中自有黄金屋"；可是，对于多数人来说，或因苦读而病、熬不过十年寒窗苦的，或熬过数十寒窗苦却连举人也考不上的，对这些人来说，是书中自有疾病，自有衰老，自有黄泉路。一心为猎取功名利禄而苦读，又何尝领略到一丝一毫读书的乐趣。

　　作者是一个懂得读书乐趣的人。他劝说友人以读书却病，而不要以读书取病，堪称金玉良言。他认为，读书而病与吃喝应酬而病，同是导致疾病，其实无所谓哪一种较好。善读书者应该把读书当作一种享受，一种乐趣，用读书来怡养性情，抵御疾病。在寂寞闲淡之中，将书卷当作美人的歌声，以古人当作促膝交谈的朋友，以节劳减食代替医治吃喝应酬而病的良药，乃是"尘世修仙之诀"，也就是说，要把读书当作仙家的长生久视之道，过尘世中的神仙般的日子，而不要因读书而导致疾病和早衰。

　　作者在取得功名之前即善于读书，所以颇能领略"读书时好处"，等到他金榜题名、置身于纷纷扰扰的官场中以后，反倒领略不到当年读书时的乐趣了。这是作者的经验之谈，说明读书是需要一种闲适的心境的，倘一心为名利而苦读，读书就只有苦而没有趣，甚至成为致病的根由了。读书人可不慎欤？

（苏民）

说交游　傅山（清）

　　吾自二十岁外以来，交游颇多。亦尽有意气倾倒之人。渐渐觉其无甚益我处。庚午，阳城张公子履旋赴乡试，来会城①，司徒公寄与扇子一柄一诗戒之。首句曰："交友休从意气生"，吾初疑其不然。人无意气，亦何足与交也？后来渐渐知所谓意气者，皆假为名士之弊②。坐此败露者实繁。始知前辈皆实实历过，才以此等句教子弟也。

　　朋友之难，莫说显为赖人者不可误与③；即颇有好名之人，亦不可造次认账④。相称相誉之中，最多累人⑤，人不防也。此事亦是曾经与此辈交，而受其称誉攀援之累者，始知之。所以独行之士，看著孤陋，其养德远辱之妙，真不可测。故认得一人，添得一累。少年当知之。

【注释】

　　①会城：省会之城，此处指太原府。

　　②假为名士之弊：假借意气充作名士，结果带来许多害处。

　　③显为赖人：显然就是坏人。误与：误和他交往。

　　④造次：轻率。认账：承认，此处指交结。

　　⑤最多累人：最能给人带来麻烦。

【品读】

　　交友须交意气相投之人，朋友当然是越多越好。可是，傅山在这篇小品中却说出了两个与此截然相反的命题：一是"交友休从意气生"，二是"认得一人，添得一累"。这两句用来告诫青年人的话，实在是总结了一生的经验教训而来。

傅山年轻时，仗义行侠，交游遍天下，尽有意气倾倒之人。25岁那年，见到司徒公赠张履旋的诗中说"交友休从意气生"，颇不以为然。明朝灭亡后，傅山秘密进行反清活动。48岁那年（清顺治十一年，1654年），终于被朋友出卖，以"叛逆钦犯"被执，下太原狱。在严刑拷打下，傅山抗词不屈，绝食九日，后因清政府未能抓住傅山策划反清的真凭实据，不得不将其释放。此外，傅山还目睹了许多因交友不慎而使反清计划败露的事实。这一切使他悟出，交朋友不能光看其表面上慷慨激昂即引为同道，结交非人就会被出卖。所谓"交友休从意气生"，实在是用许多人的鲜血凝成的格言。

"认得一人，添得一累"一句，似乎有些走极端，但对于生活在封建专制制度下的人来说，有此种感受亦可理解，至少是可以避祸吧。文章告诫人们对于明显的坏人固然不可结交，对于有好名声的人也不能轻易结交，更不要仅仅因为别人称誉自己就以为是真朋友，这些话还是很有道理的。

（苏民）

谈　李渔（清）

读书，最乐之事，而懒人常以为苦；清闲，最乐之事，而有人病其寂寞。就乐去苦，避寂寞而享安闲，莫若与高士盘桓，文人讲论。何也？"与君一夕语，胜读十年书。"既受一夕之乐，又省十年之苦，便宜不亦多乎？"因过竹院逢僧话，又得浮生半日闲。"既得半日之闲，又免多时之寂，快乐可胜道乎？善养生者，不可不交有道之士；而有道之士，多有不善谈者。有道而善谈者，人生希觏①，是当时就日招，以备开聋启瞶之用者也。即云我能挥麈，无假于人，亦须借朋侪起发，岂能若西域之钟簴，不叩自鸣者哉？

【注释】

①觏(gòu)：遇见。

【品读】

三朋五友相聚，天南海北地闲聊神侃，一派无拘无束，心不设防，口没遮拦，确是人生一大乐事。只要彼此趣味相投，随便出一话题，皆可引动千般思路，勾起无限谈兴，却也不必非得与"文人高士"盘桓讲论才是唯一选择。其一，文人高士实在难寻难找；其二，就算遭逢三两有道之人，谈来投机与否亦属未知；其三，我本俗人，高士玄言如天书，听而不懂，其苦更甚。

善谈只是一个前提，愿谈而且能够平等"对话"才是关键。

现如今被人称作"信息时代"，最讲究"碰撞"，说是思想的碰撞能产生智慧的火花，而所谓的"与君一夕语"之类即是重要的碰撞方式之一。著文论理也是一种，但毕竟麻烦了点，不若面对面地有一说一来得痛快。

李渔"须借朋侪起发"的自我评价，也是寻求渴望"碰撞"的另一种解说，看来古今相通的道理甚多，名词翻新了而已。

懒人就是懒人，以读书为苦，难免要以讲论为烦；寂寞者总是心有寂寞，纵然身在千百人之中，仍是郁郁寡欢。李渔心善，谆谆告以吉言，但对此两种人这还显然不是终极的解决办法。

人得"修炼"，才能慢慢地体会读书之乐以及清闲之乐和谈话之乐。

(志刚)

向邻翁索菊 　李渔(清)

向人索花，于己为韵事，于人则不韵甚矣。然不向吾翁索花，于己为不韵，于吾翁亦非韵事也。闻今岁艺①菊独繁，主人且夕饱看，颇有倦色；且乞者不自我始，敢循例奉丐^②数本，点缀荒篱。知白衣^③送酒时，必不能忘旧主人也。

【注释】

①艺：种植，培育。

②丐：施与。

③白衣：古代未仕者著白衣，犹后世称布衣。

【品读】

向别人讨东西，本来是不好意思开口的事，但李渔这封向邻翁索菊的信，却写得潇潇洒洒，充满情趣。先说"向人索花，于己为韵事，于人则不韵甚矣"；又说，"然不向吾翁索花，于己为不韵，于吾翁亦非韵事也"，暗示邻翁一贯慷慨大方，乐于赠菊于人。"乞者不自我始"，请对方"循例"相赠，更加重了对邻翁崇敬之意，但又意在言外，并未明说。邻翁读了这样的信，怎能不高高兴兴地赠他以好菊花呢？

（致新）

醉书斋记　郑日奎（清）

于堂左洁一室为书斋，明窗素壁，泊如也。设几二，一陈笔墨，一置香炉茗碗之属。竹床一，坐以之；木榻一，卧以之。书架书筒各四，古今籍在焉。琴磬麈尾^①诸什物，亦杂置左右。

甫晨起，即科头^②拂案上尘，注水砚中，研墨及丹铅，饱饮笔以俟。随意抽书一帙，据坐批阅之。顷至会心处，则朱墨淋漓渍纸上，字大半为之隐。有时或歌或叹，或笑或泣，或怒骂，或闷欲绝，或大叫称快，或咄咄诧异，或卧而思，起而狂走。家人瞯^③见者，悉骇愕，罔测所指，乃窃相议，俟稍定，始散去。婢子送酒茗来，都不省取。或误触之，倾湿书册,辄怒而责,后乃不复持至;逾时或犹未食,无敢前请者。惟内子④时映帘窥余,得间始进,曰:"日午矣,可以饭乎?"余应诺。内子出,复忘之矣。羹炙皆寒,更温以俟者数四。及就食,仍夹一册与俱,且啖且阅,羹炙虽寒,或且味变,亦不觉也。至或误以双箸乱点所阅书,良久始悟非笔,而内子及婢辈罔不窃笑者。夜坐漏常午,顾僮侍,无人在侧,俄而鼾震左右,起视之,皆烂漫睡地上矣。客或访余者,刺⑤已入,值余方校书,不遽见。客伺久,辄大怒诟,或索取原刺,余亦不知也。盖余性既严急,家中人启事不以时,即叱出,而事之紧缓不更问,以故仓卒不得白。而家中盐米诸琐务,皆内子主之,颇有序,余是以无所顾虑,而嗜益僻。

他日忽自悔,谋立誓戒之,商于内子。内子笑曰:"君无效刘伶⑥断饮法,只赚余酒脯,补五脏劳耶?吾亦惟坐视君沉湎耳,不能赞成君谋。"余惘然久之,因思余于书,洵⑦不异伶于酒,正恐旋誓且旋畔⑧;且为文字饮,不犹愈于红裙⑨耶?遂笑应之曰:"如卿言,亦复佳,但为李白妇⑩、太常妻⑪不易耳。"乃不复立戒,而采其语意以名吾斋,曰"醉书"。

【注释】

①麈(zhǔ)尾:拂尘。

②科头:不戴帽子。

③瞷(jiàn):窥视。

④内子:妻子。

⑤刺:名帖。

⑥刘伶:西晋人,字伯伦,"竹林七贤"之一,作《酒德颂》,嗜酒如命。

⑦洵:诚然,实在。

⑧畔:通"叛"。

⑨红裙:借指女色。

⑩李白妇:李白有《赠内诗》云:"三百六十日,日日醉如泥,虽为

李白妇，何异太常妻。"

⑪太常妻：东汉周泽为太常，卧病斋宫，其妻窥问所苦，泽以干犯斋禁，竟收送诏狱。时人讥之曰："生世不谐，为太常妻。一岁三百六十日，三百五十日斋，一日不斋烂如泥。"言周泽不近人情，其妻难为。

【品读】

这是作者的一幅自画像。在这里，他以传神的文笔，活灵活现地描画出了一个嗜书成癖的"书呆子"形象。

所谓癖，就是对某一件事发生浓厚兴趣，全身心地投入其中，乐此不疲，孜孜不倦，达到一种忘我的境界。有癖之人，在一般人看来常常是"呆"、"迂"、"狂"的，但人若无癖，难以干出大事业，取得大成功。

你看，"醉书斋"的主人不就是这样一个"呆""迂""狂"的人物吗？他从早到晚将自己关在书斋里，读书读到"会心处"，或歌或叹，或笑或泣，或大叫称快，或起而狂走；僮仆送茶递水，他视而不见，妻子催他吃饭，饭菜热了凉，凉了又热，仍不见他来吃；客人递上名帖等他会见，他却读书入迷忘了接待，……读书读到这个程度，真可谓登峰造极了。小品通过僮仆、妻子、客人等一般人的眼光去看待他的行为，从家人"悉骇愕"，内子及婢辈"罔不窃笑者"，客人"大怒诟"等情绪反应中，可以看出，他在一般人眼中，是个多么不可理解的怪物。显然，他此时已处于"精骛八极，心游万仞"的精神境界，现实在他的心中仿佛已经不存在了。——这正是精神劳动的特点。

结尾处主人公与妻子一段饶有风趣的对话中，夫妻之间的恩爱之情溢于言表。妻子是支持他理解他的（虽然也有点无可奈何）。倘若没有这样一个贤内助为他悉心料理日常生活，他能如此无所顾忌、如醉如痴地让自己投入"醉书斋"之中吗？

（致新）

靳秋田索画　　郑燮（清）

　　三间茅屋，十里春风，窗里幽兰，窗外修竹。此是何等雅趣，而安享之人不知也。懵懵懂懂，没没墨墨①，绝不知乐在何处。惟劳苦贫病之人，忽得十日五日之暇，闭柴扉，扫竹径，对芳兰，啜苦茗，时有微风细雨，润泽于疏篱仄径②之间；俗客不来，良朋辄至，亦适适然自惊为此日之难得也。凡吾画兰画竹画石，用以慰天下之劳人，非以供天下之安享人也。

【注释】

　　①没没墨墨：没没，无声无息，无所作为；墨墨，昏暗貌。

　　②仄径：狭窄的小路。

【品读】

　　对于郑板桥的画，民间流传着这样的美谈：许多高官巨贾花费重金也买它不去，不少附庸风雅者挖空心思也求之不得，但普通老百姓却常常可以意外地得到。这恰好反映了郑板桥的思想性格与人品。

　　郑板桥从小出身贫苦，对底层劳苦大众有深厚的感情。在山东任县令时，他曾有诗云："衙斋卧听萧萧竹，疑是民间疾苦声，些小吾曹州县吏，一枝一叶总关情。"在这篇小品中，他认为"安享之人，懵懵懂懂"，并不知道安享的乐趣，只有劳苦之人，才能体会到闲适的可贵。他说："凡吾画兰画竹画石，用以慰天下之劳人，非以供天下之安享人也。"这样的话语在当时的时代环境中说出，真是石破天惊！它一扫明清士大夫文人孤芳自赏或者在小圈子里彼此欣赏的贵族气，表达了要把艺术推及广大劳苦群众中去的愿望。

（致新）

黄生借书说　袁枚（清）

黄生允修借书，随园主人^①授以书而告之曰："书非借不能读也。子不闻藏书者乎，七略四库^②，天子之书，然天子读书者有几？汗牛塞屋，富贵家之书，然富贵人读书者有几？其他祖父积、子孙弃者无论焉。非独书为然，天下物皆然。非夫人之物，而强假^③焉，必虑人逼取，而惴惴焉^④摩玩之不已，曰今日存，明日去，吾不得而见之矣。若业为吾所有，必高束焉，庋藏^⑤焉，曰姑俟异日观云尔。"

余幼好书，家贫难致。有张氏藏书甚富，往借不与，归而形诸梦，其切如是。故有所览，辄省记。通籍^⑥后，俸去书来，落落大满，素蟬灰丝，时蒙卷轴，然后叹借者之用心专，而少时之岁月为可惜也。

今黄生贫类^⑦予，其借书亦类予，惟予之公书，与张氏之吝书，若不相类。然则予固不幸而遇张乎，生固幸而遇予乎。知幸与不幸，则其读书也必专，而其归书也必速，为一说，使与书俱。

【注释】

①随园主人：袁枚自称。袁枚晚年号随园老人。随园是他为自己营造的一个园林。

②七略：汉代刘向、刘歆父子所辑录的一部中国古代图书总目，包括目录总序《辑略》、《六艺略》、《诸子略》、《诗赋略》、《兵书略》、《术数略》和《方技略》，故称《七略》。四库：清乾隆年间征集天下藏书而集成《四库全书》，按经、史、子、集四部分类。

③假：通"借"。

④惴（zhuì）惴焉：形容又发愁又害怕的样子。

⑤庋（guǐ）藏：放置，保存。庋：放东西的架子。

⑥通籍：指做官。

⑦类：类似或相同。

【品读】

　　古今好文章，其所以能打动人心，有一个重要原因，就是这些作品能够道出人人心中之所有而人人口中之所无。袁枚的这篇小品，就是以自己的切身体验而说出了天下读书人心中所共有而口中却没有说出的道理。

　　"书非借不能读"，这首先是对传统社会的一个侧面的现实写照。皇帝府库中保存了天下的珍籍秘本，可是古今帝王又有几人爱读书？富贵人家"买书如买妾"，其藏书汗牛充栋，可是富家子弟又有几人爱读书？倒是贫寒人家的子弟因为买不起书而想方设法借书来读，借得一本好书，恨不得全抄下来、全背下来。

　　"书非借不能读"，又有心理学的根据。大凡属于自己的书，往往并不急于去读；或者只是走马观花地翻一下，并不专心去读，往往一本好书，置之书架，久而久之也就淡忘了，成为摆设。购书越多反而读书越少。而借来的书是必须按期归还的，因此也就有了把书读完的紧迫感，有认真去读书的专心。

　　读书人因贫困而买不起书，这是坏事；但对于读书来说，却是好事。因为"书非借不能读"。买书越少恰恰可以读书越多。读书人只要能借到书来读，就是大幸了。

（苏民）

招陈生赏菊　王韬（清）

　　斋中艺菊数本，秋后饱霜，花叶不萎。陶征君①爱菊有癖，亦取其节耳。窃闻花有三品，曰神品②、逸品③、艳品④，菊其兼者也。高尚其志，淡然不厌，傲霜有劲心，近竹无俗态，复如处女幽人⑤抱贞含素⑥。菊乎菊乎，宜于东篱之畔，独殿秋芳也。足下高雅绝尘，于菊最宜；夕来劣有杯盘，以

193

此君一结世外交如何？

【注释】

　　①陶征君：指晋代大诗人陶渊明。旧称曾经朝廷征聘而不肯受职的隐者为征君。

　　②神品：指精妙天然的艺术品。陶宗仪《辍耕录·卷十八·叙画》：“气韵生动，出于天成，人莫窥其巧者，谓之神品。”

　　③逸品：指超凡脱俗的艺术品。陶宗仪《辍耕录·卷八》：“（黄于久）黄山水，宗董巨，自成一家，可入逸品。”董，董源；巨，巨然。

　　④艳品：指华美艳丽的艺术品。

　　⑤幽人：幽居之人，指隐士。

　　⑥抱贞含素：怀抱贞操蕴含质朴。

【品读】

　　“秋后饱霜，花叶不萎”，是菊花的特点。自古以来，在不少文人笔下，菊花成为有气节有操守的高洁隐士的象征。晋代大诗人陶渊明爱菊成癖，他那“不为五斗米折腰”的高风亮节，也为菊花增色不少。王韬在这封邀友人赏菊的信中，对菊的品质作了进一步的阐发，他认为菊花集神品、逸品、艳品于一身，“高尚其志，淡然不厌，傲霜有劲心，近竹无俗态”，就像一个天真的少女一样贞洁，像幽居的隐士一样素朴，最适合与高洁之士为伴，独做秋后的花王。作者以饱满的感情抒写了菊花的可爱，然后笔锋一转，说“足下高雅绝尘，于菊最宜”，并愿与他一结“世外交”，生动地表达了作者对朋友人品的赞美和对超凡脱俗的友谊的追求。

（致新）

奇　闻

蠢　子　冯梦龙（明）

稗史①：吴蠢子年三十，倚父为生。父年五十矣，遇星家②推父寿，当八十，子当六十二，蠢子泣曰："我父寿止八十，我到六十以后，那二年靠谁养活？"

【注释】

①稗史：通常指闾巷风俗、遗闻旧事的记录。

②星家：旧时称依据星相以占验吉凶的人。

【品读】

这则小品，十分夸张地表现出某种人对他人可怕的依附性。

生活中确有这样的人，他们终身依附于人，丝毫没有独立生存的能力，一旦失去依附的对象，就如同天塌地陷一样惊惶失措。这样的人，活到老也不能算是一个"人"，因为他们没有脊梁，不能直立，充其量只能算是软体爬行动物。

（致新）

《朝山草》小引　谭元春（明）

己未秋闱①，逢王微②于西湖，以为湖上人也。久之复欲还苕③，以为苕中人也。香粉不御，云鬟尚存，以为女士也。日与吾辈去来于秋水黄叶之中，若无事者，以为闲人也。语多至理可听，以为冥悟人也。人皆言其诛茆④结庵，有物外想⑤，以为学道人也。尝出一诗草，属予删定，以为诗

195

荀奉倩⑥谓:"妇人才智不足论,当以色为主。"此语浅甚。如此人此诗,尚可言色乎哉?而世犹不知,以为妇人也。

【注释】

①秋阑:深秋。

②王微:明代女诗人,《朝山草》的作者,扬州人。

③苕:在今浙江湖州。

④诛茆:铲除野草。

⑤有物外想:有出家修行的想法。

⑥荀奉倩:荀粲,字奉倩,三国时的魏国人。

【品读】

这篇小品,描写了酷爱自由、才华出众的明末女诗人王微的美好形象,驳斥了"妇人才智不足论,当以色为主"的男性中心主义的偏见,反映了妇女解放的时代要求。

文章一开始,就把人们引入了一个扑朔迷离的境界之中。王微究竟是何处人氏?她出现在橙黄橘绿的深秋西子湖上,或以为她是杭州人;久之欲往吴兴,或以为她是吴兴人。她居无定处,行无定踪,自由自在,无羁无束。她究竟何方人士,作者没有说出。其实,王微的家乡是在江北"二十四桥明月夜"的扬州。

接着,文章又把读者引入对王微身份的追寻。她天生丽质,云鬟雾鬓,不施脂粉,潇然洒脱,是"女士"乎?她终日无拘无束、无忧无虑地与文人学士们在西湖游玩,是"闲人"乎?她出语不凡,多含哲理,是"冥悟人"乎?别人都说她在山林草野中结庵独处,或许是出家修行的"学道人"吧?然而,她又有自作的诗集,是一位女诗人。诗如其人一般的脱俗不羁,有多方面的生活感受,令人难以知晓她在这宗法等级社会中的"角色"和"身份"。

在传统社会中,一般女性身受封建家庭的束缚,很难在情感和智慧方面获得与上流社会男子同样的发展。所以,像王微这样有人身自由的才女是十分罕见的。在明代封建统治者推行的道德礼教规则中，"女子无才便是德"已成为一种普遍的社会偏见，像王微这样的女子，决然被看作是无德的。作者敢于冲破这种偏见，为王微的诗集写引言，绝非是一般的名士风流，而是伴随近代经济萌芽而行将到来的新时代社会生活的紫罗兰发出的最初芳香。

（苏民）

核舟记　魏学洢（明）

　　明有奇巧人曰王叔远，能以径寸之木，为宫室、器皿、人物，以至鸟兽、木石，罔不因势象形，各具情态。尝贻余核舟一，盖大苏泛赤壁云。

　　舟首尾长约八分有奇，高可二黍许。中轩敞者为舱，箬篷覆之。旁开小窗，左右各四，共八扇。启窗而观，雕栏相望焉。闭之，则右刻"山高月小，水落石出"，左刻"清风徐来，水波不兴"，石青糁之。

　　船头坐三人，中峨冠而多髯者为东坡，佛印居右，鲁直居左。苏黄共阅一手卷[①]。东坡右手执卷端，左手抚鲁直背。鲁直左手执卷末，右手指卷，如有所语。东坡现右足，鲁直现左足，各微侧，其两膝相比者，各隐卷底衣褶中。佛印绝类弥勒，袒胸露乳，矫首昂视，神情与苏黄不属。卧右膝，屈右臂支船，而竖其左膝，左臂挂念珠倚之，珠可历历数也。

　　舟尾横卧一楫。楫左右舟子各一人。居右者椎髻仰面，左手倚一衡木，右手攀右趾，若啸呼状。居左者右手执葵扇，左手抚炉，炉上有壶，其人视端容寂，若听茶声然。

　　其船背稍夷，则题名其上，文曰"天启壬戌秋日，虞山王毅叔远甫刻"，细若蚊足，钩画了了，其色墨。又用篆章一，文曰"初平山人"，其色丹。

通计一舟，为人五；为窗八；为箬篷，为楫，为炉，为壶，为手卷，为念珠各一；对联题名并篆文，为字共三十有四。而计其长曾不盈寸。盖简桃核修狭者为之。

魏子详瞩既毕，诧曰：嘻，技亦灵怪矣哉！庄列②所载，称惊犹鬼神者良多，然谁有游削于不寸之质，而须麋③了然者？假有人焉，举我言以复于我，亦必疑其诳。今乃亲睹之。繇是以观④，棘刺之端，未必不可为母猴也。嘻，技亦灵怪矣哉！

【注释】

①手卷：只供阅读、不能悬挂的书画长卷。

②庄列：指《庄子》与《列子》。

③须麋：同"须眉"。

④繇是以观：由此看来。

【品读】

中国古代儒家和道家的传统都痛恶"奇技淫巧"。而这篇小品，则公然以"奇巧人"王叔远及其所作核舟为描写对象，打破传统的束缚，不能不说是一种极有胆识的举动。

在长不足一寸、宽不过两颗谷粒的桃核上再现当年苏东坡、黄庭坚、佛印和尚与船夫二人泛舟赤壁的情景，形貌性格各异的人物形象刻画得栩栩如生，并且还刻上苏东坡《后赤壁赋》中的词句，此外如船篷、船窗、船楫、衣褶、书卷、酒壶、茶炉、念珠等等，无不备细刻出，其技艺之神妙，不能不令人叹绝！

这位艺人不仅技艺超绝，而且具有诗人的风致，善于通过在核舟上刻字来表现核舟本身所不能表达的意境。艺人从苏东坡《后赤壁赋》中撷取"山高月小，水落石出"、"清风徐来，水波不兴"两联刻在船上两侧的雕栏上，使人见核舟而恍若置身于皓月当空的大江之上。船背上所刻"天启壬戌秋日"等字，其深意亦不可忽略。苏东坡当年游赤壁即是在"壬戌之秋"，甲子纪年六十年一循环，到明代"万历壬戌秋日"时，已过去九个六十年了，真令人有不胜今昔之感！

　　作者对核舟的观察极细致，描述极生动，使人不见核舟而如见核舟；最后又发挥自己的想象，反复慨叹"技亦灵怪矣哉"来作全文的收结，激发人的情感共鸣，具有极强的艺术感染力。

（苏民）

买太史公^①叫　周晖（明）

　　山人黄白仲之璧^②，自负其才，旁无一人，宋西宁延为记室^③。偶过内桥，闻乞儿化钱之声悲切，遂谓之曰："如此哀求，能得几何？若叫一声'太史公爷爷'，当以百钱赏汝。"乞儿连叫三声，白仲探囊中钱尽以与之，一笑而去。乞儿问人云："太史公是何物，值钱乃尔^④？"

【注释】

　　①太史公：《史记》的作者司马迁曾担任太史职务，他在《史记》中自称"太史公"。

　　②"山人"句：山人，指隐士。黄白仲，人名，字之璧。

　　③"宋西宁"句：宋西宁，人名；延，聘请，引进；记室，古代官名，旧时也作秘书的代称。

　　④值钱乃尔：就这么值钱吗？乃尔，如此，像这样。

【品读】

　　这篇小品寥寥几笔，把一个自命清高而又摆脱不了虚荣心的知识分子的心态描画得淋漓尽致。

　　山人即隐士，他们远离城市的喧嚣，就是为了逃名，可是这位以"山人"自称的黄白仲丝毫没有宁静淡泊的隐士风范，他"自负其才，旁无一人"，渴望被人吹捧的心情比谁都迫切。大约由于太寂寞了吧，他竟突发奇想，不惜花费百钱从乞儿那里买一声"太史公叫"，一个人好名到如此地步，实在令人感到可笑亦可怜。

　　结尾处作者通过乞儿之口，发出"太史公何物，值钱乃尔"的天真提问,巧妙而辛辣地讽刺了旧知识分子这种扭曲的心理状态。

(致新)

张东谷好酒 张岱(明)

余家自太仆公称豪饮,后竟失传,余父余叔不能饮一蠡壳,食糟茄,而即发颊,家常宴会,但留心烹饪,庖厨之精,遂甲江左。一簋①进,兄弟争啖之立尽,饱即自去,终席未尝举杯。有客在,不待客辞,亦即自去。山人张东谷,酒徒也,每悒悒不自得。一日起谓家君曰:“尔兄弟奇矣!肉只是吃,不管好吃不好吃;酒只是不吃,不知会吃不会吃。”二语颇韵,有晋人风味。而近有伧父载之《舌华录》,曰:“张氏兄弟赋性奇哉!肉不论美恶,只是吃;酒不论美恶,只是不吃。”字字板实,一去千里,世上真不少点金成铁手也。东谷善滑稽,贫无立锥,与恶少讼,指东谷为万金豪富,东谷忙忙走诉大父曰:“绍兴人可恶,对半说谎,便说我是万金豪富!”大父常举以为笑。

【注释】

①簋:古时盛食物的一种器皿。

【品读】

通过人物的语言来刻画人物,是一种小说技巧,而且是一种颇见作者功力的技巧。

张岱不以小说名世,但小说技法却用得自如圆熟。他笔下的酒徒张东谷,前后不过只说了两句话,却已是神态呼之欲出,性格特征凸现,让人顿有如在目前之感。

作者写张东谷好酒,但并不正面渲染东谷如何酒量过人,十碗八碗不醉,如何嗜酒如命,见到酒杯便两眼发直等等。而是侧写他的酒徒眼光：看着那些面对美酒不思品尝的人们，真是满心的疑问和不解，满心的忿忿不平，显露在脸上，便是那"悒悒不自得"的神情；表现的语言上，便是"只是……不管好不好……只是……不知会不会……"的艾怨式评语。

东谷真是个趣人。

酒徒有多种类型。东谷属于趣味型酒徒。其出语滑稽，令人忍俊不禁。面对酒道失传和衰落的现实，他"悒悒不自得"，有种"忧国忧民"的博大和真诚，很是"动人"。

张岱老先生也是个趣人。

用"悒悒不自得"形容酒徒，使这酒徒得入一种境界，一种侠义的境界；复用"忙忙走诉"来形容"贫无立锥"的东谷，使这酒徒得入另一种境界，一种豁达超然的境界。

作者三言两语而能如此，其笔力正当得起一句成语——出神入化。

（志刚）

柳敬亭说书　　张岱（明）

南京柳麻子，黧黑，满面疤瘤，悠悠忽忽，土木形骸。善说书。一日说书一回，定价一两，十日前先送书帕下定，常不得空。南京一时有两行情人：王月生、柳麻子是也。余听其说《景阳冈武松打虎》白文，与本传大异。其描写刻画，微入毫发，然又找截干净，并不唠叨。勃夬①声如巨钟，说至筋节处，叱咤叫喊，汹汹崩屋。武松到店沽酒，店内无人，謈②地一吼，店中空缸空甏皆瓮瓮有声。闲中着色，细微至此。主人必屏息静坐倾耳听之，彼方掉舌。稍见下人咕哔③耳语，听者欠伸有倦色，辄不言，故不得强。每至丙夜，拭桌剪灯，素瓷静递，款款言之，其疾徐轻重，吞吐抑扬，入情入理，入筋入骨,摘世上说书之耳而使之谛听,不怕其不龂舌死也④。柳麻子貌奇丑,然其口角波俏,眼目流利,衣服恬静,直与王月生同其婉娈,故其行情正等。

【注释】

　　①勃夬(guài):形容大而刚决的声音。

　　②謈(páo):大呼。

　　③咶哔(chè bì):低声絮语。

　　④龂(zé)舌:以齿咬舌。

【品读】

　　这篇小品,绘声绘色地描写了明末著名说书艺人柳敬亭的高超技艺和奇异风采,令人如见其人,如闻其声,具有很强的艺术感染力。

　　柳敬亭是江苏泰州人,自幼流落江湖,在江南一带以说书为生,名气甚大。后被阉党余孽阮大铖请去当了门客,以后方知晓阮大铖面目,即拂袖而去。孔尚任《桃花扇》第一出《听稗》写复社文人侯方域、陈贞慧、吴次尾前往拜访柳敬亭,听他说唱自编的鼓子词,无不叹为绝技。侯方域更从柳敬亭直抒胸臆的唱词中见到了他不同凡俗的品格,因而赞叹道:"俺看敬亭人品高绝,胸襟洒脱,是我辈中人,说书乃其余技耳。"《桃花扇》中还着力描写了柳敬亭奉侯方域手札从南京前往武昌阻止左良玉率军东下的情节,塑造了一个侠肝义胆、以天下为己任的民间艺人的形象。

　　张岱在明亡之后,满怀故国情思,描写故国人物。这篇小品所描写的说书场中的柳敬亭形象是作者亲眼所见,真实细腻而刻画传神,可以与《桃花扇》中所塑造的柳敬亭形象互补。

(苏民)

噱　社　张岱(明)

　　仲叔善诙谐,在京师与漏仲容、沈虎臣、韩求仲辈结"噱社"，唼喋①数言，必绝缨喷饭。漏仲容为帖括名士，常曰："吾辈老年读书做文字，与少年不同。少年读书，如快刀切物，眼光逼注，皆在行墨空处，一过辄了；老年如以指头掐字，掐得一个，只是一个，掐得不着时，只是白地。少年做文字，白眼看天，一篇现成文字挂在天上，顷刻下来，刷入纸上，一刷便完；老年如恶心呕吐，以手扼入齿哕②出之，出亦无多，总是渣秽。"此是格言，非止谐语。一日，韩求仲与仲叔同宴一客，欲连名速之，仲叔曰："我长求仲，则我名应在求仲前，但缀蝇头于如拳之上，则是细注在前，白文在后，那有此理？"人皆失笑。沈虎臣出语尤尖巧，仲叔候座师收一帽套，此日严寒，沈虎臣嘲之曰："座主已收帽套去，此地空余帽套头；帽套一去不复返，此头千载冷悠悠。"其滑稽多类此。

【注释】

①唼喋（shà zhá）：形容成群的鱼、水鸟等吃东西的声音。

②哕（yuě）：咽喉。

【品读】

古人所说的诙谐，显然也就是我们现代人所谓的幽默——一种内含了许多超人智慧的话语或文字，一种让人听后或读后总能不由得释放出一片灿烂的开怀或一抹会心的微笑甚至一次颖悟的畅然的很独特的东西。

"噱社"大概就是一个民间的"幽默组织"吧。

文中关于老年少年读书做文字的一段"宏论"，真是形象至极。此段文字之不易，在于仲容老迈而不失童心，能在自嘲中赢得自尊；此段文字之高妙，在于"快刀切物"、"文字挂在天上"的独特比喻，在于"指头掐字"、"以手扼入齿哕"的动态形象；此段文字之动人，在于它本就源于现实的亲身体验，再加上对青春的毫无妒意的推崇。所以张岱以为非止谐语，而是格言。无疑！

幽默是一种境界,而且是一种很高的、并非人人都能企望达到的境界。那其中包含了对人生的感悟、对世界的认识、对生活的理解,显示着超凡脱俗的机智和技巧,也蕴藏着丰富的哲理和深意。

幽默(有时是谐语,有时是巧言,有时是滑稽,有时又是笑话、噱头等等)也是一种态度,一种对生活对社会对自我的乐观向上的态度和精神。如文中漏仲容,不是由于老迈而颓唐或失落,而是在自识中笑对现实。自然的老迈是现实,心灵的年轻也是现实。

故,能幽默者(创造幽默者和理解幽默者)都是值得艳羡的乐观主义的"勇士"。

(志刚)

两 瞽① 刘元卿(明)

新市有齐瞽者,行乞衢②中,人弗避道,辄忿骂曰:"汝眼瞎耶?"市人以其瞽,多不较。

嗣有梁瞽者,性尤戾③,亦行乞衢中。遭之,相触而踬④。梁瞽故不知彼亦瞽也,乃起亦忿骂曰:"汝眼亦瞎耶?"两瞽哄然相诟,市子姗笑⑤。

噫!以迷导迷,诘难无已者,何以异于是?

【注释】

①瞽(gǔ):瞎眼。

②衢(qú):四通八达的道路。

③戾(lì):乖张,暴戾。

④踬(zhì):被绊倒。

⑤姗笑:讥笑。

【品读】

一个齐国的瞎子在大街上讨饭,走起路来横冲直撞,偶然有人避之不及,撞上了他,他就忿然骂道:"你的眼睛瞎了吗?"人们见他既瞎且横,自知惹不起,对他纷纷避让。

无独有偶。梁国又来了一个和他类似的瞎子,两人相撞,梁国的瞎子就不会像正常人那样对他客气了,于是两人"哄然相诟",争吵叫骂不可开交,引来了旁观者一片哄笑声。

这就是一个不讲理的瞎子碰上另一个不讲理的瞎子所必然引起的后果。

(致新)

武风子　王士祯(清)

武风子,云南之武定人,名恬,或言其先军卫官①也。尝行乞市中,或寄宿僧寺,状若清狂不慧②,特有巧思,能于竹箸③上烧方寸木炭,画山水人物台阁鸟兽林木,曲尽其妙。尝画凌烟阁功臣④、瀛洲十八学士⑤,须眉意态,衣褶剑履,细若丝粟,而一一生动。或以酒延致之,以箸散布其侧,醉辄取画,运斤成风⑥。藩王、督抚、藩臬大吏欲邀致,即逃匿山谷,不见也。其箸一束,直白金数星。宦滇南者,远馈京师,用充方物⑦,亦奇技也。风子醉后,或歌或笑,或说《论语》,有奇解。年六十余卒。卢氏《杂记》云:故德州王使君椅,有笔一管,约一寸许,管两头各出半寸以来,中间刻《从军行》一幅,人马毛发屋木亭台远水,无不精绝。每一事刻《从军行》二句,云用鼠牙刻之。故崔郎中铤有《王氏笔管记》,此其类焉。

【注释】

①其先军卫官:其祖先是戍守边疆的军官。

②不慧:不聪明,愚拙。

③竹箸:竹筷。

④凌烟阁功臣:汉朝开国后,画功臣图像陈列于凌烟阁中。

⑤瀛洲十八学士:瀛洲,传说仙人所居山名,在东海中。唐太宗于官城西设文学馆,选杜如晦、房玄龄、陆德明、孔颖达等18人为学士,当时称选中者为"登瀛洲"。

⑥运斤成风:斤,斧,此处指刻刀或笔。形容武风子刻画技法之熟练。

⑦方物:地方特产。

【品读】

从明代中叶到清代,出现了一批蔑视封建科举制度、蔑视权贵而专以卖文、卖字、卖画、卖技等一技之长来谋生的文人。这篇小品所描写的武风子,就是这种类型的人物之一。

在作者的笔下,武风子并非没有学问,"说《论语》,有奇解",然而他却不愿走读书做官的道路。他又不像一般文人,做出一副正襟危坐、似乎是满腹经纶的样子,而是"状若轻狂不慧",玩世不恭。他特有巧思,能在竹筷上画出普通人用大幅长卷才能画出的图景,且能曲尽其妙;更能在竹筷的方寸之内画出众多的人物形象,而能使人物意态栩栩如生。一般人以结交权贵为抬高身价的手段,而他只以自己的奇才奇技来为市民阶层服务,王侯和封疆大吏来请他,他却逃到深山中去躲起来。这是何等不同凡俗的性格!

明清时代出现许多如武风子这样的人不是偶然的。由于商品经济的发展,传统的"学而优则仕"已不再是读书人实现自身价值的唯一途径。何况封建科举制度日益腐朽,使得有真才实学的人很难进入仕途。于是,就有一批文人转而注重一技之长,以自己特有的才华和技能来为市民阶层服务,并由此取得丰厚的报酬。市民社会的文化氛围促使他们与传统的热衷科举、依附权贵的价值观念决裂,并养成他们宁可与市井为伍而不愿到官场和权贵门下受封建礼法束缚的独立人格。武风子傲岸不羁,率性而行,其奇技则为世所重,其人生价值不远胜某些尸位素餐的权贵吗？

（苏民）

耕者王清臣　王士祯（清）

天启初，颍川张远度买田颍南之中村，地多桃花林。一日，携榼①独游，见耕而歌者，徘徊疃②间，听之，皆杜诗也。遂呼与语，耕者自言王姓，名清臣，旧有田，畏徭役，尽委诸其族，今为人佣耕。少曾读书。客有遗一册于其舍者，卷无首尾，读而爱之，故尝歌，亦不知杜甫为何人也。异日远度过其庐，见旧历背煤字漫灭，乃烧细枝为笔所书，皆所作诗，后经乱不知所在。张独传其一篇云："人生如泛梗，飘飘殊无根。饮啄得几许？营营晨与昏。对此春日好，荷鉏③出南原。近观草色敷，静听鸟语繁。诸有弄化本，杂遝④呈真元。晓然似供我，宁不倒清樽？有身贵适意，穷达安足论！"此亦杜五郎之流欤？

【注释】

①榼：古时盛酒的器具。

②疃：村庄。

③鉏：同"锄"。

④杂遝：杂乱。

【品读】

这篇小品集中表现了一种旷达洒脱的人生态度，即"有身贵适意，穷达安足论"。

小品描写的耕者王清臣，家有田地，但按照官府的律令，有田地者就必须承担种种摊派和赋役，因而田主们也就不免要常常与衙门胥吏打交道。王清臣可不愿受此烦扰，他把田奉送给了族人，而自己却去为别人耕种，一边耕田，一边歌唱着杜甫的诗歌，怡然自乐。作为佣工,他穷得买不起书籍纸笔,但他却烧细树枝为笔,在旧历书的背面写下其人生感悟,在他仅存的一首诗中,人生如同汪洋中漂浮的无根的树梗,而只有大自然才是永恒的生命之根;他感受到将自身融入大自然的无穷快乐,欣赏着原野上的青青草色,静静地谛听着树丛中清脆婉转的鸟语,呈现于心中的只有对自然美的欣喜、默契于自然本体造化之源的丰富感受,这是何等超然洒脱的境界!

过去人们总是说,只有物质经济基础丰厚者才能当隐士,看来也不尽然。这篇小品描写的耕者王清臣就是一例。当不当隐士的关键,在于对人生看得破还是看不破。

现代文明给人类带来了丰富多彩的物质生活和精神生活。然而,人类精神的家园——大自然,——却依然向人们展示着她的无穷的魅力。

(苏民)

桃花扇小识　孔尚任(清)

传奇者,传其事之奇焉者也,事不奇则不传。桃花扇何奇乎?妓女之扇也,荡子之题也,游客之画也,皆事之鄙焉者也;为悦己容①,甘劗面②以誓志,亦事之细焉者也;伊其相谑③,借血点而染花,亦事之轻焉者也;私物表情,密缄寄信,又事之猥亵而不足道者也。桃花扇何奇乎? 其不奇而奇者,扇面之桃花也;桃花者,美人之血痕也;血痕者,守贞待字④,碎首淋漓不肯辱于权奸者也;权奸者,魏阉之余孽⑤也;余孽者,进声色,罗货利,结党复仇,堕三百年之帝基者也。帝基不存,权奸安在? 惟美人之血痕,扇面之桃花,啧啧在口,历历在目,此则事之不奇而奇,不必传而可传者也。人面耶? 桃花耶⑥? 虽历千百春,艳红相映,问种桃之道士⑦,且不知归何处矣。

康熙戊子三月云亭山人漫书

【注释】

①为悦己容：司马迁《报任安书》："士为知己者用，女为悦己者容。"容指修饰容貌。

②劓(lí)面：割破脸面。

③伊其相谑：《诗经·郑风·溱洧》篇句，意指男女相互戏谑。

④待字：待嫁，指李香君等待侯方域来迎娶。

⑤魏阉之余孽：魏阉指明朝天启年间专权的太监魏忠贤；魏阉之余孽指南明弘光朝执掌朝政的马士英、阮大铖之流。

⑥人面耶，桃花耶：出自唐诗"人面不知何处去，桃花依旧笑春风"之句，此处暗用其意。

⑦问种桃之道士：唐刘禹锡《再游玄都观》诗："种桃道士归何处，前度刘郎今又来。"此处借寓兴亡之感。

【品读】

借才子佳人悲欢离合之事，写明清易代兴亡之感，寄托故国之思，是孔尚任《桃花扇》的主题。

"桃花扇底送南朝"。作品围绕明末复社名士侯方域与秦淮名妓李香君的爱情，向人们展示了一幅明清之交中国社会变迁的广阔历史画卷。东林遗孤、复社之志士与南明王朝的阉党余孽的斗争，昏君奸臣们在六朝金粉的南京城内的纵情享乐，忠义孤臣史可法在江北重镇扬州的浴血奋战，侠义女子李香君面对权奸的威武不屈，民间艺人柳敬亭的见义勇为，几乎中国社会各阶层的人们在民族危亡的紧要关头仗义行侠的表现都在这部剧本中得到了生动的体现。

诚然，如作者在这篇小品中所说，男女私情与整个社会的变局相比，似乎是"事之细焉者也"。然而，又正如作者所指出，作品中男女主人公的爱情故事，却与当时的社会政治背景有着密切的关联。李香君，一个卖艺为生的弱女子，竟然有宁可"碎首淋漓"

而"不可辱于权奸"的崇高气节；而她所面对的权奸们，却在民族危亡的紧要关头依旧征逐声色、醉生梦死和残酷迫害爱国志士，是最后导致亡国之祸的罪魁。权奸们毁了国家，也毁了自身，落得遗臭万年的可耻下场。而"美人之血痕，扇面之桃花"，却依旧为人们所传诵。

"人面不知何处去，桃花依旧笑春风"。美人逝矣，但她美好的形象却通过历史剧《桃花扇》而具有了不朽的永恒魅力。

（苏民）

《秋声诗》自序　　林嗣环（清）

彻呆子正当秋之日，杜门简出①。毡有针，壁有衷甲，苦无可排解者。当每听谣诼②之来，则濡墨吮笔而为诗。诗成，以秋声名篇。

适有数客至，不问何人，留共醉。酒酣，令客各举似何声为佳。

一客曰："机声、儿子读书声佳耳。"

予曰："何言之庄也。"

又一客曰："堂下呵驺声③、堂上笙歌声何如？"

予曰："何言之华也。"

又一客曰："姑妇楸枰声④最佳。"

曰："何言之玄也。"

一客独嘿嘿，乃取大杯，满酌而前曰："先生喜闻人所未闻，仆请数言为先生抚掌⑤可乎？

"京中有善口技者。会宾客大宴，于厅事之东北角，施八尺屏障。口技人坐屏障中，一桌、一扇、一椅、一抚尺而已。众宾客团坐。少顷⑥，但闻屏障中抚尺一下，满座寂然，无敢哗者。

"遥遥闻深巷犬吠声,便有妇人惊觉欠伸,丈夫呓语。既而儿醒,大啼。丈夫亦醒。夫令妇抚儿乳。儿含乳啼,妇拍而呜之。夫起溺,妇亦抱儿起溺。床上又一大儿醒,絮絮不止。当是时,妇女拍儿声,口中呜声,儿含乳啼声,大儿初醒声,夫叱大儿声,一齐凑发,众妙毕备。满座宾客,无不伸颈、侧目、微笑、默叹,以为妙绝也。

"既而夫上床寝,妇又呼大儿溺,毕,都上床寝。小儿亦渐欲睡。夫齁声起,妇拍儿亦渐拍渐止。微闻有鼠作作索索,盆器倾侧,妇梦中咳嗽之声。宾客意少舒,稍稍正坐。

"忽一人大呼'火起',夫起大呼,妇亦起大呼。两儿齐哭。俄而百千人大呼,百千儿哭,百千犬吠。中间力拉崩倒之声,火爆声,呼呼风声,百千齐作;又夹百千求救声,曳屋许许声⑦,抢夺声,泼水声,凡所应有,无所不有。虽人有百手,手有百指,不能指其一端;人有百口,口有百舌,不能名其一处也。于是宾客无不变色离席,奋袖出臂,两股战战,几欲先走。

"忽然抚尺一下,众响毕绝。撤屏视之,一人、一桌、一椅、一扇、一抚尺而已。"

嘻!若而人者,可谓善画声⑧矣。遂录其语以为秋声序。

【注释】

①杜门简出:杜,阻塞,关闭。杜门简出即闭门家居而很少外出。

②谣诼:谣言和毁谤。

③呵驺声:呼喊马夫和车夫的声音。驺,古代给贵族掌管车马的人。

④姑妇:婆婆和媳妇。楸枰声:下棋时的声音。楸枰:用楸木做成的棋盘。

⑤抚掌：拍手。

⑥少顷：一会儿。

⑦许许(hǔhǔ)声：呼叫声。

⑧善画声：善于模仿和再现各种声音。

【品读】

　　中国古代文学作品中，写才子佳人伤春悲秋、征夫怨妇离愁别绪的作品多，而专门描写民间艺人精湛技艺的作品少。明清以来，随着商业的发展和城市的繁荣，以艺人为描写对象的作品明显增多了。这篇小品，表现了"善画声者"高超的语言艺术和口技艺人出神入化的精湛技艺。对于今天的读者来说，也实在是"闻人之所未闻"，不禁为之拍案叫绝。

　　作者以对"善画声者"的口技艺人的记叙作为自己《秋声诗》的序言，亦是前所未有。自古以来，士大夫阶层的诗人们固然不乏向民间艺术学习者，但其结果，如鲁迅所说，大多是把民间的"小家碧玉"变成"姨太太"。作者以对民间艺人的描述作为诗集序言，表现了明清时代产生的一种具有平等精神的新价值观。

　　历史上，亦不乏善于写景抒情者，但善写各种声音的作品则不多见。作者写声技巧之高妙，亦是古典文学中的佼佼者，具有极高的艺术欣赏价值。

（苏民）

世　说

卖柑者言　刘基（明）

　　杭有卖果者，善藏柑，涉寒暑不溃。出之烨然，玉质而金色，置于市，贾十倍，人争鬻之。予贸得其一，剖之如有烟扑口鼻，视其中，则干若败絮。予怪而问之曰："若所市于人者，将以实笾豆①、奉祭祀、供宾客乎？将炫外以惑愚瞽乎？甚矣哉为欺也！"卖柑者笑曰："吾业是有年矣，吾赖是以食吾躯；吾售之，人取之，未尝有言，而独不足于子所乎？世之为欺者不寡矣，而独我也乎？吾子未思之也。今夫佩虎符、坐皋比②者，洸洸乎干城之具③也，果能授孙吴之略④耶？峨大冠、拖长绅者，昂昂乎庙堂之器⑤也，果能建伊皋之业⑥耶？盗起而不知御，民困而不知救，吏奸而不知禁，法斁⑦而不知理，坐糜廪粟而不知耻，观其坐高堂、骑大马、醉醇醴、而饫肥鲜者，孰不巍巍乎可畏、赫赫乎可象也？又何往而不金玉其外，败絮其中也哉！今子是之不察，而以察吾柑？"予默然无以应。退而思其言，类东方生⑧滑稽之流，岂其愤世嫉邪者耶？而托于柑以讽耶？

【注释】

　　①笾（biān）豆：古代祭祀和宴会时用的一种容器。

　　②佩虎符、坐皋比：佩戴着带兵的印信，坐在虎皮椅上。皋比，虎皮。

　　③洸洸乎干城之具：俨然是能保卫国家的将领。

　　④孙吴之略：孙吴的谋略。孙吴，孙武（或指孙膑）与吴起，都是春秋战国时的名将，精通兵法，善于用兵。

⑤庙堂之器：朝廷中可以治理好国家的能臣。

⑥伊皋之业：伊尹和皋陶的业绩。伊尹是商汤的大臣，皋陶是虞舜时的狱官，两人都是当时的贤臣。

⑦敦：败坏，混乱。

⑧东方生：东方朔，字曼倩，汉武帝时官太中大夫，善于以诙谐滑稽的言语讽谏皇帝的过失。

【品读】

这是一篇揭露封建官场上"何往而不金玉其外，败絮其中"的黑暗内幕的讽刺小品。

卖柑者善于藏柑，能使柑经冬历暑而保持其"玉质而金色"的外观，人争购之而获利甚多，然而柑子里面却干若败絮。作者责卖柑者骗人，卖柑者说出一席话，说那些居于高位的达官显贵无不是金玉其外，败絮其中，他们之中哪个有真本领，哪个不欺骗，哪个不是恬不知耻，而这些人却能得到高位，权势显赫，其所获利，远远过于我这个靠卖柑糊口的人，你为什么不去谴责那些当官的却只谴责小百姓呢？作者无言对答。

"退而思其言"以下，所谓"岂其愤世嫉邪者耶？而托于柑以讽耶"两句，其实是作者写这篇小品的用心所在。至于卖柑者以官僚们的欺骗来为自己的行为辩解，诚不足为训；柑"金玉其外而败絮其中"，人争购之而无怨言，犹官场虽黑暗而人趋之若鹜，则更为可悲！

（苏民）

楚人舞猴　刘基（明）

楚①人养猴，衣之衣而教之舞，规旋矩折，应律合节。巴童观而妒之，耻己之不如也？思所以败之，乃袖茅栗以往。筵张而猴出，众宾凝贮，左右皆蹈节。巴童佁然②挥袖而出其茅栗，掷之地。猴褫衣③而争之，翻壶而倒案。楚人呵之而不能禁，大沮。

　　郁离子④曰：今之以不制之师⑤战者，蠢然而蚁集，见物而争趋之，其何异于猴哉！

【注释】

　　①僰：古族名。春秋前后居住在今川南滇东一带。

　　②怡然：不动貌。不动声色。

　　③褫衣：剥去衣服。

　　④郁离子：作者刘基自称。刘基著有《郁离子》一书。

　　⑤不制之师：没有纪律的军队。

【品读】

　　猴通人性。

　　耍猴的人掌握了这一点，给猴穿上衣裳，教它们打躬作揖，让它们踩着音节跳舞，这些猴子看上去俨然像一群人了。耍猴人带着它们到处表演，参加庆筵活动，何等风光！但对此不服气的巴童偏要来个恶作剧，他深知猴的本性是贪吃茅栗，这种贪吃的本性比它们那点人性更胜十倍，于是当这群猴子在宴会上一本正经地表演时，巴童不动声色地往地上撒了一把茅栗，猴子一见茅栗，你争我夺，扭作一团，衣服撕破了，所教的规矩也丢到九霄云外。在茅栗面前，猴的本性暴露无遗。

　　聪明的巴童知道：猴虽通人性，但猴毕竟是猴。

　　联想到某些人，虽然比猴更通人性，受过文化教育，口头上会讲冠冕堂皇的大道理，行动上比猴更能循规蹈矩，但一旦见到"毛栗"——名利，便把道德、人格、体面、斯文统统抛在一边，追名逐利，尔虞我诈。究其本性，与猴何异哉！

（致新）

自　赞　李贽（明）

　　其性褊急，其色矜高①，其词鄙俗，其心狂痴，其行率易②,其交寡③而面见亲热。其与人也,好求其过,而不悦其所长;其恶人也,既绝其人,又终身欲害其人。志在温饱,而自谓伯夷、叔齐④;质本齐人⑤,而自谓饱道饫德。分明一介不与,而以有莘⑥藉口;分明毫毛不拔,而谓杨朱⑦贼仁。动与物忤,口与心违。其人如此,乡人皆恶之矣。

昔子贡问夫子曰:"乡人皆恶之何如?"子曰:"未可也。"若居士,其可乎哉!

【注释】

①矜高:生硬而傲慢。

②率易:轻率多变。

③交寡:交际很少。

④伯夷、叔齐:殷代末年人,周武王灭殷后,他们逃到首阳山,不食周粟,以采薇为生,最后饿死。

⑤齐人:指战国时期齐国的一个乞食者,每日上街讨乞或偷食庙中的祭品,回家后则哄骗其妻妾,说是每天都有达官贵人请他喝酒。事见《孟子·离娄上》。

⑥有莘:地名,殷代贤相伊尹在做官以前曾躬耕于此。

⑦杨朱:春秋时代人,主张"为我","拔一毛利天下而不为"。

【品读】

这篇小品,以"自赞"为名,而实际上是对世间"某一种人"丑恶面目的揭露。明明是写他人,却说是写自己;明明是揭露恶德,却说是赞美;别出心裁而出以谐谑、讽刺的笔调,使世间某一种人皆能从这篇所谓"自赞"中照见自己的影子,这正是这篇小品艺术上的成功之处。

"其与人也,好求其过,而不悦其所长。"这正是今人所说的"武大郎开店"。"其恶人也,既绝其人,又终身欲害其人。"这正是所谓"无毒不丈夫"。世间奸臣贼子,大多是此类小人。

"志在温饱,而自谓伯夷、叔齐。"满脑子物质享受的念头,却装得像伯夷叔齐一样清高;"质本齐人,而自谓饱道饫德",本质上是偷祭品而食的乞丐，却还要用道德来装点门面。道学说程颐，"眼中无妓，心中有妓"，而程颢自诩"眼中有妓，心中无妓"，不正是上述两类人的绝妙写照吗？

"分明一介不与，而以有莘藉口；分明毫毛不拔，而谓杨朱贼仁；动与物忤，口与心违"数句，更将道学家们心口不一，言行不一，虽行为极卑下，然而却能假借大义、窃取美名的丑恶面目揭露得淋漓尽致。与公然声称"拔一毛利天下而不为"的杨朱派真小人相比，伪君子更卑劣。

当然，李贽叫人不当伪君子，绝不是提倡当真小人，所以这篇小品也绝非是所谓的"自赞"。以往有论者把它列入李贽的传记一类，看作是作者自述，殊属失察。

（苏民）

答马心易① 汤显祖（明）

三惠良书，阙然不报②。此时男子多化为妇人，侧立俯行，好语巧笑，乃得立于时。不然，则如海母目虾，随人浮沉，都无眉目，方称威德。想自古如斯，非今独抚膺③矣。偶记兄欲我长歌拨闷，扇头奉为抚掌之资。眼中人④如陆太宰何可更见？右武⑤居会城，终不甚适：一丘一壑，乃可着吾辈⑥耳。

【注释】

①马心易：即马定国，作者的朋友，曾因主持正义而被降职。

②阙然不报：没有答复。

③抚膺：气愤。

④眼中人：时时忆念的友人。

⑤右武：刘右武，作者及马心易的友人之一。

⑥着吾辈：安顿我们。

【品读】

16世纪,汤显祖在这篇小品之中揭露和批判了"男子多化为妇人"的丑恶社会现实;四百多年后,中国新文化运动的巨人鲁迅依旧在讽刺说:"中国最伟大最永久的艺术就是男人扮女人。"这一方面说明了这四百多年中国社会和国民性的进化之缓慢,以至古今哲人竟面对同一种社会现实;另一方面,鲁迅在20世纪所作的这一社会批评和国民性批评,汤显祖早在四百多年前就已作出了,这也表明了这篇小品文所具有的重要价值。

从人的一般的天性来说,男子刚强,女子温柔。"士为知己者死",表现了男性的刚强性格;"女为悦己者容",亦表现了女子的天性的柔媚。但在专制政治下,却迫使男子改变了自己的天性,献媚于主子,献媚于上司,献媚于权贵。不献媚,就难以在封建政治体制中立足安身;反之,献媚有方、扮女人有术者,则可以步步高升。

封建体制迫使和诱使男人变女人,社会的文化观念则教男人如何扮女人。老子要人"贵柔"、"守雌",喋喋不休地讲那一套"柔弱胜刚强"、"强梁者不得其死"的道理;孔子在《论语》中更为人们规定了在君主面前要表现出的种种特别奴性的非常肉麻的丑态,诸如在君主面前要"屏气似不息",手拿东西时要"如不胜"——像拿不动的样子,行走时要"足缩缩"——用手提着衣缝,说话时要做出"如有不足"——欲言又止的样子,等等。男人做到这种份上,真是丑死了。至于历代诗文中,更有许多以"君子"比拟皇帝、以"淑女"比拟自身的作品。

传统社会中女子温柔的天性变了没有呢?也变了。男子柔,女子则悍;少数女子的狠毒甚至远过于男子,以至有所谓"最毒无过妇人心"之说。但这一切,都是男人们自己造成的。

病态的社会体制、病态的文化观念,只能造就病态的人。什么时候中国的男人才能不扮女人呢?

(苏民)

《邯郸梦》题词　汤显祖(明)

　　士方穷苦无聊,倏然①而与语出将入相之事,未尝不怃然太息,庶几一遇之也。及夫身都将相,饱厌浓酲之奉②,迫束形势之务,倏然而语以神仙之道,清微闲旷,又未尝不欣然而叹,惝然③若有遗,暂若清泉之活其目,而凉风之拂其躯也。又况乎有不意之忧,难言之事者乎。回首神仙,盖亦英雄之大致矣。

　　《邯郸梦》记卢生遇仙旅舍,授枕而得妇遇主,因入以开元时人物事势,通漕于陕,拓地于番,谗构而流,谗亡而相。于中宠辱得丧生死之情甚具。大率推广焦湖祝枕事为之耳。世传李邺侯泌作,不可知。然史传泌少好神仙之学,不屑昏宦④,为世主所强,颇有干济之业。观察郏鄏,凿山开道,至三门集,以便饷漕。又数经理吐番西事。元载疾其宠,天子至不能庇之,为匿泌于魏少游所。载诛,召泌。懒残所谓"勿多言,领取十年宰相"是也。枕中所记,殆泌自谓乎。唐人高⑤泌于鲁连范蠡⑥,非止其功,亦有其意焉。

　　独叹《枕中》生于世法影中,沈酣嗜艺,以至于死,一哭而醒。梦死可醒,真死何及。或曰,按《记》则边功河功,盖古今取奇之二窍矣。谈者殆不必了人。至乃山河影路,万古历然,未应悉成梦具。曰,既云影迹,何容历然。岸谷沧桑,亦岂常醒之物耶。第概云如梦,则醒复何存。所知者,知梦游醒,必非枕孔中所能辩耳。

【注释】

　　①倏(shū)然:忽然。

　　②浓酲之奉:指丰盛的酒席,酲(chéng),喝醉了神志不清。

　　③惝(chǎng)然:迷迷糊糊的样子。

④昏宦：指做官。

⑤高：推崇。

⑥鲁连：即鲁仲连，战国时期的纵横家，齐国人，善于计谋划策，常周游各国，排难解纷。范蠡：春秋时期的越国政治家，灭吴后，功成身退。

【品读】

这篇作为《邯郸梦》剧作题词的小品文，以引而不发、委婉含蓄的言词，引导人们去洞悉《邯郸梦》一剧所深刻揭露的封建科场和官场中的黑暗现实。

《邯郸梦》是汤显祖根据唐人传奇《枕中记》推演出的一部剧本。或云《枕中记》是唐代贤相李泌所作，梦中主人公亦是李泌自谓，但经汤显祖再创作，剧中人物形象已与"少好神仙之学，不屑昏宦"的李泌原型迥异了。剧中主人公卢生是一个一心想把自己的灵魂售予帝王家的官迷，崔氏女也不甘做一个白衣夫婿的妻子而一心想得到一品夫人的诰封，《邯郸梦》就从这一对夫妇为猎取封建特权的"功名荣誉"开始，通过曲折变化的情节，给人们描绘了一幅虚伪、丑恶、阴险、欺诈、残忍的官场景象：

中状元需用钱铺路："使着钱神，插宫花御酒笑生春！"

建功勋需要心残忍："掘断河津，为开疆展土，害了人民！"

红官袍需用血来染："窜贬在烟尘，云阳市斩首泼鲜新！"

淫荡纵欲亦需诗书名教来装点：欣然接受御赐二十四房女乐，却怪"夫人是个吃醋王！"

父子荫袭、贪欲无穷："缠到八旬，还乞恩死护儿孙！"

在这个社会中，一切都是如此丑恶，然而一切又都无不可以作伪，忠孝节义、仁义礼让，无不是钻营作伪者需要窃取的美名，这美名又是官禄之钓饵，掩盖着的是"有钱能使鬼推磨"的普遍腐败和"自信无毒不丈夫"的阴森恐怖。

钻营了一辈子的八十老翁卢生哪里消受得了二十四房女乐，于是他病了，死了。梦境到此完结，——卢生被子孙们的哭声惊醒了。

问题是梦醒了向何处去。作者在剧本中指出了一条化入仙境的出路，在"题词"中亦对此再三致意，希望世人们能从那丑恶钻营的梦中醒来，翻身脱化为仙境的超人。这是作者既憎恨那污浊的社会现实而又找不到出路的痛苦心理的表现。

（苏民）

智过君子　　江盈科（明）

语云："贼是小人，智过君子。"

余邑①水府庙，有钟一口。巴陵人泊舟于河，欲盗此钟铸田器②，乃协力移置地上，用土实其中，击碎担去。居民皆瞀然③无闻焉。

又一贼，白昼入人家，盗磬④一口，持出门，主人偶自外归，贼问主人曰："老爹，买磬否？"主人答曰："我家有磬，不买。"贼径持去。至晚觅磬，乃知卖磬者，即偷磬者也。

又闻一人负釜⑤而行，置地上，立而溺⑥。适贼过其旁，乃取所置釜，顶于头上，亦立而溺。负釜者溺毕，觅釜不得。贼乃斥其人曰："尔自不小心，譬如我顶釜在头上，正防窃者；尔置釜地上，欲不为人窃者，得乎？"

此三事，皆贼人临时出计，所谓智过君子者也。

【注释】

①余邑：指作者家乡湖南桃源县。

②田器：农具。

③瞀然：隐晦貌，茫然不知。

④磬：古代打击乐器。

⑤釜：古代炊具。

⑥溺：小便。

【品读】

好人斗不过坏人,老实人斗不过狡猾人,这种现象在生活中处处可见。

小人之心,工于计算,时时处处想的是怎样损人利己,怎样钻空子,捞一把,怎样瞒天过海,假装正人,他们往往计谋多端,善于应变,而君子之心由于坦坦荡荡,不但没有害人之心,而且也常缺乏防人之意,不擅以恶意去揣度别人,于是对小人的突然袭击往往猝不及防,处于被动状态,在生活中容易上当受骗。本篇所写的三个生活中的小故事就很生动地说明了小人是很容易蒙骗君子,获得利益的。在第一个故事中,小人可以在光天化日之下把属于公众所有的寺庙大钟敲碎偷走,而众人浑然不觉;第二个故事更进一步,偷磬的人碰到主人回家来,竟装作卖磬的人骗过主人的眼睛,与他擦肩而过;最绝的是第三个故事,君子顶在头上的釜竟会在撒尿的那一小会儿被小人偷去,不但没发觉,而且还反过头来被小人训斥一顿。作者提出小人"智过君子"的观点,确实叫人不能不服了。

小人的狡诈之智从小处看虽然常占便宜,但从大处看,他们却是吃亏。他们抛弃了做人的道德原则和人格尊严,靠瞒和骗过日子,一旦被人看穿,人人避而远之,憎之恨之,一个人活到这步田地,难道还不是最傻的人吗?在生活中我们可以看到许多这样"智过君子"的聪明人,可到头来往往是"机关算尽太聪明,反误了卿卿性命"。而襟怀坦荡的君子,与人为善,待人以诚,虽然有时吃亏,但天长日久,便赢得众人的信任与尊重,这样的人,难道不是最聪明的人吗?

虽然道理如此,但生活中好人吃亏,君子斗不过小人的现象仍使我们愤愤不平。我们为君子进一言:害人之心不可有,但防人之心不可无。

(致新)

钱① 　陈继儒（明）

李之彦②云：尝玩"錢"字旁，上着一"戈"字，下着一"戈"字，真杀人之物，而人不悟也。然则两戈争贝，岂非"賤"乎？

【注释】

①本文选自《太平清话》，题目为编者所加。

②李之彦：作者的朋友。

【品读】

作者巧妙地运用了对（繁体）"钱"、"贱"拆字的游戏笔墨，批判了金钱势力对人的压迫和对人性的摧残。言简意赅，耐人寻味，在轻松的形式中蕴含了深刻的内容。

（致新）

识张幼于惠泉诗后 　袁宏道（明）

余友麻城丘长孺东游吴会，载惠山泉①三十坛之团风②，长孺先归，命仆辈担回。仆辈恶其重也，随倾于江，至倒灌河③，始取山泉水盈之。长孺不知，矜重甚。次日，即邀城中诸好事尝水。诸好事如期皆来，团坐斋中，甚有喜色。山尊取磁瓯，盛少许，递相议，然后饮之，嗅玩经时④，始细嚼咽下，喉中汩汩有声，乃相视而叹曰："美哉水也，非长孺高兴，吾辈此生何缘得饮此水！"皆叹羡不置而去。半月后，诸仆相争，互发其私事。长孺大恚⑤，逐其仆，诸好事之饮水者，闻之愧叹而已。

又余弟小修向亦东询，载惠山、中泠泉⑥各二尊归，以红笺书泉名记之。经月余抵家，笺字俱磨灭。余诘弟曰："孰为惠山？孰为中泠？"弟不能辨，尝之亦复不能辨，相顾

223

大笑。

然惠山实胜中泠，何况倒灌河水？自余吏吴来，尝水既多，已能辨之矣。偶读幼于此册，因忆往事，不觉绝倒。此事政与东坡河阳美猪肉事⑦相类，书之并博幼于一笑。

【注释】

①惠山泉：又名慧山泉，在今江苏无锡西郊。唐代陆羽将惠山泉命名为天下第二泉，泉水泡茶清醇可口。

②团风：地名，在今湖北黄冈西北部。

③倒灌河：一名倒水，在今湖北麻城市西北部。

④经时：一阵子。

⑤恚：怨恨。

⑥中泠泉：在今江苏省镇江市。泠一作零。刘伯刍评水之宜茶者七等，以扬子江南零水为第一。

⑦东坡河阳美猪肉事：苏东坡曰："予昔在岐下，闻河阳猪肉甚美，使人往市之。使者已醉，猪夜逸去，买他猪以偿。客以为非他产所及。继而事败，客皆惭。"见刘元卿《贤奕编》。

【品读】

由这篇小品看来，崇拜名牌的心理古已有之，而假冒名牌以劣充优的做法也是古已有之。

惠山泉水，天下闻名。袁宏道的朋友丘长孺为了使家乡人得以品尝，不惜人力，不远万里，要将三十坛惠泉水从江苏惠山搬到湖北麻城去。仆人们为了逃避劳役之苦，投机取巧，将惠泉水倒掉，换上家乡附近普通的泉水，丘长孺却被蒙在鼓里。回家之后，他用假冒的"惠泉水"大宴来宾，"矜重甚"。客人们一个个捧杯嗅玩，仔细品味，交口称赞味道果然不同一般。于是主宾共同演出了一出笑剧，读之令人忍俊不禁。

袁宏道的弟弟袁中道有次也从东边回来，带回两坛惠山泉水，两坛中泠泉水，因上边的标签已被磨损，两坛混淆，不能辨别，怎么品尝也不知哪坛是惠山泉水，哪坛是中泠泉水了，连他们自已想想也感到好笑。

　　人们在生活中之所以会闹此类笑话，关键在于他们并非真正看重名牌的"实"，而仅仅看重名牌的"名"，满足的只是一种享受名牌的虚荣心，却缺乏对事物本身的识别力和鉴赏力。

（致新）

《广笑府》序　　冯梦龙（明）

　　古今来莫非话也，话莫非笑也。两仪①之混沌开辟，列圣之揖让征诛，见者其谁耶？夫亦话之而已耳。后之话今，亦犹今之话昔。话之而疑之，可笑也；话之而信之，尤可笑也。经书子史，鬼话也，而争传焉；诗赋文章，淡话也，而争工焉；褒讥伸抑，乱话也，而争趋避焉。或笑人，或笑于人，笑人者亦复笑于人，笑于人者亦复笑人，人之相笑宁有已时？

　　《广笑府》，集笑话也，十三编犹云薄乎云尔。或阅之而喜，请勿喜；或阅之而嗔②，请勿嗔。尧与舜，你让天子；我笑那汤与武，你夺天子；他道是没有个傍人儿觑③，觑破了这意思儿，也不过是个十字街头小经纪。还有什么龙逢比干伊和吕④，也有什么巢父许由夷与齐⑤，只这般唧唧哝哝的，我也那里工夫笑着你！我笑那李老聃五千言的道德，我笑那释迦佛五千卷的文字，干惹得那些道士们去打云锣，和尚们去打木鱼，弄儿穷活计。那曾有什么青牛的道理，白牛的滋味，怪的又惹出那达摩⑥老臊胡来，把这些干屎橛的渣儿，嚼了又嚼，洗了又洗。又笑那孔子的老头儿，你絮叨叨说什么道学文章，也平白地把好些活人都弄死。又笑那张道陵许旌阳⑦，你便白日升天也成何济，只这些未了精精儿，到底来也只是一淘冤苦的鬼。住住住！还有一古今世界一大笑

225

府,我与若皆在其中供话柄。不话不成人,不笑不成话,不笑不话不成世界。布袋和尚,吾师乎! 吾师乎! 墨憨斋主人题。

【注释】

①两仪:天地。

②嗔:发怒时睁大眼睛。

③觑(qù):看。

④伊和吕:伊尹、吕尚,伊尹是商代贤相,帮助商汤攻灭夏桀;吕尚,俗称姜太公,西周初年官太师,辅佐周武王灭商。龙逢、比干皆为商代忠臣。

⑤夷与齐:伯夷、叔齐,二人皆为商末周初人,反对周武王进军讨伐商王朝,灭商后,二人逃避到首阳山,不食周粟而死。巢父、许由相传皆为古代隐逸高士。

⑥达摩:即菩提达摩,南朝时来华的天竺僧人。

⑦张道陵、许旌阳:二人皆为中国古代道教的代表人物。张道陵,东汉五斗米道的创立者,俗称张天师。许旌阳,即许逊,东晋著名道士,俗称许真君。

【品读】

　　这篇小品是冯梦龙为其编撰的笑话集《广笑府》写的序言,文章以谐谑的态度,轻松的笔调和一连串令人发噱的民间俗语,表达了作者对病态的思想观点、病态的社会现实和病态人生的无情揭露和嘲讽。在作者的似乎是无尽的笑中,隐含着的却是无尽的悲哀和无尽的愤怒。

　　"经书子史,鬼话也,而争传焉;诗赋文章,淡话也,而争工焉;褒讥伸抑,乱话也,而争趋避焉。"这话活生生地勾画出了一幅为"鬼话"、"淡话"、"乱话"所支配着的社会图景。

　　尧舜禅让,汤武征伐,这在传统社会中被看作是极神圣的事业,而在冯梦龙看来,这一切"不过是十字街头小经纪"。与冯梦龙同时代的人有云:"尧舜禅让一杯酒,汤武征伐一盘棋",意虽相似,哪有"十字街头小经纪"一语来得生动、传神！

"李老聃五千言的道德","释迦佛五千卷的文字","干惹得那些道士们去打云锣,和尚们去打木鱼",其教义不过如"干屎橛",可是愚民们竟对此趋之若鹜,大群的寄生者们也就靠此吃饭,这不是既可笑,又可悲吗？

"又笑那孔子的老头儿,你絮叨叨说什么道学文章,也平白地把好些活人都弄死。"这是在笑孔子吗？ 似笑非笑,而分明是对吃人的封建礼教的愤怒控诉。在此以前的两千年中,还没有人敢说出孔子伦理把活人害死的话来。冯梦龙公然指斥孔家店害人、杀人,这是何等的胆识！

敢于言人所不敢言,正是冯梦龙此篇小品的最大特色。

(苏民)

盲 苦 刘元卿(明)

有盲子道涸溪①。桥上失坠,两手攀楯②,兢兢握固,自分③失手必坠深渊已。过者告曰:"毋怖,第④放下,即实地也。"盲子不信,握楯长号。久之,力惫,失手坠地。乃自哂⑤曰:"嘻！早知即实地,何久自苦耶！"失大道甚夷⑥,沉空守寂⑦,执一隅以自矜严者⑧,视此省⑨哉！

【注释】

①涸溪:干涸小溪。

②楯:栏杆。

③自分:料想。

④第:只。

⑤自哂:自嘲。

⑥失大道甚夷:放着平坦的大道不走。夷,平坦。大道,指晚明学者讲的"百姓日用即道"。

⑦沉空守寂:沉溺于空洞的学问和玄想中。

⑧执一隅以自矜严者：固执一己之偏见而自命清高的人。

⑨省：反省，醒悟。

【品读】

在中国寓言中，"瞎子"常常用以比喻那些完全闭目塞听、固守一隅、认识上极具主观片面性的人。

想一想这是一幅多么荒唐可笑的画面呀！一个瞎子从桥上不慎掉下来，双手死死抓住栏杆，拼命挣扎呼救，在他想象之中下面必然是波浪滔天的深渊大河，但事实上下面只是一条早已干涸的溪道而已。明眼人告诉他，双手一松便可以蹬地，他根本不信，还在拼命挣扎，直到精疲力竭之时，掉在干崩崩的实地上，才知道自己的担心、自己的努力是多么虚妄。

生活中有不少这样的盲人。他们对客观情况一无所知，一味抱住自己的主观念头不肯撒手，结果是自己害自己，自己苦自己。他们即使竭尽全力为这个主观目标努力奋斗，在别人眼中也只是一场笑话而已。

（致新）

鸭　媒　汪琬（清）

江湖之间有鸭媒焉，每秋禾熟，野鸭相逐群飞，村人置媒田间，且张罗焉。其媒昂首鸣呼，悉诱群鸭下之，为罗所掩略尽。夫鸭之与鸭类也，及其籍涩狡猾，而思自媚于主人，虽戕其类弗顾，呜呼，亦可畏矣哉！

【品读】

同类相残，在狭义动物界中似乎是并不存在的，狼不吃狼，虎不吃虎。只有人类才自相残杀：在原始社会，把丧失了劳动力的人吃掉是常有的事；进入文明社会以来，人类的自相残害至今没有停止。

可是，这篇小品却描写了家鸭为主人充当"鸭媒"、引诱野鸭进入罗网的事。其实,鸭类本不自相残害,家鸭之所以为主人去残害同类,是它已经具备了"家畜性"、即已经被人驯养教化过了的缘故。

"家畜"犹如传统社会中为主人所豢养的奴才,俗称"狗腿子"。因为是家畜,已经为主人所驯服,因而泯灭了良知,丧失了自然的美德和对同类的同情心;又因为仰食于主人,所以惟主人是从,虽然是残害自己的同类亦在所不顾。

鲁迅在作国民性批评的时候,曾着重揭露中国人的"家畜性"。他说中国人被封建统治者驯化成了家畜,每一个人既被人吃,又在吃人;中国人对中国人实在太残酷。这种批评对于国人来说,实在太难堪,但并非胡说。《红楼梦》描写大家族中人:"哪一个不像乌眼鸡似的,恨不得你吃了我,我吃了你!"至于为主人效力而去害人的情形、以封建道德舆论杀人的情形,也是比比皆是。

在不残害同类这一点上,人宁可学学野兽,却千万不可麻木不仁,或见小利而忘大义,去充当害人的家畜!

(苏民)

《聊斋志异》自序 蒲松龄(清)

被萝带荔,三闾氏①感而为《骚》;牛鬼蛇神,长爪郎②吟而成癖。自鸣天籁,不择好音,有由然矣。

松落落秋萤之火,魑魅争光;逐逐野马之尘,魍魉见笑。才非干宝③,雅爱搜神;情同黄州④,喜人谈鬼。闻则命笔,遂以成篇。久之,四方同人又以邮筒相寄,因而物以好聚,所积益夥。甚者,人非化外,事或奇于断发之乡;睫在目前,怪有过于飞头之国⑤。遄飞逸兴,狂固难辞;永托旷怀,痴且不讳。展如之人⑥,得毋向我胡卢耶!

然五父衢头，或涉滥听；而三生石上，颇悟前因⑦。放纵之言，有未可概以人废者。松悬弧时⑧，先大人梦一病瘠瞿昙，偏袒入室，药膏如钱，圆贴乳际，寤而松生，果符墨志。且也少羸多病，长命不犹。门庭之凄寂则冷淡如僧，笔墨之耕耘则萧条似钵。每搔首自念，毋亦面壁人果是吾前生耶？盖有漏根因，未结人天之果；而随风荡坠，竟成藩溷之花⑨。茫茫六道⑩，何可谓无其理哉！

独是子夜荧荧，灯昏欲蕊；萧斋瑟瑟，案冷疑冰。集腋为裘，妄续《幽冥》之录⑪；浮白载笔，仅成孤愤之书。寄托如此，亦足悲矣。

嗟乎！惊霜寒雀，抱树无温；吊月秋虫，偎阑自热。知我者其在青林黑塞间乎！

【注释】

①三闾氏：屈原，战国时楚国政治家、诗人，曾任三闾大夫。

②长爪郎：唐代著名诗人李贺。

③干宝：晋代文学家，著有志怪小说集《搜神记》。

④黄州：指北宋文学家苏轼，曾被贬为黄州团练副使。

⑤断发之乡、飞头之国：都是古代神话传说中的地方。

⑥展如之人：为人圆通的人。展，转。

⑦三生石上，颇悟前因：传说唐代李源与僧园观友好，园观和李约定，待他自死后12年在杭州天竺寺相见。12年后李到寺前，有一牧童唱道："三生石上旧精魂，赏月吟风不要论，惭愧情人远相访，此身虽异性长存。"牧童就是园观的托身。后来有人附会，把杭州大竺寺后的山石指为三生石。

⑧松悬弧时：松，蒲松龄自称；悬弧，即将降生。

⑨藩溷：茅厕。藩溷之花：比喻自己命苦，典出南朝范缜语，说命好者如花落缨席之上，命苦者如花落藩溷之中。这是一种宿命论的观点。

⑩六道：佛教用语，指天道、人道、阿修罗道、饿鬼道、畜生道、地

狱道。根据佛教轮回的说法，众生都要在这六道中轮回。

⑪《幽冥》之录：疑即《幽明录》，六朝志怪小说集，南朝宋临川王刘义庆撰。

【品读】

这是一篇自叙《聊斋志异》创作缘起的小品文。

《聊斋志异》作为一部短篇小说集，其故事轮廓、题材类型、情节构思、艺术手法等，都是由借鉴魏晋志怪小说《搜神记》而来；而其故事的具体内容，则来自"豆棚瓜架"、"街头路口"及四方同人"以邮筒相寄"。自序所云"才非干宝，雅爱搜神"，固然是作者的自谦之词，但却道出了聊斋的渊源；"情同黄州，喜人谈鬼"，亦道出了聊斋乃是根据众人所提供的素材而创作的。

《聊斋志异》又是作者在穷愁潦倒的处境中所创作的一部"孤愤之书"。封建的科场和官场暗无天日，一切都是权钱交易，以蒲松龄之英才，由于无钱行贿，每次赴考都是名落孙山。这种命运使他的思想更贴近于广大受迫害、受凌辱的人们，激发了他与广大民众的情感共鸣，从而憎恨万恶的封建制度，憎恨有钱能使鬼推磨的社会现实，憎恨出卖灵魂的读书人，憎恨吃人的封建礼教，对于官僚政客、权贵显要给予无情的揭露，对仗势欺人、阴谋害人、投机取巧、贪财忘义的卑劣小人给予愤怒的鞭挞；他所热烈讴歌的，是受压迫者的纯洁、善良、正直和智慧，他们对美好事物和幸福生活的向往，他们不畏权势、执着追求人身自由和个性解放的大无畏的反抗精神。

与干宝的《搜神记》一样，蒲松龄的《聊斋志异》也笼罩着一层浓厚的志怪色彩。但是与《搜神记》不同，蒲松龄笔下的花妖狐魅几乎都是作为人的形象来描绘，是凭借幻化的形象来反映社会现实和寄托自己的情感和向往。花妖狐魅的人情味和人性美，与现世的丑恶形成了明显的对照，既表达了作者对现实的愤慨和对美好生活的追求，也使作品具有更为迷人的艺术魅力。

（苏民）

官 癖 袁枚（清）

相传南阳府有明季太守某殁于署中，自后其灵不散，每至黎明发点①时，必乌纱束带，上堂南向坐。有吏役叩头，犹能颔②之，作受拜状。日光大明，始不复见。

雍正间，太守乔公到任，闻其事，笑曰："此有官癖者也！身虽死，不自知其死故耳。我当有以晓之！"乃未黎明即朝衣冠，先上堂南向坐。至发点时，乌纱者远远来，见堂上已有人占坐，不觉趑趄③不前，长吁一声而逝。自此怪绝。

【注释】

①发点：开始点名，亦称点卯。旧时官衙每日于卯时（早上五时至七时）检查到班的官吏差役，称发点。

②颔：点头，表示接受。

③趑趄：犹豫不前，欲进又退。

【品读】

中国传统社会中的人官瘾实在大。那是一个官僚本位的社会，做了官就能享受普通老百姓所不能享受的种种特权，非但是"三年清知府，十万雪花银"，子女玉帛，荣华富贵；而且一切道德的美名、真理化身的头衔、光宗耀祖的匾额，都毫无疑问地天然属于己有，谁敢说声不字？有了权就有了一切，没有权也就丧失了一切。因此，在那个社会中，极少有人像袁枚那样三十三岁就辞官不做。

这篇小品文，讽刺有官瘾的人，可谓淋漓尽致！一方面，连死了化作"鬼魂"也依然贪恋官位；另一方面，是活人与鬼魂争夺官位。那个已死的当官的"鬼魂"依然不肯将官位让给活人，活人就来个捷足先登，抢在"鬼魂"前面先登到官位上去，真是写绝了！官位尚且不肯让人，皇权的独占性就更不容侵犯了。因此，历史上不知酿出了多少为当皇帝而大开杀戒以至骨肉相残的惨祸。

做官本是实现人生价值的途径之一,但在传统的官本位社会中,一切实现人生价值的途径几乎都被纳入了官本位的等级体系;加上这种传统的官僚体制客观上是在纵容坏人干坏事而限制好人干好事,足以使当官者的贪婪、侵夺、占有等负面的人性恶性发作,而只有在极少的情况下才可能受到惩罚。这种几乎没有任何风险的赌博怎能不使天下赌徒如醉如狂呢?那种不愿"为五斗米折腰"的人,真可算是凤毛麟角了。

(苏民)